NARRATORI MODERNI

Della stessa autrice in edizione Garzanti:
Cambio vita
Il battello del mattino

LORRAINE FOUCHET

L'IMPREVISTO

Garzanti

Prima edizione: luglio 2009

Traduzione dal francese di
Doriana Comerlati

Titolo originale dell'opera
Nous n'avons pas changé

ISBN 978-88-11-68614-9

Printed in Italy

www.garzantilibri.it

L'IMPREVISTO

In memoria di François Chevreuil
In omaggio a Serge Reggiani

Bisogna vivere, l'azzurro sopra come una spada
Pronta a tagliare il filo che ci tiene in piedi
Bisogna vivere ovunque, nel fango e nel sogno
Amando sia il sogno sia il fango
Bisogna affrettarsi a adorare ciò che passa
Avere il primo gesto e non l'ultima parola
Soffocare di emozione, di desiderio, di musica
Ascoltare il silenzio dove Mozart canta ancora

Canzone di Claude Lemesle e Christian Piget,
Il faut vivre... interpretata da Serge Reggiani

1.

Settembre 2000

Attraverso la finestra scorgevano un ciliegio giapponese e una quercia; un ciliegio vive cent'anni e una quercia centoventi. Una cincia si posò su un ramo del ciliegio; una cincia può vivere dodici anni. Le due giovani donne che condividevano quella stanza d'ospedale contemplavano gli alberi e l'uccello. Si erano raccontate la loro infanzia, le gioie, i dolori, gli amori, gli amici. Quella del letto di sinistra sognava di scoprire il mondo, ma viveva di lavori precari e faticava ad arrivare a fine mese. Quella del letto di destra non si appassionava a niente, non lavorava, bazzicava i grandi stilisti e i luoghi alla moda.

Era mezzogiorno suonato. La porta si aprì. Entrò una bella ragazza. Dopo un attimo di esitazione sulla soglia, si diresse con passo sicuro verso il letto di sinistra. Aveva in mano un mazzo di tulipani. Un tulipano vive tre giorni in una stanza d'ospedale.

«Sono Danielle», disse la visitatrice con un sorriso affettuoso, «da bambine eravamo vicine di casa, sono tanti anni che non ci vediamo, ho una sorella gemella che si chiama Elizabeth, se ne ricorda? Ho saputo che era ricoverata qui e siccome sono venuta a trovare un'amica che ha appena partorito...»

La giovane di sinistra sorrise e scosse il capo.

«Dev'esserci un errore di persona... Provi l'altro letto!»

Le due malate avevano in effetti un'aria di famiglia, stesso colore di capelli e di occhi, stessa età. Confusa, la visitatrice si volse verso il letto di destra.

La giovane che l'occupava si tirò su contro i guanciali. «Aveva un fratello più grande che si chiamava Patrick, vero? E uno spaniel, Rita, è così?»

La visitatrice assentì, rassicurata; adesso si rivolgeva alla persona giusta.

Dopo che se ne fu andata, le due degenti commentarono il suo errore. Non si erano rese conto di assomigliarsi così tanto.

«Ci saremmo potute divertire, avresti dovuto alimentare l'equivoco e farti passare per me!» disse ridendo quella del letto di destra. «Adoravo la loro Rita, era nera con il muso e l'estremità delle zampe rosso ruggine. C'era un vicino che protestava quando abbaiava. Gli ho detto: "Il giorno in cui non sentirà più i cani abbaiare, gli uccelli cantare e i bambini strillare quando giocano, lo rimpiangerà, vorrà dire che lei è morto!". Non si è lamentato mai più.»

Più tardi, quel giorno, passò un medico grassoccio e maldestro. Anche lui esitò davanti alle due pazienti. Soffrivano della stessa malattia. Il destino è ingiusto e imperfetto. Il medico era venuto ad annunciare una notizia buona e una cattiva: una delle due giovani aveva la vita davanti a sé, l'altra no.

2.

Lunedì 19 settembre 2005

Dalla finestra dello studio della sua casa bianca con le imposte azzurre, nell'isola di Groix, Gwénola Tonnerre contemplava l'oceano. Il mare era costellato di barche a vela. A quell'ora, dall'altra parte dell'isola, il battello del mattino aveva appena lasciato il porto diretto a Lorient. Lo sguardo di Gwénola si soffermò con tenerezza sulla fotografia di Loeiz – Louis in bretone, che lei pronunciava Lois –, suo figlio di diciannove anni, studente di medicina a Rennes. La foto accanto mostrava Loeiz da piccolo sulle ginocchia di Annick, la madre di Gwénola. Nessun altro ritratto d'uomo ornava la parete, e per buoni motivi. Infatti Gwénola non conosceva suo padre, non più di quanto Loeiz conoscesse il proprio: era diventata un'abitudine in famiglia.

Un cartoncino era fissato con una puntina alla parete: «I vent'anni della maturità! Cena del corso del 1985 dei diplomati del Sainte-Agathe, martedì 20 settembre». Gwénola aveva sostenuto gli esami di maturità due decenni prima, a Parigi, perché Annick, ragazza madre che la cresceva da sola, faceva l'infermiera in quell'istituto privato molto esclusivo della capitale. Qualche giorno dopo gli esami, Gwénola era andata a vivere dalla nonna a Groix, una striscia di terra lunga otto chilometri e larga quattro piazzata in mezzo all'acqua. La vecchia signora, vedova di un marinaio, l'aveva circondata di tenerezza e rimpinzata di *far*, la tipica torta bretone, e di *tchumpôt*, altro tradizionale piatto locale. La nonna era morta ormai, ma Gwénola aveva gettato definitivamente l'ancora nell'isola. Le capitava di lasciarla per trascorrere la giornata a Lorient, si era persino spinta varie volte fino a Rennes, ma non era mai più tornata nella capitale.

Scosse la chioma per rimettere in ordine le idee e si concentrò sull'articolo che doveva buttare giù. Era infatti la corrispondente locale di «Ouest-France». Le parole scorrevano fluide, le sue dita danzavano sui tasti del PowerBook bianco, adorava il suo mestiere di giornalista. Di solito dedicava un bel po' di tempo a limare i testi, ma oggi aveva fretta. Una volta inviato l'articolo per e-mail, avrebbe afferrato la borsa e sarebbe scesa al porto a prendere il battello. A Lorient sarebbe salita sul TGV diretto a Parigi. Aveva prenotato una stanza in rue de la Gaîté, a Montparnasse, perché era vicino alla stazione dove arrivavano i treni dalla Bretagna e perché la via aveva un nome gioioso.

Gwénola consultò l'orologio sportivo da polso che indicava le ore delle maree, un regalo di Natale di suo figlio. Lei era cronicamente in ritardo, fin dalla nascita, tant'è vero che sua madre l'aveva data alla luce una settimana dopo il termine previsto.

Sorrise alla fotografia in cui Annick giocava con il piccolo Loeiz. Loro tre avevano tutti folte capigliature nere ricce, sguardo da miopi che qualcuno giudicava a torto arrogante e corpi vigorosi. Crescendo, Loeiz era diventato un bel ragazzo, arrivando a sfiorare il metro e novanta. Gwénola aveva conservato il viso fresco di una volta, i suoi occhi color turchese scintillavano spesso, era una donna graziosa taglia mignon. Era energica e sorridente, ma più fragile di quanto sembrasse. Non parlava mai del padre di Loeiz e si chiudeva come un'ostrica quando le si facevano delle domande al riguardo. Anche se gli uomini la trovavano attraente, non era sicura di sé stessa. La ferita era profonda e lei non si era completamente rimessa dalla sua prima delusione d'amore.

«Ehi, Gwénola! Che battello prendi?»

Ferma sul sentiero davanti alla casa, la sua vicina Eva Foresta accarezzava Rebecca, il setter inglese dei Poupée, i loro vicini.

«Quello dell'una e mezzo. Mi chiedo perché abbia accettato di andare a quella stupida riunione di ex allieve di domani sera. La curiosità, sicuramente...»

Gwénola mentiva. Sapeva benissimo perché ci andava. Ed erano vent'anni che rinviava quel momento.

3.

Nella casa di Olivia Ruben, il cartoncino d'invito «I vent'anni della maturità! Cena del corso del 1985» era posato sulla mensola del caminetto, contro il premio 7 d'or per il migliore feuilleton dell'estate precedente. Olivia era una scrittrice famosa e molto popolare. Aveva pubblicato dieci romanzi in vent'anni, tutti adattati per la televisione. Abitava in un paesino dell'Yvelines a venti minuti dall'Étoile con la RER, una mezz'ora nella sua piccola Mercedes quando non c'era traffico, un'ora e mezzo nelle ore di punta.

Noé, il figlio diciassettenne con i capelli lunghi raccolti in una coda di cavallo e un piercing sulla lingua, fece irruzione nella stanza, senza fiato.

«Sabato papà mi porta a Deauville!» annunciò radioso.

«Tuo padre ha dimenticato che rischio di dovermi separare da te per tre lunghi mesi», replicò Olivia, perentoria. «Mi mancherai così tanto, tesoro...»

Un secondo cartoncino variopinto era piazzato accanto a quello del Sainte-Agathe: *Tale padre, tale figlio*, il grande reality dell'autunno, iniziava la messa in onda in diretta il sabato successivo dopo il telegiornale della sera, nella fascia oraria di massimo ascolto. I candidati erano tutti figli di gente famosa. Noé era stato selezionato perché era figlio di Olivia. Secondo la regola, ogni settimana sarebbe stato eliminato un candidato.

Chi fosse rimasto in lizza per tre mesi si sarebbe guadagnato un premio in denaro, notorietà e un lancio nell'ambito che preferiva: un disco, una mostra di pittura o di fotografia, la pubblicazione di un libro, la regia di un film o un ruolo di protagonista. Noé sognava di fare il regista e lo scrittore, un misto di Steven Spielberg e di Marc Levy. Voleva che per strada la gente si girasse a guardarlo, a diciassette anni sarebbe stata una ghiotta occasione per rimorchiare le ragazze. Aveva capito come funzionavano le cose. «Chi se ne frega di uno sconosciuto che scrive, nessuno fa la fila per vederlo», diceva con una logica inattaccabile. «Se a scrivere è invece un personaggio, tutti si precipitano!»

Olivia Ruben aveva trascorso l'infanzia nella casa dei genitori a Neuilly, vicino all'ospedale americano. Poi si era sposata con Colin Nathan, chirurgo estetico in ascesa, e la coppia si era installata in un loft del Quartiere Latino. L'anno del divorzio e della pubblicazione del suo quinto romanzo, Olivia si era comprata la casa nell'Yvelines con i diritti d'autore. Era una costruzione moderna i cui ambienti erano improntati a uno stile risolutamente zen: pareti e tende bianche, pochi mobili, niente quadri né oggetti d'argento né soprammobili, qualche bonsai, futon giapponesi tradizionali. Olivia, alta e prosperosa, si vestiva di tessuti fluenti e nobili, lino, seta, pelle, in varie gradazioni di beige. I suoi capelli erano di un biondo naturale, le labbra gonfiate artificialmente, aveva splendidi occhi verdi; era sempre come un'attrice sulla scena, non la si vedeva mai senza trucco.

«Dai, mamma, fammici andare», insistette Noé.

Madre e figlio si assomigliavano, con i loro capelli quasi bianchi e gli occhi da gatto, ma Noé era alto e filiforme.

Olivia Ruben consultò il costoso orologio che portava al polso, un regalo ricevuto da Richard Ruben, il padre miliardario, in occasione della nascita di Noé. Quello stesso giorno suo marito Colin aveva creduto che fosse una bella trovata proporle il suo primo lifting gratuito, e non lo diceva per scherzo.

«Non se ne parla neanche», rispose Olivia a Noé in tono fermo. «Voglio approfittare di te per tutta la settimana. Tuo padre ti ha avuto domenica scorsa, adesso tocca a me!»

«Ma mamma...»

«Parteciperai a *Tale padre, tale figlio*, non ti basta?» sbottò Olivia. «La questione è chiusa, ho detto di no. Ho una carenza di vitamina C, faresti un salto a comprarmi delle arance da Manuel?»

In risposta, Noé uscì sbattendo la porta. Olivia sospirò, mise il computer in stop, spinse indietro la poltrona di pelle rossa, distese il grande corpo e afferrò il piccolo portafoglio. Si alzò per uscire e, passando, accarezzò il gatto persiano Who's Who dallo strano sguardo. Il giorno che le avevano proposto di figurare nel prestigioso annuario della gente che conta, Olivia aveva toccato il cielo con un dito.

In strada rovesciò la testa all'indietro per ricevere sul viso il calore del sole. Non voleva pensare al vuoto che avrebbe creato nella sua vita l'assenza del figlio. Con un po' di fortuna, forse l'avrebbero rapidamente eliminato dal gioco.

«Ciao, Olivia! Ti ho sentita ieri alla radio, sei stata magnifica!»

La dottoressa sua vicina, Lisa Niels, le rivolgeva un grande sorriso. Sulla piazza della chiesa, giù in basso, Marie-Amélie apriva il suo negozio di formaggi tenendo per mano la figlia Mathilde, che protestava perché il labrador Evinrude le aveva rubato il peluche.

«Ce lo facciamo un barbecue domani sera noi tre? Siete libere?» propose Lisa.

«Porterò il formaggio e il vino», disse Marie-Amélie.

Olivia scosse il capo.

«Dovrete fare senza di me, purtroppo. Ho una riunione di ex allieve, non ci vediamo da vent'anni, non so neanche perché ho accettato...»

Barava. Quando aveva ricevuto l'invito il suo primo pensiero era stato che così avrebbe potuto soppesare la propria notorietà. Il secondo che da anni lei camminava in equilibrio sul filo del rasoio ed era infine giunto il momento di ristabilire la verità.

4.

Il cartoncino d'invito «I vent'anni della maturità» della contessa Axelle de Bergeac era infilato nella cornice del grande specchio del suo salottino, come un tempo i cartoncini d'invito alle serate di ballo organizzate per far incontrare i giovani aristocratici in vista di possibili matrimoni. Nel 2005 queste cose esistevano ancora.

In effetti, il mondo in cui viveva Axelle non era molto cambiato. Suo fratello, i suoi cugini, i suoi amici, suo marito Charles e lei abitavano nei castelli di famiglia e figuravano nell'*Almanacco dell'aristocrazia e dell'alta società*. Ma, contrariamente a quanto credeva la gente, non possedevano più grandi patrimoni. Gli uomini avevano imparato a ricostruire un muro, rimpiazzare qualche tegola rotta, fare piccoli lavori d'idraulica, installare una linea elettrica, lavoravano nelle *public relations*, nella moda, nel corpo diplomatico, nell'amministrazione, nell'alta finanza, nella cultura, nell'esercito. La domenica, le donne facevano visitare il castello, vendevano i biglietti d'ingresso, raccontavano la storia della loro famiglia, rispondevano gentilmente alle domande disarmanti di turisti incolti e tenevano d'occhio che qualcuno non si mettesse in tasca qualcosa. La nobiltà non era più uno stato civile ma uno stato d'animo. Axelle aveva fatto il suo ingresso ufficiale nel mondo partecipando al famoso ballo delle debuttanti:

priva di mezzi, aveva portato con grazia e fierezza un abito e dei gioielli di alta moda presi in prestito per una sera.

Passò automaticamente le dita sul cartoncino per verificare se le lettere erano stampate in rilievo. L'invito al Sainte-Agathe non aveva niente a che vedere con le serate danzanti di una volta. Erano passati vent'anni da quando aveva superato gli esami di maturità, ma per lei era come se fosse ieri. Nel frattempo aveva lasciato il castello dei genitori in Normandia per quello del marito nel Sud-ovest. Purtroppo non avevano avuto figli, nonostante avessero tentato di tutto, comprese inseminazione artificiale e fecondazione in vitro. Per non pensarci, Axelle si era tuffata in mille attività. Si occupava del catechismo dei bambini del paese, della biblioteca, degli anziani, del circolo del bridge, dell'associazione dei giardini fioriti. Appoggiava il marito deputato e sindaco in tutti i modi possibili. Era una moglie modello, la donna raffinata ed elegante perfetta per Charles, una persona eccezionale. Le loro nozze, memorabili, avevano riunito cinquecento invitati e riempito una doppia pagina di «Point de vue-Images du monde». Axelle aveva scambiato un grande nome con un altro, come si addiceva in quel mondo chiuso dove le tradizioni venivano perpetuate per dovere e per educazione.

Lasciò perdere il cartoncino e osservò la sua immagine riflessa nello specchio. Una donna alta e bruna dagli occhi azzurro ghiaccio le restituì uno sguardo deciso. Aveva classe, «stile» diceva suo padre: «Non sei graziosa, figlia mia, sei meglio che graziosa». Lei si giudicava troppo grande, troppo maldestra, per niente sexy, poco sensuale. Eppure era sicura di sé, impregnata di quella disinvoltura acquisita per nascita. Amava suo marito alla follia, gli era devota anima e corpo. Esteriormente era una donna distinta e discreta, interiormente un'innamorata appassionata pronta a tutto.

Bussarono alla porta.

«È qui la signora contessa?»

«Entra, Jeanne!»

Jeanne, che l'aveva cresciuta e in tempi lontani le aveva somministrato delle solenni sculacciate, entrò nel salottino.

«È per il menu di domani del signor conte, dato che la signora contessa sarà a Parigi. È meglio prepararli un piatto di pesce o di carne?»

Axelle esitò, poi decise.

«Pesce, e cenerà nel salone piccolo. Grazie per averci pensato, Jeanne.»

«Sono qui apposta, signora!» rispose Jeanne. «Ho finito la sua valigia e Joseph l'ha già messa nell'auto.»

Axelle assentì con il capo. Il maggiordomo l'avrebbe accompagnata alla stazione con la vecchia Citroën ereditata dal padre, poi le avrebbe portato la valigia fino al treno. Axelle avrebbe viaggiato in seconda, lato finestrino. Lei e Charles possedevano un miniappartamento a Parigi, sullo Champ-de-Mars, e quella sera lei avrebbe dormito là. Amavano quel quartiere. Lo Champ-de-Mars, un tempo di proprietà delle abbazie di Saint-Germain-des-Prés e Sainte-Geneviève, era uno spazio verde acquistato nel XVIII secolo dal conte d'Argenson per annetterlo all'École Militaire. Era da lì che si era librata nell'aria la prima mongolfiera. L'agronomo Parmentier ne aveva utilizzato i fossati per piantare le prime patate francesi. Il 14 luglio 1790 vi si era festeggiata l'adesione del popolo francese alla Rivoluzione. Nel 1889, in occasione dell'esposizione universale, vi era stata inaugurata la torre Eiffel.

Axelle diede un'occhiata all'elegante orologio che le ornava il polso sottile.

«Partiremo fra un'ora, grazie, Jeanne.»

Squillo del telefono. Jeanne sollevò la cornetta.

«Castello di Bergeac... Un momento, per favore.»

Tese il ricevitore ad Axelle.

«È la signora Forestier, contessa.»

Il viso di Axelle si rischiarò: Juliette Forestier era la sua vicina e una cara amica.

«Come va l'agenzia Cambiare tutto?» s'informò con un'allegria un po' forzata.

«Non potrebbe andare meglio! Stai partendo?»

«Non ho nessuna voglia di andare a questa riunione», sospirò Axelle, «ma è un dovere sociale, una forma di rispetto verso i nostri vecchi professori. Sarebbe stato poco elegante rifiutare...»

In realtà era terrorizzata all'idea di andarci, il che era del tutto normale visto cos'era successo in passato, ma non si sarebbe tirata indietro, doveva rispettare le convenzioni del suo rango.

5.

Il cartoncino d'invito di Jenny Lincoln alla cena del corso del 1985 del Sainte-Agathe era posato sul comodino dell'hotel Raphaël a Roma. Era stato spedito al suo ultimo recapito americano e da lì trasmesso in Europa. Jenny aveva accettato: Parigi era a sole due ore di volo da Roma, meno lontana dell'isola di Groix dove abitava Gwénola e del Sud-ovest dove viveva Axelle. Per non sentirsi spaesata aveva prenotato esattamente la stessa stanza all'hotel Raphaël di Parigi, vicino all'arco di Trionfo, a pochi passi dagli Champs-Élysées.

Jenny viveva a Roma da quasi quattro anni ormai. La sua stanza lussuosa, al centro della facciata ricoperta d'edera, si affacciava su largo Febo. Sotto le sue finestre, i turisti vestiti di colori sgargianti e armati di macchine fotografiche si affrettavano per raggiungere, dieci metri più in là, piazza Navona. In origine stadio olimpico, costruito nell'86 d.C. per volere dell'imperatore Domiziano, la splendida piazza ovale era decorata dalla fontana del Moro, la fontana dei Quattro Fiumi del Bernini e la fontana del Nettuno.

Lì sulla piazza c'erano solo i turisti, gente incolta che mangiava la pizza a mezzogiorno; nessun italiano si sarebbe abbassato a quell'eresia, la pizza si mangiava la sera, Jenny non aveva mai capito perché. Lei prendeva i suoi pasti a pochi passi dall'albergo, nel ristorante Santa Lucia, un locale napoletano molto «in» e dall'ottima cucina, d'inverno nella sala interna e d'estate nella piazzetta, all'ombra dei palazzi ocra e rossi. Gli habitué la conoscevano, non era una turista americana come tante, aveva ormai messo radici e si esprimeva in un italiano corretto. Barbara, proprietaria insieme a Bartolo del ristorante, la trovava simpatica. Jenny era di statura media, di peso medio, aveva occhi marrone, tratti regolari, un fisico banale riscattato da una capigliatura di un rosso fiammeggiante come una foresta canadese in autunno.

Consultò al polso l'orologio-gioiello che le aveva regalato il suo amante, il barone Floridiano, molto innamorato di lei e molto sposato con un'altra. Squillò il telefono, non poteva essere che lui.

«Amore, non sei ancora partita? Chiamami non appena atterri a Parigi, mi raccomando!»

«Promesso», lo rassicurò.

«Perché mai devi restare lì tutta la settimana?» borbottò lui. «Ti annoierai, le tue vecchie amiche avranno i loro mariti, i figli...»

«Anche tu hai qui tua moglie e i tuoi bambini, eppure non mi annoio», gli rispose per le rime.

Silenzio ferito, la frase aveva fatto centro. Ma il barone si riprese in fretta.

«Quando la loro torre Eiffel s'illumina la sera, è sicuramente meno scintillante dei tuoi occhi!»

Jenny sorrise. Era al tempo stesso sollevata ed eccitata all'idea di andare a Parigi. E poi aveva promesso, doveva andare fino in fondo.

Due ore dopo si accomodava sul sedile 4B di un aereo all'aeroporto di Fiumicino.

«Scusi... Credo che questo sia il mio posto.»

Il vicino assegnatole dal caso al 4A era un romano alto dai capelli così decisamente neri quanto i suoi erano rossi. Più o meno della sua età, aveva un bel viso dai lineamenti scolpiti, occhi verdeazzurri e mani immense. L'aveva presa per una francese e le si era rivolto in quella lingua con un accento delizioso. Non lo disingannò. Restarono silenziosi durante la prima parte del viaggio, rivolgendosi la parola solo quando si ritrovarono davanti i loro vassoi. Cavalleresco, lui le versò il vino come se cenassero insieme al ristorante. Jenny stava quasi per mandarlo al diavolo, ma temette di essere ridicola: non le faceva il filo, era solo gentile, di cosa aveva paura? Le raccontò che commerciava in oggetti di marina e che si recava a Parigi per la prima volta per assistere alla Foire à la brocante et aux jambons di Chatou. Le confidò che adorava il mare, ma non aveva mai messo piede su una nave. Era pienamente consapevole che fosse una cosa ridicola e vi avrebbe presto rimediato. Jenny gli confessò di trovarsi nella sua stessa situazione.

«Allora non è mai salita nemmeno sui famosi *bateaux-mouches*? Mi chiamo Corrado, bizzarro come nome, no? Mio padre era affascinato dallo scrittore e uomo di mare Joseph Conrad. Le va se la invito a cena una sera sulla Senna?» propose con spontaneità.

Lei rifiutò con garbo, non era nello stato d'animo adatto. Lui non insistette e continuò a versarle galantemente il vino.

«Si trattiene molto a Parigi?» domandò Jenny per tener viva la conversazione.

«Otto giorni. Devo essere di ritorno a Roma in tempo per preparare il prossimo mercatino delle pulci al ponte Milvio.»

Lei annuì. Conosceva quel mercatino molto rinomato, che si teneva ogni prima domenica del mese lungo il Tevere, vicino al ponte più vecchio di Roma, anche se non c'era mai andata.

«Sono americana, attualmente vivo a Roma ma in gioventù ho vissuto a Parigi. Anch'io resto solo una settimana, vado a Parigi per una riunione delle ex allieve della mia scuola», gli spiegò.

«Allora lei conosce Parigi a memoria?»

«Non ci vado da vent'anni, la città dev'essere cambiata.»

Corrado la liberò del vassoio mentre l'aereo scendeva sorvolando il nastro argentato della Senna.

«Buona riunione», disse quando atterrarono a Orly. «Il primo che sale su una nave avverte l'altro, d'accordo?»

Lei sorrise. Si persero di vista vicino al nastro trasportatore dei bagagli, si ritrovarono sotto una pioggerella fine alla coda per il taxi. Nessuno dei due aveva qualcuno ad attenderli. Corrado, arrivato per primo, si fece da parte per lasciarla passare e le aprì la portiera.

«Prego», disse. «Un'auto non è altro che una nave su ruote. Le auguro una buona crociera!»

Jenny ringraziò e accettò ridendo. La settimana cominciava sotto buoni auspici.

6.

Martedì 20 settembre

Sorse il sole su Parigi. Le allieve del 2005 arrivarono a frotte al Sainte-Agathe, schiacciate dal peso degli zaini stipati di libri. Quel mattino il presente la faceva da padrone, ma la sera il passato si sarebbe preso tutti i suoi diritti.

Isabelle Bedier, la direttrice di settore per il corso del 1985, picchiò sui tasti del computer. La stampante sputò la lista delle ex allieve che sarebbero venute quella sera, un bel numero pensando che erano già passati vent'anni. Erano ancora in tante a inviarle dei saluti di quando in quando; per la maggior parte avevano fatto matrimoni eccellenti, metà di loro era divorziata, alcune erano sparite dalla circolazione, altre erano morte, due avevano scelto la vita religiosa, una era ministro, un'altra pittrice, una terza scrittrice e una, era assodato, faceva la puttana. Il ministro era travolto dagli impegni, la pittrice esponeva, la puttana non dava più sue notizie. Olivia Ruben, la scrittrice, avrebbe rispettato l'appuntamento.

Isabelle sorrise. Si ricordava perfettamente dell'adolescente un po' goffa e un po' troppo in carne, figlia unica di un miliardario parvenu e tirannico. Sua madre era morta durante l'ultimo anno di scuola, la ragazza l'aveva trovata in coma tornando a casa insieme a un'amica, la figlia di un diplomatico americano... Com'è che si chiamava? Isabelle aggrottò le sopracciglia, si morse il labbro inferiore, consultò la lista: Jenny Lincoln. Anche di lei Isabelle si ricordava. Erano quattro inseparabili, soprannominate i «quattro elementi»: Olivia la sognatrice era l'aria, Jenny l'appassionata esclusiva era il fuoco, Axelle l'aristocratica ancorata alla realtà era la terra, Gwénola la bretone era l'acqua. Sarebbero venute quella sera. Olivia le aveva spedito tutti i suoi libri attraverso l'ufficio stampa. Axelle le aveva annunciato il suo matrimonio con una classica partecipazione a doppia pagina su carta stampata in rilievo. Annick Tonnerre, la madre di Gwénola, le aveva inviato una foto del nipotino Loeiz. All'epoca Isabelle Bedier s'intendeva bene con Annick, l'infermiera dell'istituto, acuta e dalla mente vivace. Navigava con destrezza fra gli scogli, curava e confortava le allieve, proteggeva i segreti delle adolescenti, avvisava i genitori quando occorreva farlo. Crisi di tetania o attacchi di appendicite, mestruazioni dolorose o coliti legate allo stress, emicranie isteriche o paura dell'esame, lei faceva ogni volta la diagnosi giusta. Aveva scoperto un caso di violenza sessuale da parte di un familiare, preso sul serio una vertigine che mascherava un tumore al cervello, intuito una gravidanza. Non tradiva le sue giovani pazienti, privilegiava la discussione dei problemi e intanto le rimpinzava di *far* bretone fatto in casa e di *galettes* Saint-Michel. Le allieve del Sainte-Agathe, le cui incantevoli mamme giocavano a tennis, a golf, a bridge, facevano talassoterapia, figli, ritiri di meditazione e seminari di yoga, trovavano nell'infermiera la disponibilità e l'attenzione che in casa non avevano.

Gwénola non era gelosa, prestava loro volentieri sua madre. Ma quella generosità non era ricambiata. Figlia di un membro del personale, nata da padre ignoto, non era mai invitata alle serate mondane. Lei ci si era rassegnata con fatalismo. Le quattro amiche appartenevano a caste differenti: Axelle alla nobiltà, Olivia ai nuovi ricchi, Jenny all'ambiente diplomatico, Gwénola al mondo celtico.

«Sono sicura che non hanno nemmeno una ruga, le riconoscerò alla prima occhiata», si rallegrò Isabelle.

Quella sera, dopo vent'anni, le ex allieve avrebbero trovato la scuola cambiata e ne avrebbero notato le modifiche architettoniche. Intanto, Isabelle avrebbe sondato le loro anime e i loro cuori.

7.

Jenny, nella sua stanza d'albergo, terminava gli esercizi quotidiani di Qi Gong, arte marziale cinese tradizionale che praticava regolarmente. L'ideogramma «Qi» significava «energia» e l'ideogramma «Gong» «lavoro», per cui le due parole accoppiate volevano dire «lavorare sull'energia vitale». Il Qi Gong si articolava attorno a quattro assi: la postura, la meditazione che portava alla decontrazione, la regolazione della respirazione e il movimento lento. Jenny era stata sedotta da quella ginnastica dolce, portatrice di salute e di longevità, praticata dai monaci buddhisti e taoisti, e che, contrariamente alla ginnastica occidentale, non richiedeva nessuno sforzo muscolare.

Davanti alla finestra, formò con i pollici e gli indici il triangolo della finestra del cielo, ripeté il movimento chiamato «soffio del vento» per armonizzare le energie e terminò facendo il saluto cinese. Poi si vestì e lasciò l'albergo. Risalì avenue Kléber e sbucò in place Charles-de-Gaulle, un tempo chiamata l'Étoile. Le auto sfrecciavano veloci. Negli Stati Uniti Jenny era abituata a una guida prudente, in Francia vigeva la legge del più forte, in Italia era mille volte peggio; ogni paese aveva il suo sistema. Jenny svoltò a destra, percorse gli Champs-Élysées, guardò le vetrine e si lasciò pervadere dal piacere di calpestare il marciapiede del più bel viale alberato del mondo. L'obelisco della

Concorde s'innalzava giù in fondo, la bandiera sotto l'arco di Trionfo fluttuava dall'altro lato. Jenny assaporò Parigi. Si augurò di tutto cuore che la riunione di quella sera si svolgesse senza problemi e che i suoi timori fossero privi di fondamento. Sperava di superare facilmente quella prova.

Gli stranieri erano subito riconoscibili dalle scarpe: comode Nike per gli americani, Valleverde di cuoio per gli italiani; e anche per un non so che di caratteristico di un popolo, un modo di atteggiarsi, di parlare anche se non si sente in quale lingua, il tipo di borsa, la lunghezza dei bermuda, la pettinatura alla moda del momento, il modello del cellulare. Ma c'erano troppi turisti e Jenny aveva voglia di Francia allo stato puro. Fece cenno a un taxi, si fece portare nella via del Sainte-Agathe e pagò la corsa aggiungendo il dieci per cento di mancia com'era d'uso negli Stati Uniti. All'angolo c'era sempre il caffè Au Trèfle à Quatre Feuilles. Lei e le compagne vi passavano il tempo quando non c'era lezione, l'ultimo anno di scuola. Era situato fra il Sainte-Agathe e il Saint-Pierre, l'istituto privato maschile dove studiava Charles de Bergeac. I grandi capi del Sainte-Agathe avevano spostato l'ora della fine delle lezioni in modo che i ragazzi non aspettassero le ragazze all'uscita, con il risultano che erano le ragazze a fare la posta davanti al Saint-Pierre, oppure s'installavano ai tavolini all'aperto del Trèfle aspettando che i giovani le raggiungessero.

La facciata di vetro e acciaio del caffè scioccava in quella strada dove si allineavano vecchi palazzi e residenze lussuose. A mezzogiorno gli studenti erano ancora a lezione e i tavolini erano occupati da mamme venute a prendere i figli alla scuola materna lì accanto, da una vecchia solitaria che sorseggiava un liquore di pera, da un gruppo di rappresentanti che si agitava attorno a una caraffa dal vetro appannato e da una coppia di innamorati che si mangiavano con gli occhi. Jenny entrò e sedette a un tavolo a caso. Un cameriere magro e stempiato le si avvicinò ossequioso. Gli piaceva scommettere sulle ordinazioni dei clienti: questa piccola rossa avrebbe probabilmente preso un caffè con latte.

«Signora?» fece scoprendo le gengive.

A Roma Jenny avrebbe ordinato una bella spaghettata, a Parigi non esitò.

«Una coppa di champagne, con olive e patatine.»

«Una che?»

Era meglio verificare, una volta aperta la bottiglia sarebbe stato troppo tardi.

«Qual è il problema?» replicò Jenny, sorpresa. «Champagne, olive, patatine... il fatto che li voglia tutti e tre insieme?»

Il sudore le imperlò il labbro superiore e si mordicchiò l'unghia del pollice destro.

«Niente, niente... Le porto subito quello che ha chiesto.»

Il cameriere si allontanò, sconcertato. La cliente non aveva l'aria dell'amante della bottiglia. Una delusione amorosa? Non portava la fede, lui guardava sempre l'anulare della mano sinistra delle donne. Champagne bevuto in solitudine... per dimenticare qualcosa di triste o per festeggiare una buona notizia?

Jenny, a occhi socchiusi, si lasciava cullare dalle conversazioni dei vicini. La coppa arrivò, sbreccata, ma lei non lo fece notare al cameriere. Lo champagne era tiepido, non le avevano nemmeno mostrato la bottiglia, però le familiari bollicine la rassicurarono. Si bagnò le labbra. La coppia d'innamorati la osservava con curiosità. Le mamme discutevano di marche di pannolini, di risveglio corporeo per i più piccini, di una giostra con i cavalli di legno. Jenny non apparteneva al loro mondo, quelle preoccupazioni le erano totalmente estranee.

Il suo minuscolo cellulare argentato squillò, attirando su di lei l'attenzione. Floridiano vi aveva scaricato il coro degli schiavi del *Nabucco* di Verdi.

«Pronto?» mormorò Jenny.

Era il solo a conoscere il suo numero, non poteva essere che lui.

«Amore... Mi manchi. Dove sei?»

«Nel caffè dove ci riunivamo una volta. Sono venuta a respirare l'atmosfera del passato.»

«Non farti fare il filo dai francesi, non sono persone serie», le raccomandò Floridiano.

Jenny sorrise. «Il mio vicino sull'aereo voleva portarmi a cena su un *bateau-mouche*», disse.

«Vuoi ingelosirmi? Quando torni, se ti va, noi due andremo a cena sul Tevere. Come ti senti, amore? Non hai una voce felice.»

«Va tutto bene», mentì Jenny.

Mandò giù un sorso di champagne. Il liquido le frizzò sulla lingua. Non si potevano riacciuffare gli anni volati via. E gli errori dei tempi passati?

8.

Gwénola uscì dall'albergo un'ora più tardi, percorse rue de la Gaîté, svoltò in avenue du Maine, si diresse verso la torre Montparnasse, entrò nella stazione per comprare «Ouest-France» e verificare che il suo ultimo articolo fosse stato pubblicato senza tagli selvaggi. Il vento sul piazzale le scompigliò le pagine, il pezzo figurava in buona posizione. Inspirò profondamente e fece una smorfia. Parigi aveva il suo caratteristico odore, non l'aveva respirato per vent'anni, un vero shock. Nel quartiere, fra i negozi antiquati e gli edifici vetusti, s'innalzavano alberghi moderni e costruzioni futuriste. La riunione sarebbe andata bene, ritrovarsi con Axelle e Olivia non avrebbe creato conflitti, voleva essere fiduciosa.

I parigini si affrettavano verso la stazione o i posti di lavoro, camminando due volte più in fretta degli isolani. A Groix si aveva il tempo di ammirare l'oceano, di adattarsi alla natura, di bere un caffè evocando la grande epoca delle barche a vela per la pesca del tonno o commentando le ultime notizie dell'isola. Nella capitale si correva dietro alla propria vita senza mai riuscire a raggiungerla.

Nel giro di ventiquattr'ore Gwénola era già stanca di Parigi: era troppo grande, troppo stressante, troppo tetra e puzzava. Si diresse verso la metropolitana, s'infilò sottoterra e pazientò lungo il marciapiede. Dei viaggiatori che non avevano mai visto il mare contemplavano i binari con sguardo vuoto. Arrivò il treno, Gwénola vi s'infilò, si aggrappò a una sbarra verticale e si lasciò sballottare fino alla sua destinazione. Emersa all'altezza di un incrocio più rumoroso del porto di Groix il 15 agosto, camminò verso la sua vecchia scuola.

Poco prima del Sainte-Agathe si fermò, stupefatta di non vedere la facciata di legno del caffè della sua giovinezza. Il Trèfle à Quatre Feuilles era rivestito di vetro e acciaio, non gli si addiceva per niente. Era l'una e mezzo. Gwénola si sedette in fondo al locale all'unico tavolo libero, tutti gli altri erano occupati da gruppi di adolescenti dei due sessi. Una volta l'uniforme blu marino e bianca del Sainte-Agathe spiccava, oggi i giovani erano tutti in jeans e maglietta. I ragazzi discutevano con animazione, le ragazze ridacchiavano, Gwénola li trovò commoventi. Passò le dita sul cellulare che teneva in tasca, resistette alla tentazione di chiamare Loeiz che stava probabilmente pranzando al ristorante universitario della facoltà. Aveva sempre paura di stargli troppo addosso.

«Mia madre mi ucciderebbe se lo sapesse!» esclamò una ragazza con l'ombelico all'aria e i capelli impiastricciati di gel.

Gwénola si chiese se alla madre in questione sarebbe piaciuto saperlo. Come tutti i giovani di Groix, Loeiz se n'era andato di casa presto. Dopo le medie, per frequentare il liceo, era dovuto entrare in convitto a Lorient, aveva imparato a essere indipendente e lei ad avere fiducia. Gwénola era orgogliosa del figlio, si era fatta in quattro per addolcirgli la vita e fare in modo che soffrisse il meno possibile per l'assenza del padre.

Un cameriere stempiato, con un grembiule non proprio fresco di bucato allacciato in vita, si materializzò come dal nulla davanti a lei, senza far rumore sulle sue suole di para, e rimase in attesa, gli occhi pieni di punti interrogativi. Non aveva fame, ma bisognava pur mangiare.

«Per favore», ordinò, «un'omelette e un bicchiere di vino rosso.»

Si guardò intorno, chiedendosi se una delle sue amiche avesse avuto come lei l'idea di passare al Trèfle.

9.

Axelle uscì dal suo appartamento proprio nel momento in cui Gwénola lasciava l'albergo, scese sullo Champ-de-Mars e alzò gli occhi verso la torre Eiffel. Non si era mai completamente abituata a vivere nel Sud-ovest, amava l'inquinamento, la folla di gente, i grandi viali, gli edifici haussmanniani e il simbolo di Parigi, quella lunga torre metallica visitata ogni anno da sei milioni di persone.

Charles le era mancato quella notte; detestava dormire senza averlo accanto. Dopo vent'anni di matrimonio la tenerezza era subentrata alla passione. Charles si recava spesso a Parigi per i suoi impegni all'Assemblea nazionale, non era sicura che le fosse fedele e in fondo non le importava. Quel che contava era che tornasse da lei. Russava come i motorini Solex della loro giovinezza, ma non ci badava. La notte prima non c'era stato alcun rumore nell'appartamento e quel silenzio Axelle l'aveva trovato insopportabile.

C'era chi portava a spasso il cane, una giovane donna spingeva una carrozzina vecchio stile, un barbone dallo sguardo annebbiato si mosse nella sua direzione. Lei tagliò per il prato per evitarlo, vergognandosi di sé stessa ma determinata. Si occupava già di quelli del paese, non era Atlante, non poteva portare il mondo sulle spalle. Il barbone la seguì con gli occhi, deluso.

Axelle si allontanò a grandi passi, attraversò senza

guardare, costrinse un taxi a inchiodare, gli si avvicinò e aprì la portiera posteriore. Diede l'indirizzo del Sainte-Agathe e si abbandonò sul sedile.

Un quarto d'ora dopo il taxi si fermò davanti al Trèfle. Pagò la corsa, lasciando una mancia modesta. Non si navigava nell'oro al castello, Jeanne e suo marito Joseph erano l'unico lusso: godevano di vitto e alloggio ma erano pagati una miseria. Restavano con loro solo per affetto, facevano parte della famiglia, altrove avrebbero guadagnato il triplo.

Le tre del pomeriggio, il Trèfle era praticamente vuoto. In quel locale avevano tante volte giocato a ricostruire il mondo! Era là che Axelle aveva incontrato Charles, il quale aveva occhi solo per Gwénola. Sempre là, una sera l'aveva ritrovato, ubriaco e disperato, e l'aveva rimorchiato fino alla sua auto. La perfetta e discreta Axelle aveva talmente provocato il suo futuro marito che la notte era finita sui sedili posteriori della vecchia Dauphine. Chi l'avrebbe creduto?

«Prego?» disse il cameriere inchinandosi.

Questa cliente aveva stile, decisamente oggi non era un giorno come tanti.

«Una Perrier con limone e una *salade niçoise*», ordinò Axelle, attenta alla linea, strizzando gli occhi a causa del sole che l'abbagliava.

Si sedette fuori, senza vedere Gwénola che si nascondeva dietro il giornale. Restarono per mezz'ora a qualche metro l'una dall'altra. Gwénola deglutì a fatica e radunò il coraggio. Che idiozia, era venuta anche per questo, doveva alzarsi e avvicinarsi ad Axelle, era ridicolo, non valeva una cicca, tentò di darsi forza. "Su! Che ti succede? Tremi, vecchia carcassa? Però hai mostrato coraggio in passato, fatto battaglie molto più dure, perché tirarsi indietro oggi?"

Contò fino a tre: uno, due...

D'un tratto Axelle si alzò. Gwénola, che stava per lanciarsi, rimase come impietrita. La donna lasciò qualche moneta sul tavolo e si allontanò con passo sciolto. Gwénola poteva ancora darle una voce, correrle appresso, ristabilire il contatto, porre le domande che le bruciavano sulle labbra. Eppure non si mosse, i piedi erano come incollati al pavimento, la testa le doleva, aveva le mani umide di sudore, il cuore le batteva all'impazzata.

10.

Le quattro. Seduta al primo piano del Café de Flore, Olivia veniva intervistata da una filiforme giornalista di un'importante rivista femminile. Tutto si svolgeva come da copione: la donna era carina e simpatica, pesava quaranta chili meno di Olivia, non aveva avuto il tempo di leggere il suo ultimo romanzo, ne riceveva cinquanta ogni settimana. Li avrebbe regalati all'ospedale, al circolo della terza età, al bibliobus, ma tutti questi organismi esigevano che fosse lei a recapitare i libri e la giornalista ci teneva alle sue vertebre. Allora li lasciava in ufficio, in un posto strategico perché le ragazze e i rari ragazzi che lavoravano con lei si servissero. E ogni volta era meravigliata di vedere che quelli che si portavano via più libri gratis erano quelli che disponevano di più soldi per comprarne.

Olivia era una professionista, sapeva che la giornalista avrebbe scritto un pezzo migliore se le avesse fatto intravedere qualche sprazzo della sua vita privata. Così raccontò di Noé e dei suoi sogni di reality. Alle domande su Colin rispose in modo più evasivo: lei e il suo ex marito erano rimasti buoni amici, vivere con una scrittrice non era facile, lei si consacrava ai suoi lettori, aveva una disciplina di vita ferrea.

La giornalista non poté impedirsi di aggrottare le sopracciglia. Olivia reagì dedicandole il sorriso bianco splendente che doveva al suo geniale dentista.

«Sono bulimica di vita, di lettura, di scrittura e di passione», dichiarò in tono convinto.

L'esile interlocutrice assentì, chiedendosi perché Olivia si ostinasse a scrivere dei romanzetti rosa. Fred Vargas, d'accordo: uno stile unico, omicidi, psicologia, suspense, che meraviglia. Lei non era attratta dai romanzi popolari, mentre la sua rivista si rivolgeva a un pubblico femminile che ne andava matto.

«Scrivo per portare un po' di felicità ai miei lettori, distrarli, strapparli alla loro vita quotidiana almeno il tempo di un libro e trascinarli con me in una palpitante avventura di carta», concluse Olivia.

La giornalista assentì di nuovo. A suo parere gli scrittori scrivevano perché non sapevano fare nient'altro.

«È stato un vero piacere conoscerla», disse, alzandosi per porre fine al colloquio.

Olivia la imitò, affabile. Come dopo ogni intervista, friggeva dalla voglia di chiedere quando sarebbe apparso l'articolo, ma non fiatò. Porre la domanda sarebbe equivalso ad ammettere che non divorava sistematicamente ogni numero della rivista.

«Grazie del suo aiuto», si limitò a commentare.

Recuperò la piccola Mercedes dal parcheggio davanti a Chez Lipp. Dopo la morte della moglie, suo padre aveva preso l'abitudine di pranzare lì tutti i giorni della settimana, al piano degli habitué. Sogliola alla mugnaia con patate rosolate e uno Château-Petrus che il proprietario si procurava appositamente per lui.

La Mercedes emerse dal parcheggio e s'inserì con prepotenza nella circolazione, facendo andare su tutte le furie una tipa biondastra e magra al volante di una Mini Morris. Olivia resistette alla tentazione di farle un gestaccio; era diventata un personaggio pubblico, la sua faccia era nota e non aveva voglia di essere schiaffata sulla prima pagina di qualche giornale scandalistico in flagrante delitto di volgarità.

Percorse rue Bonaparte, imboccò il lungofiume, attraversò il ponte della Concorde e fece quattro volte il giro intorno all'obelisco perché dicevano che portasse fortuna. Poi, con una decisione improvvisa, si diresse verso la sua vecchia scuola.

Lasciò l'auto in uno spazio riservato alle operazioni di carico-scarico. Una lettrice assidua che lavorava alla prefettura le faceva regolarmente abbuonare le multe per divieto di sosta.

Era l'ora dell'uscita da scuola, crocchi di mamme armate di passeggini stazionavano sul marciapiede, dalle tasche spuntavano merendine, marmocchi estasiati correvano verso le braccia tese, i biscotti ripieni e le tavolette di cioccolato. Lo spettacolo fece sorridere Olivia, che intanto prendeva posto a un tavolino del Trèfle. Un figlio le bastava, non era mai stata tentata di fare un altro bambino e avrebbe detestato avere una femmina. Noé la divertiva, era diventato l'uomo di casa, loro due da soli andavano d'incanto. Certo, un giorno lui se ne sarebbe andato, il più tardi possibile: i giovani d'oggi non avevano più tanta fretta di lasciare il nido.

Arrivò un cameriere stempiato. Lui aveva già visto quella faccia da qualche parte; la cliente, troppo grassa per essere un'attrice, forse era una conduttrice televisiva o una famosa cuoca?

«Prego?» disse.

Probabilmente la donna avrebbe ordinato una Coca Light o un bicchiere di acqua minerale.

«Fate ancora quei magnifici *cafés liégeois* di una volta? Sì? Ne vorrei uno con doppia razione di panna montata», fece Olivia con un sorriso goloso.

Era stata sovrappeso per tutta la sua vita. Mangiare le

permetteva di essere meno sola, di sentirsi qualcuno di sostanzioso, quindi di vivere meglio. Rimpinzarsi la rassicurava e la consolava di tutto: dell'indifferenza del padre, della morte della madre, dell'infedeltà di Colin, del prossimo abbandono di Noé. Ai tempi della passione, quando faceva l'amore diverse volte al giorno, il piacere sessuale le metteva fame. Poi, siccome la stazza di sua moglie faceva cattiva pubblicità alla clinica, Colin se n'era andato a far godere qualcun'altra. Da allora, era la mancanza di carezze che affamava Olivia.

«Buon appetito», disse il cameriere.

Il gelato color sabbia appannava il bicchiere opaco, la panna come neve che lo incappucciava era cosparsa di chicchi di caffè che crocchiavano sotto i denti. Olivia decapitò il suo dessert, leccò con voluttà il cucchiaino e si sentì meglio. Si domandò cosa pensassero dei suoi libri le vecchie amiche, se quella sera li avrebbero portati alla riunione per farsi fare la dedica. Jenny l'americana e Axelle l'aristocratica figuravano come personaggi secondari in due romanzi. Loro non si erano mai espresse al riguardo, ma avevano sicuramente apprezzato.

Constatò sorpresa di aver mangiato tutto il gelato. Era quello il problema, mentre mangiava pensava ad altro, per questo non si sentiva mai sazia. Quasi quasi ne voleva ordinare un secondo, ma lasciò perdere. Aprì il portafoglio per pagare, accarezzò il quadrifoglio portafortuna plastificato che aveva sempre con sé dal 1985. La settimana prima dell'esame di maturità Axelle aveva colto dei quadrifogli nel parco del castello normanno dei suoi e li aveva distribuiti. Erano esemplari di *Trifolium repens L.* o trifoglio bianco, che però in genere aveva tre foglie. All'epoca credevano che ogni foglia simboleggiasse qualcosa: la speranza, la fede, l'amore, la fortuna.

Un giorno Annick, la mamma di Gwénola, aveva preparato per loro una specie di miele di trifoglio con quattro tazze di zucchero, una tazza d'acqua, dodici fiori di trifoglio bianco, dodici fiori di trifoglio viola e i petali di una rosa. Aveva mescolato il tutto e fatto bollire la miscela per quattro minuti, per poi filtrarla e versarla in vasetti sterilizzati che aveva regalato alle amiche di sua figlia. Era qualcosa di delizioso e magico.

Olivia aveva spesso cambiato portafoglio dal 1985, ma ogni volta vi aveva infilato il cartoncino plastificato. Il feticcio non l'aveva delusa.

«Quanto le devo?» chiese al cameriere.

Pagò, fece qualche passo sul marciapiede, si fermò e tornò verso il caffè.

«A che ora chiudete?»

«Dipende dai clienti. In genere la gente finisce di mangiare verso le ventidue.»

Lei sorrise. Ventidue, due + due = quattro, un segno positivo in favore del passato.

«Dov'è il proprietario?» s'informò.

11.

Più tardi, al Trèfle, Paul osservò inquieto la sua mano destra che s'irrigidiva nell'afferrare il calice di vino rosso. Per quanto tentasse di stringere le dita e di dominarne il tremito, era tutto inutile, non riusciva più a controllarle. Aveva solo quarant'anni ma ne dimostrava quindici di più. I suoi capelli ricci di una volta erano tutti caduti; la testa rasata gli induriva i lineamenti, faceva risaltare il naso dritto, gli occhi neri infossati nelle orbite, le guance inopportunamente ornate di fossette. Un duro, ex drogato, ex carcerato, giocatore squallido e perdente cronico, con fossette da ragazzino. Il piccolo Paul cui piaceva tanto giocare a Monopoli e a Non t'arrabbiare era diventato quell'adulto amaro e cinico dalle mani lunghe avvezze a maneggiare le carte. Mescolava gli assi, i re, le regine e i fanti con rispetto e fanatismo fra le dita tremanti e ingiallite dalla nicotina. La fortuna lo aspettava nelle picche, nei cuori, nei quadri o nei fiori. Ne sognava la notte, ne aveva l'incubo di giorno. Si sentiva prendere dalla febbre all'idea dei poker, dei full, dei tris che gli avrebbero di lì a poco arroventato i polpastrelli. Non aveva nessuna considerazione per i dadi, detestava il momento in cui la mano li lasciava rotolare sul banco perché facessero la loro parte. I dadi non avevano volto, solo spigoli. Invece le carte, rassicuranti e piatte, gli si raggomitolavano nelle mani, madide di sudore, appiccicaticce, scivolose, umane.

«Un altro», ordinò con la sua voce rauca di fumatore.

Anche nella bolletta più nera, anche nelle crisi di astinenza, anche in carcere, anche dopo una cura di disintossicazione, aveva continuato a fumare, a domare il fuoco che gli bruciava nella mano, nella bocca e nei polmoni. Vuotò d'un colpo il bicchiere, si alzò, lasciò una banconota, uscì lentamente, si stirò, guardò il cielo. Ancora non si era abituato al fatto di poter andare e venire come più gli piaceva, mangiare, dormire, pisciare, correre, entrare in un negozio, parlare a una sconosciuta, senza renderne conto ad altri. Nessuno spacciatore, nessuno sbirro, nessun medico poteva più interferire con la vita di Paul. Era ridiventato responsabile di sé stesso. Aveva addosso un'euforia che gli ricordava i trip di una volta, quando la magica droga gli circolava nelle vene, illuminando tutto al suo passaggio. Poteva volare, galleggiare, volteggiare, vincere la paura e la morte; era più potente dei supereroi dei cartoni animati della sua infanzia, mille volte più forte di quello stronzo di suo padre, ai suoi piedi aveva tutte le donne che gli aprivano le loro braccia e il loro sesso, mille volte più dolci di quella puttana di sua madre. Lui era un altro, magnifico, favoloso, più che umano.

Quando aveva ritoccato terra l'aveva pagata cara. In quell'avventura aveva perso quindici anni della sua vita, dieci dei quali a vagare per le strade, da una parte all'altra del paese, con una sola idea fissa: procurarsi la dose quotidiana. Si era prostituito, aveva rubato, aggredito delle persone e venduto la roba ai ragazzini, ma non ne serbava nessun ricordo. Poi lo avevano gettato in prigione e il ciclo era ricominciato: l'avevano violentato, aveva fatto a botte, ma aveva saputo legarsi alle persone giuste e la droga non gli era mai mancata. Fino al giorno in cui il suo protettore era stato rimesso in libertà. Allora aveva conosciuto l'inferno. Per la prima volta aveva chiesto aiuto ai familiari, che non si erano nemmeno degnati di rispondere. Si era lasciato andare lentamente alla deriva ed era ormai finito quando gli avevano proposto un'alternativa: parlare, farsi disintossicare e tornare libero o crepare come un cane. Aveva esitato, poi aveva scelto di vivere. Per potere un giorno provare di nuovo un po' di felicità, bere un bicchiere di vino guardando le gambe e i seni di una donna e, soprattutto, vendicarsi. Un sorriso estatico gli si disegnò sulle labbra sottili. La sua vendetta sarebbe stata implacabile. Non avrebbe avuto nessuna pietà per quelli che l'avevano abbandonato. Aveva soltanto voluto continuare a giocare come un tempo, arraffare la posta, essere Superman, Tarzan e l'Uomo Ragno, stupire suo padre e piacere a sua madre. Aveva soltanto voluto vincere ancora... cosa c'era di male?

Quella che doveva castigare avrebbe forse passato dei bei momenti stasera al Sainte-Agathe, ma aveva i minuti contati.

12.

Il Sainte-Agathe assomigliava a una scuola inglese. Era un lungo edificio al centro di un giardino ombreggiato da alberi, racchiuso da inferriate e con un cancello azionato da un codice digitale.

Quella sera, a causa della riunione delle ex allieve, il cancello era spalancato. Le convenute entrarono nell'atrio, un po' impacciate, e trovarono che tutto sembrava più piccolo di come ricordavano, dimenticando che erano loro a essersi fatte più grandi. Un'allieva dell'ultimo anno stava all'ingresso e le accolse sperando che vent'anni dopo non sarebbe apparsa così invecchiata. Spuntò i loro nomi dalla lista. C'erano i cognomi da ragazza, da sposata, le divorziate, quelle che si erano risposate, bisognava depennare, correggere, riscrivere, mentre le altre aspettavano impazienti. Tese a ognuna un'etichetta con il nome e la classe, indirizzo scientifico, letterario o economico, da incollare sulla giacca. Così, se non si riconoscevano, bastava leggere per rinfrescarsi la memoria.

Debitamente etichettate, le ex allieve attraversarono il chiostro, la palestra che era ormai dotata di tutte le attrezzature moderne, la sala riunioni, poi scesero per una scala nel nuovo refettorio delle grandi. Isabelle Bedier le aspettava ai piedi della scala, gioviale e briosa. Aveva sempre la stessa faccia simpatica e la stessa figura tonda e graziosa, come se il fatto di vivere costantemente a contatto con le maturande avesse fermo il tempo. Portava una camicia a fiori, una gonna scura sotto il ginocchio e calzava comodi mocassini senza tacco. I capelli bruni erano tagliati corti, il viso non era truccato, eppure aveva un'aria giovane e pimpante. Nel 1985 aveva solo trent'anni e oggi portava bene i suoi cinquanta. Le ex allieve avevano trentasette, trentotto o trentanove anni e c'era di tutto: da quelle genere veline sexy alle madri di famiglia sussiegose, dalle signore distinte e borghesi alle cittadine del mondo moderno. Cuoio, lino, cotone, tweed, seta, tinta unita, pallini, righe, fiorellini, tacchi alti, tacchi bassi, scarpette a punta, mocassini, donne moderne, donne antiquate, donne senza tempo...

Isabelle vedeva prima le loro gambe, poi, alla svolta della scala, ne scopriva i volti. Disponeva di un secondo per indovinare l'identità della proprietaria dei piedi, dei polpacci, delle ginocchia. Gonna lunga o minigonna attillata, pantalone morbido o jeans fasciante, le ex allieve avevano cambiato aspetto e abiti ma dentro erano sempre le stesse. Una volta portavano una sobria uniforme blu, adesso erano diventate policrome come un vecchio film di Tati colorizzato.

«Signorina Bedier, non è cambiata per niente!» esclamavano.

"Tu sì, e un sacco!" si tratteneva dal rispondere la professoressa.

Un'ex allieva che sembrava una ragazza aveva nove figli e cinque nipoti. Un'altra era già vedova. Quella che aveva fatto la maturità visibilmente incinta ed era stata oggetto della riprovazione generale aveva una famiglia salda e felice. Una donna graziosa aveva prestato la sua opera di carmelitana oltremare prima di rinunciare al velo. Un'altra aveva sei figli da quattro padri diversi.

Un gruppo giunse come un vortice fra le risate. Una donna arrivò isolata radendo i muri, con le guance in fiamme. Alcune erano accompagnate dai mariti.

«Signorina Bedier, sono Olivia Ruben!» esclamò una bionda alta e florida con un rossetto scarlatto, vestita di un caffetano nero con decorazioni dorate.

Isabelle sorrise. La prima dei quattro elementi era arrivata e sembrava in piena forma.

«Ho una passione per i suoi libri, Olivia. Già all'ultimo anno desiderava scrivere, ha realizzato il suo sogno; è il nostro obiettivo al Sainte-Agathe dare a ogni allieva i mezzi per trovare la propria strada...»

Una bruna con un foulard di Hermès attorno al collo s'intromise senza tante storie.

«Olivia, non ti ricordi di me? Bénédicte Ravel-Dumat. Speravo proprio di vederti, mio figlio vuole fare lo scrittore, ti ho portato uno dei suoi manoscritti, se potessi consigliarlo...»

Le tendeva una grande busta rigonfia che Olivia respinse con un gesto automatico.

«Non leggo mai i manoscritti, Bénédicte», disse con una voce che aveva imparato a rendere musicale a forza di interviste. «Ci passerei la vita, me ne propongono tutti i giorni! Digli di spedirmi presso l'editore un pitch di cinque righe al massimo.»

«Ma sono solo cinquecento pagine, è appassionante... Lui ti adora, abbiamo tutti i tuoi libri, sai, tutti e dieci!»

«Un buon romanzo si riassume in una frase», replicò Olivia. «*Il grande Meaulnes,* romanzo poetico di ambiente rurale: uno scolaro di campagna fa irruzione per errore in una festa di matrimonio che gli sconvolge la vita. *Il piccolo principe,* racconto esoterico: un aviatore sperduto nel deserto incontra un bambino dai capelli d'oro che pretende di essere sceso da una stella.»

Bénédicte, sconcertata, si strinse il manoscritto contro il cuore.

«Mio figlio è su una sedia a rotelle, quello che scrive è toccante...» insistette.

Se in più fosse stato sordo e cieco, mica male come impatto mediatico, pensò Olivia, cinica e realista.

«Pitch breve e intenso. Cinque righe toccanti. Gli risponderanno, sta' sicura...»

Olivia non era una stronza senza cuore, solo che non era il genere decisionista e le ripugnava l'idea di giudicare il lavoro degli altri. A ciascuno il suo mestiere. Ma avrebbe fatto in modo che l'editore esaminasse il pitch del ragazzo.

«Mantengo sempre le mie promesse», le assicurò prima di girare i tacchi per dirigersi verso il buffet, con il caffettano ondeggiante intorno alla figura prosperosa.

Isabelle Bedier lanciò uno sguardo compassionevole a Bénédicte Ravel-Dumat. Olivia non avrebbe aiutato suo figlio, sperava che Bénédicte l'avesse capito. Ma questa, rossa di eccitazione, sfoderava già il cellulare per chiamare lo scrittore in erba.

«Le ho parlato!» proruppe. «È parsa molto interessata, vuole addirittura che le scrivi un pitch, come alla televisione! Cinque righe per riassumere il tuo libro... Non le ho parlato della tua sclerosi a placche, certo che no, per chi mi prendi?»

Due lunghe gambe sottili scendevano le scale, sormontate da una gonna rosa né troppo corta né troppo lunga e da una giacca assortita, stretta in vita ed elegante senza però essere griffata. Il sorriso di Axelle partiva dagli occhi, si diffondeva in cerchi concentrici e prendeva possesso di tutto il viso. L'elemento terra riusciva nell'impresa quasi impossibile di essere insieme cordiale e distante.

«Axelle, benvenuta!»

La sua stretta di mano era ferma, lo sguardo franco.

«Ho apprezzato la presa di posizione di suo marito all'Assemblea nazionale la settimana scorsa», continuò Isabelle Bedier per dimostrare ad Axelle che seguiva l'attualità francese e quella sua personale.

«Anch'io», intervenne una giovane donna in abito nero, di bassa statura e dai capelli ricci, che si materializzò dietro ad Axelle.

«Gwénola!» esclamò Isabelle. «Che piacere rivederla!»

Axelle si girò verso l'amica di un tempo, l'acqua e la terra riunite, tentò di sorridere ma non ci riuscì, allora affondò gli occhi azzurro ghiaccio in quelli color turchese della piccola bretone.

«È passato tanto tempo», fu quello che riuscì a dire.

«Vent'anni...» precisò Gwénola.

A Isabelle, incuriosita, sarebbe piaciuto stare a vedere questo incontro, ma un pantalone Dolce & Gabbana dal taglio sofisticato scendeva le scale, sopra un paio di Manolo Blahnik arancioni. Seguì la parte superiore, una giacca Versace color crema portata da una donna dall'incarnato diafano e dalla capigliatura di fuoco. I quattro elementi erano al completo. Isabelle si diresse verso la nuova venuta, che sorrise tendendole la mano.

«Jenny Lincoln...»

«Certo, l'ho riconosciuta subito! Arriva dritto dall'America?»

«Da qualche anno risiedo a Roma», rispose Jenny guardandosi intorno.

«Olivia è al buffet, Axelle e Gwénola erano qui un attimo fa... Eccole, sono là!»

Jenny guardò nella direzione indicata.

«Dovete avere un milione di cose da raccontarvi», affermò Isabelle.

Jenny annuì.

Si squadrarono, s'incontrarono, si affrontarono, si sorrisero. Erano quattro, si erano ritrovate lontano dagli altri, si riunivano di nuovo come una volta. Axelle era cattolica, Olivia protestante, Jenny credeva in sé stessa, Gwénola s'interessava ai druidi. Olivia e Gwénola avevano un debole per la letteratura, Axelle e Jenny il bernoccolo per la matematica. Avevano sgobbato insieme sul loro numero feticcio per il corso di filosofia. Olivia e Gwénola avevano recensito le espressioni di uso corrente: farsi in quattro, la quadratura del cerchio, a quattr'occhi, dirne quattro a qualcuno, in quattro e quattr'otto, spaccare un capello in quattro. C'erano i quattro punti cardinali, i quattro angoli della terra, i quattri venti, le quattro dimensioni dello spazio-tempo, i quattro Vangeli, le quattro stagioni, i quattro talismani magici della mitologia celtica. Per Axelle e Jenny, il quattro rappresentava l'equilibrio e la pienezza legati alla forma del quadrato, ma anche la ripetizione e lo sviluppo legati all'elevazione al quadrato (due elevato al quadrato = quattro), simboleggiava il potere materiale, la creazione, l'azione. In numerologia, il quattro è equilibrato, preciso, onesto, leale, fedele e devoto. Il tre è la base della piramide, ma il quattro ne è l'altezza.

Olivia fu la prima a rompere il silenzio.

«Non siamo cambiate», disse.

Con un gesto da prestigiatore, tirò fuori un foglio dalla tasca del caffettano e lo dispiegò. Era una fotocopia della loro fotografia di classe del 1985. Le avevano separate a causa della diversa statura: Gwénola, la più piccola, era in prima fila, Olivia e Jenny nel mezzo, la spilungona Axelle stava dietro. Sorridevano all'obiettivo e al futuro, forti della loro incrollabile amicizia.

Si chinarono tutte sulla fotografia, nella quale portavano la classica uniforme blu del Sainte-Agathe, ciascuna con le proprie varianti personali. Gwénola aveva un pullover blu marino chiuso da bottoni sulla spalla, Olivia un sontuoso cachemire, Axelle un elegante cardigan, Jenny una felpa tipicamente yankee. Di colpo, presero tutte a parlare insieme, eccitate e rapite.

«Vi rendete conto che sono passati vent'anni?»

«Questa pettinatura ti sta d'incanto...»

«Cavolo, hai messo su qualche chilo!»

«Sono felice di rivedervi...»

«Perché siamo rimaste tanto tempo senza darci notizie?»

«Sapete una cosa? Abbiamo la stessa età dei nostri genitori quando frequentavamo l'ultimo anno...»

«Siamo diventate delle signore!»

Scoppiarono a ridere. Delle signore, donne libere e di buoni principi morali, responsabili, che pagavano le tasse, membri di associazioni, che partecipavano alla vita delle rispettive comunità. Erano arrivate alla metà della loro esistenza, a volte si prendevano sul serio. Ma anche se il loro comportamento sociale era impeccabile e i loro volti portavano già i segni del tempo, dentro erano rimaste delle adolescenti piene di speranza, in attesa del principe azzurro, attente a verificare di non avere un brufolo sul naso quando uscivano a ballare il sabato sera.

«Vi invito a cena domani sera. Ho prenotato tutta la sala sul retro al Trèfle à Quatre Feuilles, sarà come un tempo!» annunciò Olivia.

Ci fu un attimo d'incertezza.

«Devo tornare a Groix, ho il biglietto del battello per domani», disse Gwénola in tono esitante.

«Abbiamo a cena un ex prefetto», si scusò Axelle.

Olivia si voltò verso Jenny.

«E tu?»

«Sono libera come l'aria e accetto!» rispose l'americana.

Olivia rise felice e si girò verso le altre due.

«Chissà quando ci rivedremo. Axelle vive nel Sudovest, Gwénola in Bretagna, Jenny negli Stati Uniti...»

«Ora non più», la interruppe Jenny. «Vivo a Roma.»

Olivia si corresse.

«D'accordo. Axelle in campagna, Gwénola sulla sua isola, Jenny in Italia, io nella mia periferia. Fate uno sforzo, rinviate il ritorno a casa!»

Axelle e Gwénola si scambiarono uno sguardo. Gwénola capitolò per prima.

«Okay, rimango.»

Axelle scosse il capo.

«Dopotutto, questo prefetto in pensione viene per vedere Charles, non me. Il menu è già deciso: foie gras, *confit de canard*, macedonia di frutti di bosco. E comunque è Jeanne a occuparsi della cucina...»

«Jeanne è da voi adesso? I tuoi genitori l'hanno lasciata andare via?» si stupì Olivia.

«Papà è morto», disse dolcemente Axelle. «Mio fratello si è stabilito nel castello in Normandia e mia madre vive là. Le ho proposto di venire a stare da noi, ma lei va molto d'accordo con mia cognata. Hanno sei figli, c'è più animazione, si sente utile.»

«Come sta Charles?» chiese Gwénola.

Olivia e Jenny trattennero il respiro. Axelle sostenne lo sguardo di Gwénola.

«Bene. È molto preso dai suoi impegni, è spesso assente...»

Calò il silenzio.
«Come sta Loeiz?» intervenne Olivia.
Il viso di Gwénola si rischiarò.
«È alto un metro e novanta, vive a Rennes e frequenta il secondo anno di medicina.»
«Devi esserti sentita terribilmente sola quando se n'è andato!» disse Olivia. «Noé parteciperà a un reality della TV, mi sento male solo all'idea di non vederlo per un po'...»
«A Groix non c'è il liceo», spiegò Gwénola. «Era già via durante la settimana, in un convitto a Lorient, quindi le cose sono cambiate gradualmente.»
«Di che reality si tratta?» s'informò Axelle.
Olivia si pavoneggiò.
«*Tale padre, tale figlio.*»
Jenny aggrottò le sopracciglia.
«C'è anche in Italia, lì si chiama *Genitori famosi.* Tuo marito è così noto?»
Axelle e Gwénola non riuscirono a trattenersi dal ridere vedendo la faccia avvilita di Olivia che, furiosa, si girò verso Jenny.
«Mi prendi in giro?»
«Olivia è molto conosciuta in Francia», intervenne Axelle in suo aiuto.
«Non hai mai letto niente di mio, Jenny?» chiese Olivia, stupefatta. «E io che ero convinta che mi seguiste fedelmente... Vi ho persino infilate, te e Axelle, in due dei miei romanzi, come personaggi secondari, ero sicura che lo sapeste.»
«Io leggo i tuoi romanzi e mi piacciono tantissimo, sul serio!» disse Gwénola.
Olivia le lanciò uno sguardo strano.
«Hanno i tuoi libri alla biblioteca comunale, li ho presi tutti in prestito», assicurò Axelle.
Olivia alzò gli occhi al cielo.

«Non è vero! Non voi! Non pensavo che regalaste i miei libri per Natale, anche se... Ma almeno ero convinta che li compraste! Jenny non li conosce, Axelle li prende in prestito alla biblioteca senza sborsare un centesimo. Se facessero tutti così morirei di fame!»

«Ti sei un po' avvantaggiata», ridacchiò Axelle. «Apparentemente mangi con appetito.»

Olivia la guardò, non credendo alle proprie orecchie, poi rovesciò la testa all'indietro e proruppe in una sonora risata. Le altre la imitarono.

«Nessuno mi aveva parlato così dal tempo del divorzio», disse Olivia tutta allegra. «È bello rivedervi! Sì, sono troppo cicciona. Sì, ho un ego smisurato. Ma è colpa vostra, siete sparite dalla mia vita, non avevo più nessuno che mi abbassasse la cresta!»

«Io, per fortuna, ho Jeanne», intervenne Axelle. «Quando sono stressata e brusca, lei se ne esce fuori: "Si ricordi che l'ho fasciata e che ho pulito il suo culetto di contessa..."»

«E, per quanto mi riguarda, Loeiz non mi risparmia, detesta le persone che si prendono sul serio», rincarò Gwénola.

Jenny sorrise.

«Nel mio caso, nessuno è abbastanza intimo da poter svolgere questo ruolo. I miei genitori sono scomparsi nel 1999 in Medio Oriente, in un attentato contro l'ambasciata. È per questo che ho lasciato gli Stati Uniti, non ho più nessuno.»

«E adesso vivi con un bel romano dagli occhi infuocati?» domandò Olivia.

«No, mi sono sistemata in un albergo nel bel mezzo della Roma antica. Ho un... amico, ma è sposato e padre di famiglia. Non si divorzia così facilmente nella città del papa. Non è politicamente corretto.»

Si rivolse a Gwénola.

«C'è un signor Gwénola?»

L'altra fece un risolino.

«Mi sono già scottata», disse. «Una volta è sufficiente. Meglio soli che male accompagnati.»

«D'accordo al cento per cento», approvò Olivia. «Quando Colin mi ha lasciata per quella puttanella di segretaria scheletrica ero disperata, ma poi ho organizzato diversamente la mia vita e sono molto più felice di prima...»

«Mi piace sentirvi parlare di felicità!» le interruppe Isabelle Bedier avvicinandosi a loro e posando le mani sulle spalle di Gwénola e di Jenny. «Non tenetevi in disparte, signorine... dovrei dire signore, adesso. Andate a parlare con le altre, siete venute anche per questo.»

«Se lo dice lei!» fece Jenny maliziosa.

«Si è fatta più sicura, Jenny», osservò Isabelle. «Una volta l'avrebbe solo pensato.»

«Sono cresciuta», disse Jenny.

Il seguito della serata passò in fretta, a chiacchierare e a piluccare nei piatti del buffet. Delle anime buone avevano preparato grandi insalate miste, carne fredda e petto di pollo, una scelta di formaggi e una favolosa coppa di mousse al cioccolato. Il cibo era gustoso ma il vino un po' scarso, come se fossero ancora delle ragazzine. Le quattro amiche passarono da un gruppetto all'altro, mescolandosi ai vari clan. I medici, gli avvocati, le giornaliste, le insegnanti si riconoscevano da segnali invisibili, come anche quelle che avevano scelto di fare solo le mamme. Le single senza figli parlavano di viaggi, moda, informatica, modi di spendere i loro soldi.

Gwénola lasciò un tavolo di giornaliste nel momento in cui Axelle abbandonava un gruppo di castellane. Si trovarono faccia a faccia, sole per la prima volta.

Gwénola fece la domanda che le bruciava sulle labbra. «Lui non chiede mai notizie di Loeiz?»

Axelle scosse la testa con gravità.

«Non mi ha mai detto niente e io ho rispettato la sua scelta.»

Gwénola arricciò il naso.

«Non ti mette a disagio?»

Axelle esitò. Con gli anni era quasi riuscita a cancellare il passato, e la sua battaglia personale per avere dei figli non aveva lasciato spazio ad altro.

«Un tempo sì.»

«Siete felici?» azzardò Gwénola.

«Non siamo infelici. E tu?»

Gwénola fece un sorriso bizzarro.

«Avere un figlio mi ha riempito la vita, non l'ho mai rimpianto.»

«Ti ho scritto diverse volte», disse Axelle, «volevo essere sicura che te la cavavi finanziariamente...»

«Mi sono arrangiata», ribatté Gwénola con fierezza. «Ho buttato le tue lettere senza aprirle. Le hai scritte per metterti a posto la coscienza, per te, non per me.»

Axelle si strinse nelle spalle.

«Sono felice di rivederti», mormorò. «In effetti è per questo che sono venuta.»

«Anch'io», confessò Gwénola.

Marina, l'ex allieva che aveva aiutato Isabelle Bedier a organizzare la serata, le separò mettendo loro in mano dei questionari da compilare. I fogli erano di un bel giallo caldo, con un titolo in rosso: «Sainte-Agathe, i vent'anni della maturità!». C'erano parecchie sezioni da riempire: cognome, nome, indirizzo, telefono, indirizzo di posta elettronica, data del compleanno, numero di figli e loro età. Poi domande più personali: professione, occupazione (associazioni, opere pie), passioni. Il questionario finiva con una domanda: «Un problema, un'urgenza?» per ristabilire sottilmente il contatto e far scattare la solidarietà. Stilografiche e pennarelli spuntarono dalle borse o dalle tasche. Vennero scritti cognomi e nomi (con un'esitazione per le divorziate), indirizzi e nomi dei figli (con un'esitazione per le famiglie ricomposte).

Le quattro della banda di un tempo sbirciarono sui fogli delle altre. Olivia restituì la sua copia per prima, aveva dato l'indirizzo e-mail ma non quello personale e indicato che era la mamma di Noé, diciassette anni, partecipante a *Tale padre, tale figlio*. Professione: scrittrice; occupazione: raccontare storie; passione: la letteratura. Axelle consegnò per seconda. Indirizzo: castello di Bergeac. Aveva tracciato un riga furiosa sulla dicitura «numero di figli e loro età». Professione: nessuna; occupazione: moglie di uomo politico; passione: coinvolta nella vita della sua cittadina (parrocchia, cultura, istruzione, terza età). All'ultima domanda aveva risposto «nessun problema, nessuna urgenza, se qualche ex allieva si trasferisce nel Sud-ovest può contattarmi e sarò felice di darle una mano». Gwénola fu la terza a finire. Indirizzo: isola di Groix, Morbihan; madre di Loeiz, diciannove anni, studente di medicina. Professione: giornalista; occupazione: corrispondente locale per «Ouest-France»; passione: la natura. Ultima risposta: urgenza di vivere pienamente. Infine, Jenny divertì tutti con le sue risposte strampalate. Indirizzo: nessuno; figli: nessuno; professione: nessuna; occupazione: nessuna; passione: nessuna; urgenza: mantenere le mie promesse.

Dopo la cena, su richiesta di Isabelle Bedier, calò il silenzio mentre uno schermo da proiezioni veniva srotolato sulla parete di fondo del refettorio.

«Vi abbiamo preparato una proiezione di diapositive», annunciò Marina senza precisare che lei e Za-

za, un'altra ex allieva, vi avevano dedicato intere settimane.

Le foto sfilarono nell'oscurità. Il Sainte-Agathe all'epoca delle loro nonne e poi delle loro mamme, senza palestra né refettorio ma con la cappella attorno alla quale si era sviluppata la scuola. Le foto di classe si succedettero, ognuna si riconosceva nel passare degli anni: bambine con le trecce o nastri nei capelli, con i calzettoni arrotolati e le gonne a pieghe, ragazzine all'inizio della pubertà con l'apparecchio per i denti e il primo reggiseno, ragazze dai seni ben disegnati e dalle lunghe gambe fasciate dai collant. In pochi scatti, il passaggio dalla bambina alla donna. Certune erano dotate di una grazia fragile a tutte le età, altre si portavano dietro il corpo come una palla al piede, altre ancora da rozzi bruchi si erano fatte farfalle.

Nove di loro erano morte, una statistica che impressionò le presenti. Anche se quella sera la tristezza non doveva essere di casa, non si poteva ignorarle. Le organizzatrici avevano quindi deciso di fare sfilare i loro ritratti senza alcun commento. Le nove ragazze comparvero sullo schermo l'una dopo l'altra, senza musica funebre in sottofondo, ciascuna accompagnata semplicemente dal suo nome. Le sopravvissute trattennero il respiro.

«Non sapevo...»

«Ha avuto un incidente d'auto, credo.»

«È morta di tumore un anno dopo la maturità...»

«Non è possibile!»

«Le ho mandato gli auguri anche l'anno scorso...»

«Pare che si sia suicidata.»

Fu poi la volta dei professori scomparsi. Infine si riaccese la luce. Dopo un attimo di esitazione riprese il baccano, tornarono i sorrisi, la vita ebbe la meglio.

Tre dei membri della vecchia banda del Trèfle dimenticarono e si rimisero a chiacchierare. La quarta rimase pensosa. Presto o tardi avrebbe dovuto dire la verità alle altre. Allora avrebbero preso le distanze da lei e non le avrebbero più voluto bene. Nell'attesa, mentre ne aveva ancora il tempo, si riscaldava al sole della loro amicizia.

13.

La sera era calata sull'Yvelines. Noé era solo in casa e si aggirava nella sua tenuta preferita, maglietta bianca e pantaloni con il cavallo che gli arrivava quasi alle ginocchia. I piedi nudi calpestavano con sicurezza il pavimento ricoperto di sisal. I capelli biondi, sciolti, gli ricadevano sulle spalle. I suoi occhi verdi si posarono compiaciuti sull'arredo zen. Amava la casa, l'assenza di mobili, la sua grande camera e l'adorato computer. Non entrava mai nello studio della madre, un luogo proibito quanto la stanza dei segreti di Barbablù. Si diresse fischiettando verso la cucina, aprì il grande frigo argentato, tirò fuori il pane in cassetta, la maionese e una lattina di Coca. Pescò nell'armadietto vicino una scatola di sardine e una tavoletta di cioccolato. Sua madre non lo vedeva mai mangiare così, le sarebbe preso un colpo. Gli aveva preparato una cena sana: filetto, fagiolini e melone. Noé sistemò artisticamente quattro fette di pane su un piatto quadrato di ceramica provenzale. Le spalmò di abbondante maionese, stese su ognuna due sardine gocciolanti d'olio e due barrette di cioccolato, ci mise sopra altre quattro fette di pane. Addentò il primo sandwich. *De gustibus...* trovava la combinazione ricercata e interessante. A *Tale padre, tale figlio* avrebbe dovuto tirare la cinghia, quindi tanto valeva approfittarne.

Divorata la cena e vuotata la lattina, Noé fece rotta

verso la sua stanza e accese il PC. Si scambiava messaggi con gli amici, partecipava a discussioni on line, scaricava musica e film, visionava clip. Digitò con scioltezza sulla tastiera, maneggiò come un habitué un mouse ottico senza fili di ultima generazione e aspettò la risposta della scoppiettante Mona, figlia di un produttore cinematografico e di una fotografa. Era stata lei a proporlo per *Tale padre, tale figlio* e avrebbe fatto parte dell'avventura.

Un segnale acustico lo avvisò che Mona gli aveva risposto. Cliccò sull'icona, aprì il messaggio: «Si sta costituendo un sito non ufficiale sulla trasmissione, l'autore è un mio amico, inviagli presto qualche foto demenziale e un CV assurdo, è urgente!».

Mona gli indicò il sito in questione. Noé sorrise e rispose: «Ricevuto, consideralo già fatto!». Collegò la camera digitale al computer, scelse tre ritratti deliranti, aprì il sito. E il suo PC andò in bomba.

«Non puoi farmi questo!» s'imbestialì.

Riavviò il computer e ricominciò da capo. Stavolta lo schermo diventò tutto nero, il computer non si riaccese neanche quando gli diede l'ordine.

«Non posso crederci...» tuonò.

Provò e riprovò, invano. Il PC non reagiva. Mona aveva ben specificato «è urgente». Non stette a esitare. Maledizione, l'occasione rischiava di passargli sotto il naso se aspettava l'indomani. Nello studio di sua madre c'era un Macintosh che funzionava alla perfezione, bastava connettere l'apparecchio fotografico, andare sul sito, spedire le foto e poi cancellare ogni traccia del suo passaggio. Sua madre non se ne sarebbe manco accorta...

Noé si diresse verso lo studio, spinse la porta. Non era chiusa a chiave: sua madre aveva fiducia in lui, non aveva mai infranto la regola, e perché mai avrebbe dovuto farlo? Aveva tutto il denaro che gli serviva per andare al cinema, comprarsi libri, vestiti e gadget elettronici. Olivia gli aveva proibito solo tre cose da quando aveva raggiunto l'età della ragione: fumare, bere ed entrare nel suo studio quando lei non c'era. Noé avrebbe presto avuto diciotto anni. Trasgredire i tabù parentali avrebbe fatto solo bene alla sua salute mentale.

La porta si richiuse cigolando come nei film dell'orrore. Lui si irrigidì e si strinse nelle spalle. La stanza era fresca grazie al condizionatore. La lunga scrivania di vetro era coperta di carte, articoli, cassette, buffi regalini inviati a Olivia dai suoi lettori. Il computer era in stand by, ma c'era una lucina verde che lampeggiava. Noé si diede del cretino e si sedette sulla comoda poltrona di pelle che si diceva fosse appartenuta, negli anni Cinquanta, a un maestro del romanzo poliziesco americano. Fece schioccare le dita per scioglierle e riattivò la macchina. Il Macintosh ronzò e rinviò a Noé la sua immagine riflessa.

«È andata!» mormorò l'adolescente.

Ritrovò senza difficoltà le foto scelte, le infilò virtualmente in una busta elettronica e le spedì. Diffidente per natura, decise di aspettare e di controllare la posta per verificare che il suo messaggio non fosse stato rinviato al mittente. Si guardò intorno, chiedendosi cosa provasse sua madre quando stava seduta lì. L'esistenza di Olivia era organizzata con la precisione di un orologio svizzero: scriveva dalle sette alle tredici, sette giorni su sette, d'estate come d'inverno, vacanze comprese. Dopo pranzo faceva la siesta e poi emergeva alla luce del giorno come un'Euridice liberata, gli occhi scintillanti, l'anima acquietata, la coscienza tranquilla.

Biiip! Il suono elettronico turbò il silenzio. «C'è posta» apparve sullo schermo in alto a destra. Automaticamente, come se fosse davanti al suo computer, Noé cliccò su OKAY. Il messaggio veniva da Gwénola Tonnerre, inviato ieri per essere consegnato oggi, oggetto: «È finita». Noé aggrottò le sopracciglia, incuriosito. «È finita» dove, quando, perché, come? Gwénola Tonnerre, un'amica di sua madre, abitava su un'isola bretone. Doveva essere occupata a ingozzarsi di pasticcini con le altre allieve del corso del 1985.

Noé si immaginò, vent'anni dopo, una riunione come quella con Mona e la loro classe: certi ragazzi sarebbero stati calvi, con i baffi o la barba, certe ragazze avrebbero avuto i capelli raccolti e sarebbero state madri di famiglia. Sarebbe stato anche lui risucchiato dal sistema, in abito e cravatta, a spingere un passeggino... o estroso e pieno di talento, adulato dalle folle, un habitué delle scene televisive, vincitore di un César, di un Oscar, di un premio Goncourt, Femina o Médicis? Non sarebbe più stato «Noé Nathan-Ruben, il figlio della grande Olivia Ruben». Olivia sarebbe diventata «la madre del famoso Noé Nathan-Ruben»...

Si domandò cosa potesse essere finito per Gwénola Tonnerre. Noé poteva ben immaginarlo, due matrimoni su tre fallivano, forse lei divorziava? La cosa non lo riguardava, non erano affari suoi e non era il suo computer; il messaggio non era indirizzato a lui. Ma gli scocciava non sapere. Cercare un nome o una parola che hai sulla punta della lingua può guastarti la giornata. S'immaginò, rinchiuso nella casa zeppa di microfoni e telecamere di *Tale padre, tale figlio*, mentre urlava: «Voglio sapere cos'è che è finito», così come Patrick McGoohan, il *Prigioniero* della serie televisiva culto degli anni Sessanta, urlava: «Se io sono il numero 6 chi è il numero 1?».

Noé sospirò e fece doppio clic sul messaggio di Gwénola. Avrebbe probabilmente scoperto che si trattava di una stupidaggine... Apparvero le lettere, formando delle parole che si articolarono in frasi logiche, coerenti, incredibili, demenziali. Noé non credette ai propri occhi, si schiarì la gola, si grattò il naso, deglutì a fatica. Sul fondo bianco, le lettere nere vorticavano.

«È finita, Olivia. Ho riflettuto. Basta. Ho preso la mia decisione. Adesso mio figlio studia e si guadagna da vivere, è indipendente, non ho più bisogno dei tuoi soldi. Ne ho abbastanza di essere un fantasma e di vedere i miei libri pubblicati sotto la tua firma. Ci siamo aiutate reciprocamente, ognuna ci ha trovato il proprio tornaconto per vent'anni, sei stata molto generosa, ma è finita. Non volermene. Ti invio questo messaggio in differita affinché tu lo legga rientrando dalla nostra riunione, lì ci sarà troppa gente perché noi due si possa parlare. Nessun altro all'infuori di noi ha saputo, nessun altro lo saprà, te lo prometto.»

«Questa donna è fuori di testa!» mormorò Noé.

Ogni scrittore molto pubblicizzato s'imbatteva almeno una volta nella vita in un pazzo isterico che lo accusava di averlo plagiato. In genere si trattava di uno sconosciuto, ma perché non una compagna di scuola? Noé si rifiutava di sospettare sua madre, era impossibile, la grande e talentosa Olivia Ruben non poteva essere un'impostora!

Febbrilmente, Noé cercò nei messaggi in archivio quelli che provenivano da Gwénola. Li lesse.

«Marzo. Sono arrivata all'ultimo quarto, nessun problema per l'uscita del libro in ottobre, puoi prendere l'impegno con il tuo editore. La protagonista è una giovane donna coraggiosa e dinamica bene ancorata nella sua epoca, per cui ne verrà fuori una serie televisiva familiare e sociale ancorata nella realtà, con segreti del passato, suspense, minacce, passione e odio, insomma, tutto quel che serve! Conto su di te per il versamento a saldo di fine luglio, come convenuto, quando ti spedirò il testo. *Kenavo*!»

«*Kenavo*», ripeté stupidamente Noé.

Sua madre non scriveva i suoi libri! La celebre Olivia Ruben aveva un negro che viveva in Bretagna e scriveva i suoi romanzi da vent'anni. Due decenni di mistificazione, di dissimulazione, di truffa. Come aveva potuto reggere da sola quel pesante segreto per tanto tempo? Aveva mentito persino a suo figlio. La collera invase Noé: aveva voglia di spaccare tutto, di fracassare il computer, fargli restituire il maltolto. Lo scenario troppo perfetto dello scrittore falsario gli faceva venire da vomitare. Spinse indietro la poltrona, uscì di corsa dalla stanza, si precipitò in bagno dove rigettò la sua strana cena. Chino sul water, aveva l'impressione di soffocare, la verità su sua madre gli impediva di respirare. Riempì il lavandino di acqua fredda, vi tuffò dentro la testa, si tirò su, grondante acqua e delusione. Aveva nutrito una tale ammirazione per lei, e adesso era disgustato e provava un vago senso di vergogna. La mistificazione di sua madre lo copriva letteralmente di fango. Si sentiva sporco. Una vocina maligna gli sussurrò che sarebbe potuto diventare machiavellico quanto lei e rivelare tutto sulle scene di *Tale padre, tale figlio* alla fine della settimana. Sarebbe stato uno scoop geniale, che avrebbe fatto partire in quarta la sua carriera! In diretta, davanti a milioni di telespettatori, la scandalosa confessione del figlio della grande Olivia Ruben: «Mia madre ve l'ha fatta, eh?». Immaginò i titoli a caratteri cubitali sulle riviste, l'impennata nelle vendite del libro che poi avrebbe scritto in poche settimane, Noé Nathan-Ruben, *La verità su mia madre*, e di cui avrebbe fatto l'adattamento cinematografico. Lo avrebbero invitato ai programmi radiofonici e televisivi più popolari, a diciassette anni sarebbe diventato l'idolo del momento...

Scosse la testa, scartò l'idea. Non era un traditore, non si sarebbe abbassato allo stesso livello di sua madre. Ma non arrivava a capire perché lei avesse ordito questo inganno. Suo padre era ricco, lei non aveva avuto bisogno di battersi per guadagnarsi da vivere. Se non sapeva scrivere, non aveva che da scegliere un altro mestiere!

Distrutto, si lasciò cadere sul letto, un futon non meno zen del resto dell'arredo. Prima apprezzava la scenografia, adesso la trovava falsa e artificiale. Chiuse gli occhi. Sua madre gli aveva raccontato cento volte quella storia...

L'ultimo anno di corso, Olivia e Gwénola avevano ciascuna scritto un romanzo. La loro amica Jenny li aveva letti e, senza interpellarle, aveva portato i due manoscritti da un grande editore parigino. Qualche tempo dopo, Gwénola aveva ricevuto una lettera in cui la si ringraziava di avere inviato il suo lavoro «che purtroppo non rientrava nelle attuali scelte editoriali». E Olivia aveva ricevuto una telefonata nella quale le comunicavano che avrebbero pubblicato il suo romanzo! Richard Ruben, il nonno di Noé, aveva organizzato una grande festa invitando tutta la Parigi che conta e aveva fatto stampare dei biglietti d'invito con un facsimile della copertina del libro con il nome di sua figlia. Era stato l'evento mondano della stagione. Un amico produttore aveva acquistato i diritti, una grande rete televisiva nazionale ne aveva tratto un feuilleton messo in onda durante l'estate, la consacrazione era arrivata immediatamente...

Ma, allora, tutto questo era un imbroglio, una truffa magistrale? Noé non capiva più niente. Olivia era stata pubblicata, non Gwénola. Com'era possibile? Perché non il contrario? Per quale ragione Gwénola avrebbe accettato di giocare ai fantasmi?

Fece una smorfia, le tempie strette in una morsa. Aveva d'un tratto capito che se la verità veniva a galla e si scopriva che sua madre usurpava la sua celebrità, lui non avrebbe più avuto il diritto di partecipare a *Tale padre, tale figlio*. E avrebbe perso tutto, compresa Mona.

Aveva voglia di ubriacarsi, ma detestava il sapore dell'alcol. Si fece tuttavia violenza e buttò giù uno dietro l'altro tre bicchieri di acquavite che in qualche minuto gli assicurarono un oblio effimero e un'emicrania coi fiocchi.

14.

Mercoledì 21 settembre

L'indomani della riunione al Sainte-Agathe, Olivia si svegliò, come ogni mattina, alle sei precise. Dovunque si trovasse, anche se c'erano di mezzo i fusi orari quando era all'estero per i tour promozionali, il suo orologio interno era regolato sulle sei. Si stiracchiò, soddisfatta della serata della vigilia: la banda delle quattro si era ricostituita, tutto era di nuovo possibile!

Pensò al nettare di caffè che di lì a poco sarebbe uscito dalla caffettiera, si disse che avrebbe dovuto seriamente pensare a mettersi a dieta. Ma per chi, per che cosa? I suoi lettori avevano voglia di leggerla, non di spogliarla. E in ogni caso erano delle lettrici, a lei spettava divertirle, non sedurle.

Era da un pezzo che non faceva l'amore, ma stranamente non le mancava. Anche la notorietà produceva endorfine, era un'altra forma di piacere.

Con addosso una camicia da uomo taglia XXL, andò in cucina a servirsi la prima dose di caffeina della giornata. Passando davanti alla camera del figlio notò la porta aperta. Lanciò dentro un'occhiata, stupita. Nessuno. Il letto era sfatto, dunque ci aveva dormito. Il casco non c'era. Era uscito senza lasciarle un biglietto, strano da parte sua. Quella storia del reality lo metteva sottosopra.

Olivia si strinse nelle spalle e andò verso lo studio. La poltrona sposava perfettamente le sue forme. La fece ruotare per abbracciare con lo sguardo la stanza familiare, sorrise al suo adorato computer, scaricò i messaggi dalla posta. La lista era lunga, più di una decina di messaggi. Provenivano da un amico giornalista, da un'organizzatrice del salone del libro, da lettori fedeli. Un'associazione di imprenditrici le chiedeva di tenere una conferenza. Un professore di francese di una scuola vicina la invitava ad andare nella sua classe. Gwénola le scriveva da Groix.

Olivia sorrise. Il messaggio era stato inviato dall'isola bretone in differita. Lo aprì. Il cuore smise per un istante di battere, le mancò il respiro, strabuzzò gli occhi.

«È finita, Olivia...»

Rilesse varie volte il testo per essere sicura si averne afferrato il senso. Gwénola non poteva liquidarla come un vecchio calzino dopo tutto quello che Olivia aveva fatto per lei!

"Dopo tutto quello che lei ha fatto per *te*, piuttosto", mormorò una vocina dentro di lei. Angosciata, tentò di calmarsi. Senza di lei, Gwénola non era più niente. Voleva correre questo rischio? Olivia si morse il labbro inferiore. Chiaro che la risposta era sì. Gwénola in effetti se ne infischiava, non aveva mai avuto un briciolo d'ambizione personale, voleva solo disporre dei mezzi per allevare suo figlio. E adesso questo suo progetto era realizzato. Loeiz era diventato grande, in senso proprio e in senso figurato. Gwénola non aveva più bisogno della manna finanziaria che Olivia rappresentava per lei. Non erano legate da nessun contratto, l'editore era sempre stato all'oscuro di tutto, fra loro due valeva solo la parola data. Oggi Gwénola scioglieva il suo impegno. Non c'era modo di costringerla. Olivia non conosceva il suo numero di cellulare, avrebbe dovuto aspettare di rivederla quella sera al Trèfle.

Si alzò. Era talmente agitata che doveva muoversi se non voleva esplodere. Si mise a camminare per la stanza cercando una soluzione. Raddoppiare, triplicare la somma che dava a Gwénola non sarebbe servito a cambiare le cose. Poteva proporle di cofirmare un libro per aprirle la strada nella carriera di scrittrice. Di scrivere la prefazione al prossimo romanzo? Di presentarla ufficialmente alla stampa? Loeiz studiava medicina, Olivia conosceva diversi pezzi grossi a Parigi, poteva raccomandargli il ragazzo? No, frequentava la facoltà di Rennes, tutti i contatti di Olivia si trovavano nella capitale, in provincia non aveva agganci. Forse Colin conosceva qualche collega da quelle parti? Era così disperata da considerare addirittura l'ipotesi di chiamare in soccorso l'ex marito.

Si lasciò scivolare a terra, appoggiandosi con la schiena alla famosa libreria che entusiasmava i fotografi e i cameramen venuti a intervistarla. Che gliene importava oggi di quelle pile di libri con tanto di dedica, delle traduzioni, delle prime edizioni, delle opere rare? Sulla soglia dei quaranta, era solo una ragazzina sconvolta sul punto di essere smascherata. Senza Gwénola la bella avventura era finita. Era incapace di scrivere un libro da sola. Aveva uno stile diverso, idee complicate, nessuno l'avrebbe pubblicata.

Ciò che era successo non era tuttavia una sua scelta. Nasceva tutto da un errore, il destino aveva giocato in suo favore. Quando, nel 1985, Jenny aveva inviato all'editore i manoscritti di Olivia e di Gwénola, qualcuno aveva sbagliato. L'editore aveva rifiutato il libro di Gwénola e annunciato a Olivia che accettava il suo. Era successo qualche mese dopo la morte accidentale della mamma di Olivia per un'overdose di farmaci. Una settimana dopo la festa data dal padre in suo onore, Olivia aveva scoperto con orrore che c'era stato uno scambio e che il manoscritto accettato era quello di Gwénola. Era troppo tardi, non poteva dire la verità, suo padre si sarebbe coperto di vergogna. Vedeva già i titoli sui giornali: «Il miliardario Richard Ruben ridicolizzato dalla sua stessa figlia», «La figlia di papà impubblicabile», «Ruben al tappeto, la mania di grandezza non paga nell'editoria». Era assolutamente inconcepibile.

Con la morte nell'anima, Olivia aveva firmato il contratto, corretto le bozze. La vigilia dell'uscita del libro, aveva raccolto tutto il suo coraggio e invitato Gwénola a prendere il tè da Angelina, in rue de Rivoli. Là, davanti a un sublime Mont Blanc che era un concentrato di calorie, le aveva confessato la verità.

«Devo dirti... Si sono sbagliati, Gwénola. Io non c'entro niente. Me ne sono resa conto troppo tardi. Pubblicano il tuo libro sotto il mio nome.»

All'inizio Gwénola non aveva capito, poi aveva sorriso, estasiata.

«Di sicuro c'è ancora il tempo di avvertirli e di correggere l'errore», aveva detto.

«Non posso», aveva spiegato Olivia. «Mio padre non lo sopporterebbe. Dopo la morte di mia madre non mi ha rivolto la parola per settimane, adesso esisto di nuovo per lui... Te ne supplico, aiutami! A ognuno dei miei compleanni mio padre ha versato diecimila franchi sul mio libretto di risparmio. Ti propongo di comprare il tuo manoscritto a centomila franchi, in contanti. È una discreta cifra, non trovi?»

Gwénola, frastornata, stava zitta.

«Trattiamolo come un business. Cento bigliettoni da mille per il tuo silenzio sono una gran bella somma. Ti prego, Gwénola, non scorderò questo favore, non sono un'ingrata. Non è che un libro! Non hai che da scriverne un altro, lo pubblicheranno e dimenticherai.»

Ma Gwénola esitava. Aveva chiesto ventiquattr'ore per riflettere, con la promessa che non ne avrebbe parlato a nessuno.

Quella notte Olivia non aveva chiuso occhio, preparando i suoi argomenti, immaginando delle minacce: "Nessuno ti crederà. Ti senti nella posizione di batterti contro il potere e i mezzi finanziari di mio padre?". Per fortuna non era dovuta arrivare a simili estremi. La notte aveva portato consiglio, l'indomani Gwénola aveva accettato la sua offerta.

Il libro era uscito, ed era stato un grosso successo grazie alle sue intrinseche qualità ma anche alla notorietà di Richard Ruben, che aveva dato alla figlia una buona spintarella. Un mese più tardi, qualche giorno dopo gli esami di maturità, Gwénola, incinta, aveva lasciato la capitale per stabilirsi nella sua isola bretone. Olivia aveva tentato di scrivere un nuovo romanzo, ma non ne veniva fuori; allora aveva continuato a comprare i manoscritti di Gwénola e la magia aveva sempre funzionato. Gwénola, ragazza madre, era segretamente diventata il suo negro. Non si vedevano da vent'anni, tutto avveniva per posta e per bonifici bancari.

«Dio mio, non l'ho fatto apposta», gemette la grande Olivia Ruben raggomitolata contro la sua prestigiosa libreria. «Mamma, aiutami, tu lo sai che non c'entro niente...»

Uno scricchiolio la fece sobbalzare. Chi va là? Noé che rientrava? Di nuovo silenzio. Olivia si cinse le ginocchia con le mani e oscillò avanti e indietro ripetendo: «Mamma, pietà, torna, mamma, ho bisogno di te, non abbandonarmi come vent'anni fa, mamma, aiutami...».

Nessun fotografo o cameraman avrebbe mai immaginato quella scena. La celebre e arrogante Olivia Ruben che singhiozzava sul tappeto parlando a una donna isterica e nevrotica morta da vent'anni.

15.

Dalle otto del mattino, seduto sul suo scooter nel parcheggio, Noé aspettava che la casa editrice che pubblicava i romanzi di sua madre aprisse i battenti.

Olivia le era rimasta fedele nonostante le proposte allettanti della concorrenza. Era ogni volta impassibile davanti alle offerte e il suo editore la assecondava. Bertrand Guinness aveva il fiuto di un cane da caccia, una memoria da elefante e un'intelligenza acuta. Noé, che da piccolo aveva tenuto sulle sue ginocchia, lo chiamava «zio Bertrand».

Il ragazzo lo vide arrivare, gli diede un quarto d'ora per sistemare gli affari di ordinaria amministrazione poi, portandosi dietro il casco, entrò disinvolto e salutò la centralinista che lo riconobbe.

«Ciao, Noé, è un piacere vederti!»

«Anche per me. Posso vedere zio Bertrand?»

Mentre lei s'informava, il ragazzo osservò la parete di sinistra coperta delle fotografie degli autori di punta della casa editrice. Sua madre vi occupava un posto di rispetto e sorrideva in bianco e nero ai visitatori. Noé distolse lo sguardo: Gwénola avrebbe meritato di occupare quel posto.

«Il signor Guinness ti aspetta nel suo ufficio», annunciò la centralinista.

Noé salì i due piani che lo separavano dall'antro dell'editore. Non sapeva perché era venuto né cosa avrebbe chiesto, navigava a vista. Bertrand gli aprì la porta.

«Entra, Ruben, caro ragazzo...»

Guinness chiamava gli uomini per cognome e le donne per nome, a prescindere dall'età.

«Cosa posso fare per te?»

La scrivania era sommersa di manoscritti. Era inutile tirare il collo per individuare una foto della moglie e dei figli, era una causa persa in partenza, Guinness non mescolava vita pubblica e vita privata. Una grande libreria dov'erano esposti i libri dell'anno occupava tutta la parete di sinistra. Le opere della madre di Noé troneggiavano bene in vista, accompagnate dai premi che si erano aggiudicate. Noé fece una smorfia.

«Zio Bertrand, seriamente, cosa pensi della mamma come scrittrice? Voglio dire... be'...»

S'interruppe, le parole gli si erano raggrumate in gola. L'editore era complice dell'inganno? Era un tipo onesto, aveva uno sguardo franco e una risata generosa. Si chinò verso l'adolescente.

«Ti preoccupi della tua partecipazione al reality, vero? Sta' tranquillo, tua madre è una donna eccezionale, puoi essere orgoglioso di lei. Avrebbe potuto starsene a girare i pollici e vivere alle spalle di suo padre, ma ha scelto il lavoro e la disciplina della scrittura. Dedicarsi per ore, giorni, mesi a questo compito, mettere in fila le parole, domarle, sedurle, lacerarsi l'anima per meglio condividere l'emozione, far vibrare le frasi, è la più bella scelta del mondo, Noé. Sono felice che tu intraprenda questa strada.»

Noé alzò la testa, piantò gli occhi in quelli dell'editore. Guinness era sincero. Non sapeva niente.

«È vero che utilizzate dei "negri", persone che scrivono per gli altri?»

«Ti riferisci a quelli che gli americani chiamano *gho-*

stwriters, scrittori fantasma che usano la penna ma non firmano i loro libri? Io collaboro con dei *rewriters*, professionisti esperti che sanno dare a un'opera la forma che più le conviene. Intervengono soprattutto nel caso di testimonianze o autobiografie di persone mediatizzate che raccontano la propria storia e che non conoscono il mestiere dello scrittore. Ma, con il rischio di essere ridondante, ti dirò che gli scrittori scrivono!»

Noé fece un debole sorriso.

«So che vuoi diventare scrittore e cineasta. Non pensare di poter fare sgobbare gli altri al posto tuo!»

Noé riunì tutto il suo coraggio.

«E mamma?»

«Tua madre è nella stessa barca, Ruben. Tempo, sudore, pazienza e parole. Un libro si costruisce come una cattedrale, mattone dopo mattone. Lo scrittore ne è al tempo stesso l'apprendista, l'artigiano e il capomastro. Rappresenta tutte le corporazioni di mestiere dall'inizio alla fine dell'opera. Quando il libro è terminato, non si erge in mezzo alla campagna, con la guglia proiettata verso il cielo, è solo un rettangolo di carta in mezzo a tanti altri sul tavolo di un libraio. Ma sai cosa c'è di magnifico? Gli scrittori sono solidali, non concorrenti. Non è che se un lettore acquista il libro di tua madre non comprerà il tuo, chi ama la lettura non ne ha mai abbastanza. Nel nostro mondo moderno spesso c'è un solo posto di lavoro e una sfilza di aspiranti. Ma nella letteratura e nel cuore degli uomini c'è sempre posto per un vero libro.»

Noé, colpito da quelle parole, scosse il capo. Era completamente sperduto.

«Ti aspettiamo, Ruben», proseguì Bertrand Guinness. «Hai la fortuna di avere una madre famosa, leggeranno le tue cose prima di quelle di un qualsiasi sconosciuto, ma niente ti verrà regalato. Toccherà a te dimostrare che meriti di essere pubblicato. Devi lavorare sodo, ragazzo.»

Noé si alzò. Non c'era niente da aggiungere.

«Saluta la mamma da parte mia, aspetto con impazienza le correzioni delle bozze del suo ultimo romanzo», concluse l'editore riaccompagnandolo.

«Glielo dirò», mormorò Noé.

Scese le scale, salutò la centralinista ed emerse nella luce della strada.

Bertrand Guinness consultò il calendario. Avevano consegnato a Olivia Ruben il primo giro di bozze, l'impaginazione definitiva del suo nuovo romanzo. Lei disponeva di quindici giorni per rileggere il testo, correggere i refusi, rettificare qualche dettaglio, firmare il visto si stampi. Digitò il numero che aveva in memoria e prese il ricevitore.

«Olivia? È appena venuto a trovarmi suo figlio. Mi sembra un po' teso a causa della partecipazione a questa trasmissione. Non gli dica che gliene ho parlato, ma lo tenga d'occhio questa settimana, gli stia vicino.»

Riagganciò. Sapeva che avrebbe trovato la segreteria. Di mattina Olivia Ruben non rispondeva mai al telefono, lavorava.

16.

Il sole del Sud-ovest inondava i campi coltivati a cereali, i boschi e i prati brillavano di un verde tenero, le distese di girasoli giallo oro sfolgoravano. Gli appezzamenti erano separati da piccoli specchi d'acqua destinata all'irrigazione. Si scorgeva in lontananza una fattoria isolata. Charles de Bergeac, castellano, deputato e sindaco, assaporò la luce di una bellezza da togliere il respiro. Era fiero di essere riuscito a conservare il castello, fiero di sua moglie, della sua carriera, della sua famiglia, dei suoi impegni. Quand'era più giovane aveva a volte avuto la tentazione di lasciar perdere, di abbandonare le vecchie pietre alla loro lenta rovina, di avere un'avventura con qualche avvenente addetta parlamentare, sesso allo stato puro, ma aveva resistito. Axelle non glielo avrebbe mai perdonato. Lei aveva sangue blu e buone maniere, era una moglie perfetta per il sindaco, il deputato, il futuro ministro o futuro senatore. Ogni scelta della propria vita vieta altre scelte, Charles viveva nel luogo al quale apparteneva, il suo posto in quel luogo era previsto dalla notte dei tempi.

«Signor conte?» disse Jeanne ad alta voce, riscuotendosi dalle sue fantasticherie. «Il signor prefetto verrà accompagnato stasera?»

Charles rise.

«Sì, Jeanne. Il prefetto è vedovo, sta tastando il terreno.»

Gli occhi di Jeanne scintillarono all'idea delle scappatelle del notabile. Finché si trattava di estranei, trovava la cosa divertente.

Charles resistette alla voglia di chiamare Axelle a Parigi. Probabilmente era andata a letto tardi e dormiva ancora. Era impaziente di sapere se aveva rivisto Gwénola e cosa si erano dette. Non aveva affrontato l'argomento con la moglie prima della sua partenza, non esprimevano mai le emozioni, non rientrava nella loro educazione. Erano stati allevati secondo il famoso precetto *never explain, never complain,* «mai spiegare, mai lamentarsi». Ma aveva sentito Axelle rigirarsi nel letto la notte precedente, incapace di dormire. Erano rimasti distesi a venti centimetri l'uno dall'altra, nervosi e agitati, senza rivolgersi la parola.

Uno dei film culto di Charles era *Jules et Jim* di Truffaut, perché lui aveva vissuto la stessa cosa, ma all'inverso. All'ultimo anno del liceo si era perdutamente innamorato di due ragazze: Axelle e Gwénola. L'una era una rosa rara e desiderabile, l'altra una camelia selvatica e ammaliante. Aveva trovato la donna della sua vita: solo che ce n'erano due e lui era incapace di scegliere!

Fino a quel giorno maledetto in cui, poco dopo la maturità, Gwénola era fuggita in Bretagna senza alcuna spiegazione. Era rimasto a lungo in attesa di sue notizie, troppo sconvolto per tentare di raggiungerla. Poi aveva finito col dirsi che il destino aveva scelto al posto suo e aveva sposato Axelle. L'amava infinitamente, ma metà di lui era morta con la partenza di Gwénola, della quale non sapeva più niente da vent'anni e che Axelle aveva rivisto ieri...

Squillò il telefono. Afferrò il ricevitore, sicuro che si trattasse di Axelle.

«Non osavo strapparti all'abbraccio di Morfeo...» cominciò scherzoso.

«Eh... signor sindaco? Sono Maurice. Abbiamo un grosso problema...»

Charles s'irrigidì. Maurice, il suo vice, il suo braccio destro, un tipo posato e solido, aveva il fiato spezzato.

«Che succede?»

«Signor sindaco, si ricorda di Dumont, l'imprenditore di cui ha rifiutato il preventivo per la nuova palestra?»

Charles annuì con il capo, poi, rendendosi conto che dall'altro capo del filo Maurice non poteva vederlo, bofonchiò un «ssssì» senza convinzione. Si ricordava vagamente che questo Dumont era un tizio presuntuoso e troppo esoso.

«Parlando con il dovuto rispetto, questo coglione ci mette nella merda fino al collo, signor sindaco!»

Charles aggrottò le sopracciglia.

«Spiegati.»

Maurice sospirò.

«È un farabutto. Ha accumulato imbrogli e distribuito mazzette, si è fatto prendere con le mani nel sacco, adesso tira in ballo sua moglie e anche lei. Sostiene che avete entrambi sgranocchiato la vostra parte.»

«Che io ho cosa?»

«Che l'ha comprata, che lei ha accettato dei soldi da lui!»

Charles sorrise tranquillo.

«È stupido, nessuno ci crederà. Axelle non ha niente a che vedere con gli affari del comune e, come hai appena detto, non abbiamo approvato il suo preventivo...»

Maurice tossicchiò.

«È più complicato di quanto creda, signor sindaco.

Infatti, lei ha scelto l'impresa del cognato, che gli ha subappaltato parte dei lavori.»

«D'accordo», fece Charles. «Ma questo non prova che ci abbia versato una tangente. Il comune gli ha commissionato ufficialmente un lavoro, punto e basta. E non vedo che cosa c'entri mia moglie!»

«Giura di avervi oliato per bene tutti e due. È una parola dimostrare che mente! La gente dirà che non c'è fumo senza arrosto, che i politici hanno tutti uno scheletro nell'armadio, che sua moglie l'ha influenzata. Sembrate troppo cortesi, troppo a modo e troppo felici... ce n'è abbastanza per creare delle invidie!»

Troppo felici? Charles stava per scattare, ma si trattenne.

«Basta verificare i nostri conti bancari, non ho niente da nascondere.»

Maurice si schiarì la gola.

«Il tetto del castello... È appena stato riparato da suo fratello. Non ha notato che il suo conciatetti si chiamava anche lui Dumont?»

Charles storse il naso.

«È Axelle che si occupa di queste cose.»

«Appunto. Dumont afferma di avere ricambiato il favore lavorando gratis per lei. Si tratta di una grossa somma, nessuno crederà che gliel'ha regalata senza avere niente in cambio.»

«Ma Axelle ha sicuramente saldato il conto, le telefono immediatamente!»

«Non ha incassato l'assegno, signor sindaco, dunque è come se sua moglie non avesse pagato. Dumont sostiene inoltre che sua moglie abbia beneficiato di un impiego fittizio in comune.»

«Che assurdità!» esclamò Charles.

«In effetti», sospirò Maurice, «siccome l'addetta alla cultura è in congedo di maternità, abbiamo sovvenzionato la signora de Bergeac per riorganizzare la biblioteca e preparare la festa del paese. Inoltre, la vecchia Germaine che raccoglie gli assegni per il fondo di solidarietà e per il banchetto della quarta età si è rotta il femore. È stata quindi sua moglie a occuparsi delle offerte. E siccome non aveva la firma sul conto del comune, per fare più in fretta ha versato gli assegni sul suo conto personale. Non è una somma esorbitante, forse sui quattromila euro in tutto, ma unita alla riparazione del tetto che ammonta a ottomila euro fanno dodicimila, e in più lui sostiene di averle passato sottobanco anche del contante. Accusandovi entrambi, Dumont spera di passare attraverso le maglie della rete. Lui è solo un pesciolino, mentre lei è un grosso squalo feroce, sempre con il dovuto rispetto... Insomma, è un vero casino.»

«È una vera catastrofe, vuoi dire!» esclamò Charles, costernato. «Come l'hai saputo?»

Maurice inghiottì la saliva.

«Dalla stampa, signor sindaco. Siete entrambi in prima pagina sui giornali regionali.»

«Cosa!» ruggì Charles.

«Domani, se stanotte non succede qualche fatto importante nel mondo e i giornalisti non hanno nient'altro da mettere sotto i denti, avrete gli onori della stampa nazionale, la gente va matta per gli aristocratici che pescano nelle casse dello stato. Il suo predecessore, l'ex sindaco Pierre Bados... Dumont è suo cugino», aggiunse Maurice dandogli il colpo di grazia. «Avrei dovuto immaginarlo, Bados se n'è stato buono buono quando lei è stato eletto, non era da lui. Ha preparato con calma la sua vendetta. È un tipo metodico, non ha lasciato niente al caso.»

Charles scosse il capo, incredulo. Axelle e lui non avevano fatto niente di illegale, erano vittime di una macchinazione che rischiava di trasformarsi in errore giudiziario se non reagiva molto in fretta.

«Mi sono preso la libertà di avvertire l'avvocato de La Futaie, sarà in municipio alle undici.»

Charles consultò l'orologio.

«Hai fatto bene. Vengo subito!»

Guardò automaticamente dalla finestra. Quella vista che poco prima lo riempiva di una meravigliosa serenità adesso gli stringeva il cuore. Tutto rischiava di crollare. Anche se fosse stata riconosciuta la loro innocenza e li avessero scagionati, il loro onore sarebbe rimasto macchiato per sempre. Pensò ad Axelle, alla fiducia che riponeva in lui, e gli si torse lo stomaco. Che lei venisse attaccata lo faceva montare su tutte le furie. Prese la giacca e scese di corsa le scale.

«Vado in municipio!» gridò a Jeanne. «Chiami il prefetto e annulli la cena, gli dica che ho avuto un contrattempo.»

«Un contrattempo», s'inquietò Jeanne che aveva sentito squillare il telefono. «La signora contessa sta poco bene?»

Ma Charles era già saltato sul suo giocattolo, un'Alfa Romeo rossa vintage. Mise in moto, partì con stridio di gomme e si allontanò verso l'ingresso del parco. L'ex prefetto era una persona a modo: saputa la notizia, avrebbe potuto disdire lui stesso l'appuntamento, ma aveva lasciato il compito a Charles.

Mentre Jeanne s'interrogava su quel brusco cambiamento di programma il telefono squillò di nuovo. Era Axelle.

«Il signor conte è appena partito per il municipio, aveva l'aria preoccupata... Non è stata lei a chiamarlo cinque minuti fa?»

«No, Jeanne.»

«La cena di stasera è annullata, devo informare il prefetto...»

Axelle, angosciata, s'irrigidì.

«Gli telefono. Ti tengo al corrente.»

Era normale. Jeanne faceva parte della famiglia.

17.

In municipio, l'avvocato de La Futaie non menò il can per l'aia con Charles.

«La situazione è brutta, signor sindaco, molto brutta. Tramite Dumont, Bados l'ha intrappolata per bene. So che lei è pulito perché la conosco, ma i fatti sono fatti e la incriminano.»

«Non saremmo stati così stupidi, avvocato. Se avessimo fatto una cosa del genere avremmo cancellato le nostre tracce, non crede?»

«Talvolta la gente agisce stupidamente perché si sente protetta dalla sua posizione sociale e dall'immunità parlamentare.»

«Non possiedo altro che il mio nome e un vecchio castello che cade a pezzi... e il mio mandato mi dà dei doveri, non dei diritti!» protestò Charles, punto sul vivo.

L'avvocato gli toccò il braccio per calmarlo.

«Stia tranquillo, io le credo. Ma occorrerà batterci e agire esattamente come le dirò. Mi accordi la sua fiducia e tutto andrà bene.»

«Bisogna innanzitutto proteggere mia moglie, non deve essere infangata da...»

«Fiducia, fiducia», tagliò corto l'avvocato. «Infangata lo è già e domani nel fango ci sarà dentro fino al collo. È informata?»

«Non ancora, è partita ieri per Parigi.»

«Perfetto. Che ci resti! La tranquillizzi e mi lasci lavorare.»

Si congedarono con una stretta di mano franca. Non appena l'avvocato fu uscito, Charles lasciò cadere la maschera. Gli angoli della bocca si abbassarono, la fronte si corrugò, la schiena si fece curva, era un colpo che lo feriva nel suo io più profondo. Quando si entra in politica bisogna avere la pelle dura. Prima delle elezioni era stato oggetto di campagne denigratorie, erano arrivati a dire che non era il figlio di suo padre, che aveva un'amante. Lui non si era preoccupato di smentire, faceva parte della battaglia. Ma l'accusa di oggi lo colpiva direttamente perché coinvolgeva Axelle e l'avrebbe fatta soffrire. Lo aveva sposato, doveva difenderla.

La sua segretaria socchiuse la porta.

«Signor sindaco, sua moglie al telefono...»

«Prendo qui la telefonata, grazie.»

Charles si tirò su, sorrise nel vuoto, assunse un tono allegro.

«Tesoro?»

Axelle respirò meglio.

«Ero inquieta, ho chiamato al castello ma eri appena uscito, Jeanne mi ha detto che parevi preoccupato e che hai annullato la cena di stasera...»

Charles riuscì a ridere.

«Sei troppo ansiosa. C'è stato un contrattempo a causa di quello smemorato di Maurice che mi ha rifilato un rinfresco alla stessa ora. Non riesco a liberarmi, tutto qua.»

«Allora non è un problema se non torno oggi?» fece Axelle, sollevata. «Olivia ha organizzato una cena al Trèfle come ai vecchi tempi.»

Charles ringraziò mentalmente il destino.

«Al contrario, cara, resta a Parigi, divertiti con le

tue amiche! Jeanne ti sostituisce, si occupa di me come una mamma.»

«Tornerò venerdì, se non hai bisogno di me prima.»

«Ho sempre bisogno di te, ma me ne farò una ragione. Com'è andata ieri?» chiese Charles, non stando più nella pelle. «C'eravate tutte?»

«Vuoi sapere se Gwénola è venuta? La risposta è sì. Fa la giornalista in Bretagna. Non portava la fede, ma oggigiorno ciò non significa niente.»

Axelle evitò di menzionare Loeiz, inutile girare il coltello nella piaga. Gwénola era riuscita dove lei aveva fallito: aveva dato un figlio a Charles. Ma Charles, giovane e debole aristocratico che sognava la carriera politica, aveva scelto di non riconoscere quel figlio nato fuori del matrimonio. Axelle se n'era stupita, ma Charles e lei non avevano mai discusso di quell'argomento.

Era successo tutto in una settimana, poco dopo la maturità. Charles usciva con Gwénola e Axelle quando Gwénola si era accorta di essere incinta. Ne aveva parlato prima con le sue tre amiche. Jenny aveva preso in mano le cose e proposto di fare da mediatrice. Aveva dato la notizia a Charles in un incontro a due e gli aveva chiesto che cosa contasse di fare e se si assumeva le proprie responsabilità. Axelle veniva da una grande famiglia aristocratica come Charles, mentre Gwénola era la figlia illegittima dell'infermiera bretone della scuola. Charles aveva risposto a Jenny che pensava di offrire dei soldi a Gwénola per abortire. Jenny l'aveva riferito all'amica che, inorridita, si era rifiutata di rivederlo. Era quindi tornata nella sua isola per crescervi Loeiz da sola.

Axelle era rimasta profondamente scioccata dalla reazione di Charles, ma lo amava troppo per rimproverarglielo. Si erano fidanzati qualche mese dopo e sposati l'anno successivo. Gwénola non era stata invitata, aveva avuto la notizia da Olivia. Il giorno prima era stata la prima volta che Axelle e lei si ritrovavano faccia a faccia.

«Spero che passerete insieme una bella serata», disse Charles ad Axelle. «Da' loro un bacio da parte mia.»

Continuava a non capire perché Gwénola fosse sparita dalla circolazione dopo la fine della scuola. Un giorno gli parlava d'amore e l'indomani, *puff*, si era volatilizzata. Lei non apparteneva al suo ambiente sociale, ma la cosa era priva d'importanza, possedeva abbastanza grazia e fascino per essere amata da tutti, e se la famiglia di Charles ci trovava da ridire, lui avrebbe rotto i ponti con loro, il suo amore per lei era più forte di quelle convenzioni arcaiche! Ma lei era fuggita e lui era rimasto là come un idiota, infelice, prostrato dalla sua assenza. Axelle l'aveva consolato, aveva saputo trovare i gesti e le parole per lenire le sue ferite.

«Ti amo», mormorò Charles a sua moglie, abbassando la voce a causa della segretaria.

Axelle non capì e non osò chiedergli di ripetere.

«Auguri per il tuo rinfresco!» disse in tono gaio.

Charles riagganciò, il cuore stretto. Era riuscito a fingere, lei non sospettava nulla. Negli anni della gioventù aveva recitato spesso nei saggi teatrali di fine anno. Aveva un indiscutibile talento per la commedia. L'avvocato gli aveva consigliato di tranquillizzare sua moglie e lui aveva obbedito.

Un'ora dopo, Maurice arrivava a razzo in municipio, pallido e madido di sudore.

«Signor sindaco, so da fonte sicura, tramite un tizio che mi deve un favore, che Bados è passato alla fase due: domani i giornali nazionali diffonderanno la notizia aggiungendo del loro. Dovete coprirvi le spalle, rischiate entrambi di essere messi sotto accusa per appropriazione indebita di bene pubblico. Ha degli appuntamenti importanti nei prossimi giorni?»

Charles chiuse gli occhi e, mentalmente, voltò le pagine dell'agenda. Era così che aveva vinto il concorso dell'ENA, la Scuola nazionale d'amministrazione francese: aveva una prodigiosa memoria fotografica che gli permetteva di sfogliare virtualmente un documento a condizione di averlo letto due volte.

«I cacciatori... gli agricoltori... un matrimonio... il consiglio municipale... una riunione al consiglio dipartimentale... una votazione all'Assemblea naziona...»

Si interruppe, pietrificato.

«Devo informare Axelle prima che venga a saperlo dai giornali.»

«Le telefoni», suggerì Maurice.

«No, voglio guardarla in faccia quando glielo spiegherò, prometterle che la proteggerò...»

«Ma è a Parigi, non può pensare di andare via di qui oggi, farebbe una pessima impressione!»

«Prendo il prossimo treno», decretò Charles.

Non era più tempo di tergiversare. Solo Axelle contava. Quella sera sarebbe andata al Trèfle. Ci sarebbe stato anche lui.

18.

Gwénola detestava la metropolitana. Emerse nella strada dove era vissuta diciott'anni con la madre, camminò verso il palazzo grigio con il passo lento ma sicuro della gente di Groix e alzò gli occhi verso il quinto piano senza ascensore. I nuovi inquilini avevano delle tende rosse alle finestre. All'epoca, per ricreare un universo bretone, la mamma di Gwénola aveva tappezzato di turchese il loro piccolo bilocale, la moquette era blu, i mobili avevano maniglie di rame, le stoviglie erano ornate di piccole ancore. Era naïf ma gioioso. Olivia, Jenny e Axelle venivano spesso lì a fare merenda e a studiare. Annick dormiva nel soggiorno per lasciare a sua figlia l'unica camera. Gwénola sorrise. Olivia doveva avere ormai letto la sua e-mail. Aveva certo provato una gran rabbia, si era infuriata, aveva misurato la propria impotenza. Probabilmente era arrivata alla fase delle lacrime. Gwénola non nutriva animosità nei suoi confronti, si erano aiutate reciprocamente, ma era giunto il momento che ognuna andasse per la sua strada.

Una delle finestre del quinto piano si aprì, apparve un braccio, qualcuno agitò un tessuto giallo. Gwénola si ricordò: un giorno, mentre scuoteva la tovaglia per dare una mano, Jenny aveva fatto finire in strada gli occhiali di Annick Tonnerre che non avevano resistito al colpo. Gli occhiali costavano cari, Annick avrebbe voluto chiedere ai genitori di Jenny di ricorrere alla loro assicurazione di responsabilità civile, ma Gwénola l'aveva supplicata di non farlo e aveva insistito per pagare i nuovi occhiali con le sue ore di baby-sitting. Si vergognava e Annick se n'era resa conto.

«Non c'è niente di disonorevole nel lavorare per guadagnarsi la vita», aveva spiegato a sua figlia. «Anche i genitori delle tue amiche vanno in ufficio e ricevono uno stipendio alla fine del mese.»

«Non lo stesso stipendio, mamma. In casa loro il soggiorno è più grande di tutto il nostro appartamento. Ognuna di loro ha il suo televisore. Passano i fine settimana in Normandia o sulla Costa Azzurra, le vacanze alle Seychelles o alle Maldive.»

«E tu hai la fortuna di andare in vacanza all'isola di Groix», aveva replicato sua madre con voce cambiata. «Non posso mettermi sullo stesso piano dei genitori delle altre. Forse ho sbagliato a farti studiare al Sainte-Agathe, ma volevo offrirti il miglior futuro possibile!»

Gwénola si era gettata fra le braccia della madre e l'aveva supplicata di perdonarla... Il panno giallo scomparve all'interno dell'appartamento, la finestra si richiuse, la tenda rossa ricoprì i vetri. Gwénola si allontanò. C'era un mercato due vie più in là, le massaie parigine vi si recavano tenendosi stretta la sporta. Sull'isola, alla stessa ora, le donne di Groix convergevano verso il centro del Bourg per fare la spesa.

Gwénola consultò l'orologio con le sue, al momento, inutili indicazioni delle ore delle maree. Ieri si era irrigidita rivedendo Axelle, che era palesemente altrettanto a disagio. Era felice di riannodare i fili del passato, di rivedere le altre quella sera. Axelle non era responsabile di quello che era successo, lei e Charles ancora non avevano figli, Gwénola se ne sentiva segretamente sollevata. Non era altro che giustizia dopotutto: Loeiz non aveva un padre, Charles non aveva figli.

19.

Loeiz Tonnerre, seduto nella biblioteca della facoltà di medicina di Rennes, si stirò e si massaggiò il collo. I riccioli neri che gli incorniciavano il viso gli davano un'aria romantica, accentuata dagli occhi turchesi da miope. Era «lungo come un giorno senza pane» diceva sua nonna, aveva un non so che di speciale e piaceva alle ragazze. Malgrado la giovane età, diciannove anni, aveva già incontrato la donna della sua vita: Morgane Gwenadu, una parigina di origine bretone. In bretone, *gwenadu* significa «bianco e nero». E per questo lui la chiamava Yin e Yang. Era bionda quanto lui era bruno, esile quanto lui era ben piantato, innamorata di lui quanto lui di lei. Loeiz voleva diventare chirurgo, Morgane pediatra.

«Eh, Loeiz!»

Il viso del ragazzo si rischiarò. La voce di Morgane, bassa, sensuale, sexy, lo rimescolava tutto.

«Allora?»

Era dal mattino che Loeiz aspettava la sua risposta. Se era sì, per loro sarebbe cominciata un'altra vita. Se era no, avrebbero continuato come prima.

«Lo so», disse lei.

«Ti va di condividere con me questa rivelazione?»

«Cosa ci guadagno?»

«Il mio amore.»

«Ce l'ho già, no?»

Loeiz si chinò su di lei e la guardò con tenerezza.

«Dimmelo, Yin e Yang», mormorò. «Sono impaziente!»

Lei gli rivolse un sorriso di una dolcezza infinita.

«Ho preso la tua posta», disse tendendogli una busta.

«Me ne frego, rispondi!» supplicò.

Lei scosse la testa e indicò la busta.

«Cos'è?»

«Apri!»

Lui la strappò, ne estrasse un cartoncino bianco e aprì la bocca come quei pesci che vendevano i pescatori al mercato coperto del Bourg di Groix. Una piccola fotografia era pinzata all'interno del cartoncino, un'ecografia in bianco e nero. C'era anche il risultato di un'analisi che confermava la presenza dell'ormone HCG nelle urine della paziente Morgane Gwenadu.

«La diagnosi è formale», mormorò la ragazza.

Loeiz mollò il cartoncino che volteggiò fino a terra, la cinse con le braccia e la fece volteggiare, poi si rese conto che adesso era più fragile e la posò delicatamente.

«Grazie», disse con ardore.

«Non me ne vuoi?»

Lui scoppiò a ridere.

«Avremo un bambino... è stupendo! Quando sarà grande farà gli esami per la patente su un disco volante, andrà in vacanza su Marte e ci tratterà da vecchi barbogi... Sarà fantastico!»

«Sarà una grande fatica non essere mai di guardia contemporaneamente», sospirò lei.

«Ci tieni davvero a diventare la dottoressa Gwenadu?» chiese bruscamente Loeiz.

Lei s'immobilizzò. Cominciavano i guai. Aveva sempre ritenuto Loeiz un uomo tollerante, aperto, moderno, meraviglioso. Era chiaramente strafelice che lei fosse incinta. Ed ecco che osava mettere in questione il suo sogno di diventare pediatra per confinarla in casa a cambiare pannolini.

«Più di qualsiasi cosa al mondo», rispose in tono secco. «Mi stupisce che tu faccia la domanda.»

Lui sgranò gli occhi, sorpreso, poi capì. Il malinteso era divertente.

«Ti chiedo», disse lui con calma, «se ci tieni proprio tanto a diventare la dottoressa Gwenadu.»

Lei alzò il sopracciglio destro, s'innervosì perché lo amava e lui la deludeva.

«Vuoi sapere se, adesso che sto per avere un bambino, ho intenzione di proseguire gli studi di medicina? Come puoi dubitarne?»

Lui rise, racchiuse il volto di Morgane fra i palmi delle mani e la costrinse a guardarlo dritto negli occhi.

«No, Yin e Yang, non mi hai ascoltato bene. Certo che diventerai una pediatra ancora più famosa di George Clooney! Per la terza volta, te lo domando: ci tieni assolutamente a essere la dottoressa Gwenadu? Perché quello che io ti propongo è di diventare la dottoressa Tonnerre. Insomma, se sei d'accordo.»

Morgane si sciolse. La chiedeva in matrimonio e lei lo strapazzava.

«Scusa, mi spiace», sussurrò.

«A me no. Allora, sei d'accordo?»

Lei annuì.

«Yin e Yang Tonnerre, suona bene.»

Loeiz raccolse il cartoncino bianco, prese i libri, li infilò nello zaino e trascinò Morgane fuori della biblioteca.

Molto più tardi si ritrovarono distesi sul letto della sua camera di studente, allacciati, nell'abbandono che segue l'amore. Le accarezzò il ventre con tenerezza.

«Ho un po' paura», ammise lei.

«Anch'io, ma sarà fantastico. Eravamo in due, saremo in tre. Di cosa hai voglia, nel genere "capriccio demenziale di donna incinta"?»

«Di un chilo di caviale e vodka allo zenzero.»

«Mi precipito!»

Lei gli impedì di alzarsi e gli rotolò sopra. Dimenticarono l'ora.

Ancora più tardi, mentre lei era sotto la doccia, squillò il cellulare di Loeiz.

«Ciao, Gwénola! Dove sei? A Parigi? Allora, questa gloriosa riunione, è andato tutto bene?»

Morgane sorrise insaponandosi con il gel doccia alla menta fresca. Gwénola aveva sostenuto per Loeiz il ruolo di entrambi i genitori, lui la chiamava un po' mamma e un po' Gwénola, senza rendersene nemmeno conto.

«Resti a Parigi ancora qualche giorno? Stasera andate a cena al Trèfle? No, qui niente di speciale, studio... Morgane sta bene, sì. Anche noi ti mandiamo tanti baci.»

Posò il telefono, raggiunse Morgane, entrò dritto nella cabina doccia, tutto vestito, e continuò a parlarle come se niente fosse, mentre l'acqua gli sgocciolava sugli abiti.

«Quando conti di dirlo ai tuoi genitori? Ti accompagno a Parigi per chiederti ufficialmente in moglie a tuo padre?» propose, bagnato da capo a piedi.

«Preferisco prima parlargli da sola. Prendiamo il treno stasera. Io passerò la notte dai miei, tu andrai da tua madre, e domani pranziamo tutti insieme. Ti va?»

Lui annuì, uscì dalla doccia e inondò le piastrelle.

«Farò a Gwénola la sorpresa di raggiungerla al Trèfle, questa cosa le piacerà un sacco!»

20.

Nella sua stanza d'albergo Jenny si concesse una doccia profumata alla cannella, poi fece venti minuti di Qi Gong davanti alla finestra. Eseguì la classica serie degli Otto Pezzi di Broccato che il generale Yu Fei, della dinastia Song, aveva composto per rinvigorire il fisico dei soldati cinesi che si battevano contro i giapponesi.

Dopo essersi infilata un abito di Prada di lino rosso dalle spalle asimmetriche, uscì e scese verso la Senna. Il suo sguardo si soffermò un istante su un giovane francese dai capelli biondi stretti in una coda di cavallo che, seduto su uno scooter sul lato della strada, parlava al cellulare con aria seccata. A place de l'Alma una scultura dorata a forma di fiamma sovrastava il tunnel dove lady Diana aveva trovato la morte. In basso, un *bateau-mouche* scivolava sulla Senna. Jenny corse sul ponte e si sporse sull'acqua. Alcuni turisti la salutarono agitando la mano, lei fece altrettanto, chiedendosi se Corrado fosse a bordo. La prua del battello fendeva il nastro liquido come uno scalpello affilato; ne scorse il nome, *La Patache*, e si domandò cosa volesse dire. Aveva un bel parlare francese correntemente, certi termini le sfuggivano ancora. Si dice che per conoscere l'anima di una città bisogna toccarne il cuore, il suo fiume. Lei cercò di orientarsi, ma qual era la Rive Droite e quale la Rive Gauche? Certe persone sanno tutto, in quale direzione un fiume si getta nel mare, da quale lato bisogna sedersi in un treno per viaggiare nel senso di marcia. Jenny apparteneva alla categoria di quelli che ne sono all'oscuro e si adattano. Le sarebbe piaciuto accettare l'invito di Corrado, ma era a Parigi in missione e non doveva perdere la concentrazione a causa di un uomo dagli occhi verdeazzurri, anche se era stato dolce nel gesto di riempirle di vino scadente il bicchiere di plastica o di aprirle la portiera di un taxi inquinante.

Accelerò il passo, finì di attraversare il ponte, risalì avenue Bosquet e svoltò a sinistra in una strada che filava verso gli Invalides, fiancheggiata da una serie di piccoli negozi che si succedevano incollati gli uni agli altri. Sua madre le aveva raccontato che un tempo la nonna, che lei non aveva mai conosciuto, vendeva fiori in questa via. Jenny ignorava a che numero. Era venuta lì per compiere una sorta di pellegrinaggio, i suoi erano ormai tutti morti, restava solo lei. La sera prima Axelle parlava di sua madre, di suo fratello Enguerrand e dei suoi sei nipoti, maschi e femmine; Gwénola di sua madre Annick e di suo figlio Loeiz; Olivia di suo padre Richard e di suo figlio Noé. Jenny era rimasta zitta, a disagio. Essere sola al mondo rasentava la maleducazione. Floridiano la trovava carina ed esotica, ma aveva una moglie, figli, genitori, il suo codazzo di fratelli e sorelle, il suo palazzo di famiglia a Venezia sul Canal Grande, la sua torre genovese in Toscana, l'appartamento in via Condotti a Roma. Jenny non era che un'azione in più nel suo portafoglio, non avevano legami di sangue.

Un fioraio infilato fra un bar e una boutique di moda sconfinava sulla via. C'era nell'aria profumo di gelsomino, un olivo e un limone si facevano compagnia, rose di vari colori erano riunite in un grande vaso. Jenny esitò, entrò.

«Buongiorno», disse con il suo leggero accento americano, «da quanto tempo esiste questo negozio?»

La donna rise.

«Triboliamo da due anni. Prima avevamo un negozio di tatuaggi, rendeva un sacco. I fiori sono effimeri, come dice la canzone...»

Jenny ignorava a quale canzone di riferisse. Comprò una rosa rossa, continuò a camminare e ripeté la domanda in un altro chiosco. Quello esisteva da cinque anni. La nonna era vissuta là quarant'anni prima, la sua storia era ormai cancellata. Quando approdò nel piazzale degli Invalides, Jenny era munita di quattro rose. Decisamente era perseguitata da quel numero. Scese fino al fiume, vi gettò i fiori, attraversò e continuò verso il Louvre, fino alla piramide di Ieoh Ming Pei, che le si presentò davanti in tutta la sua purezza, riflettendo la luce di settembre.

Il giorno prima era andato tutto bene e tutto sarebbe andato bene quella sera. Jenny sorrise alla propria immagine e scandì dentro di sé i nomi dei protagonisti: Axelle e Charles, Olivia e Noé, Gwénola e Loeiz. Non rischiava di dimenticarli. Sognava di loro ogni notte.

21.

Noé aveva trascorso l'intera giornata fuori casa, non avrebbe sopportato l'idea di incrociare sua madre. Aveva voglia di gettarle in faccia la sua impostura e di urlarle la propria delusione.

Cercò di raggiungere il padre in clinica, riuscì a superare diversi sbarramenti, ma non quello della sorvegliante del blocco operatorio.

«Sono il figlio del dottor Nathan, devo parlargli urgentemente», supplicò.

«Ha un problema di salute?» s'informò con voce secca la sorvegliante.

«Eh... no...»

«È una questione di vita o di morte?»

«Non proprio...»

La sorvegliante aveva una fobia per gli adolescenti, aveva dedicato la sua vita alla clinica, ai pazienti e ai medici. Tutto ciò che proveniva dall'esterno nuoceva all'armonia che regnava nel suo santuario. Nessun ragazzino, chiunque fosse, avrebbe dettato legge lì dentro.

«Sta facendo un intervento di liposuzione, subito dopo ha un lifting, degli impianti di capelli e un intervento di chirurgia del seno. La richiamerà appena avrà finito. Dato che è suo figlio, sa dove trovarla, no?»

«Lei non capisce», piagnucolò Noè. «Devo solo chiedergli una piccola cosa. Riguarda mia madre. È... nei guai.»

Gli era uscito così, Noé non aveva previsto di mentire, ma aveva trovato il modo di fare breccia. La sorvegliante accettò di connetterlo all'altoparlante del blocco operatorio.

Noé respirò a fondo, avrebbe finalmente saputo.

Le pareti del blocco operatorio erano gialle, come le uniformi del personale. Colin Nathan aveva occhi marroni con pagliuzze dorate che brillavano sopra la maschera. Teneva con mano salda la cannula che aspirava gli adipociti della paziente, un modo tecnico e gradevole per dire che un tubo di plastica ingoiava il grasso dell'imponente sagoma distesa sul tavolo. Ex bulimico, Colin aveva trascorso l'infanzia a farsi sfottere dai compagni di classe perché non riusciva a correre né ad arrampicarsi sulla corda a nodi mentre sua madre era costretta a portarlo nel reparto adulti per comprargli da vestire. A diciotto anni si era imposto una dieta draconiana e non vi aveva mai più derogato. Ormai snello e atletico, manteneva il segreto sul suo passato e aveva fatto sparire tutte le sue foto d'infanzia. Ma aveva sposato una donna florida perché in fondo era così che gli piacevano. Trasformava le sue pazienti in creature magroline, ma le donne piatte davanti e dietro non lo interessavano, non le desiderava. Provava un'autentica tenerezza per le sue clienti e si sentiva loro complice. Quando si osservava allo specchio del suo studio vedeva sempre il ragazzino ciccione di una volta.

«Dottore, suo figlio al telefono, sembra che sua madre abbia qualche grosso problema, vuole farle una domanda...»

Nathan consolidò la presa sulla cannula e annuì.

«Lo connetta...»

«Può parlare», disse la sorvegliante a Noé.

«Grazie... papà? Mi senti?»

Colin Nathan rovesciò la testa all'indietro e fece segno alla ferrista di abbassargli la maschera per permettergli di parlare.

«Dimmi... Cos'è successo a tua madre?»

Noé si fece coraggio.

«Dicono che non è lei a scrivere i suoi libri...»

«Cosa?»

«Qualcuno sostiene che si serva di un "negro", che non sia lei a scrivere...»

«E questo è il motivo per cui mi chiami mentre sto operando?» ruggì Colin. «Non è morta, tu non sei morto, né tu né lei siete morenti?»

«È importante, papà», protestò Noé. «Se lei ha fatto finta per tutti questi anni...»

«Ascoltami bene, Noé. Tua madre mi ha rotto le scatole tutto il tempo che siamo stati sposati perché scriveva le sue fottute storie all'acqua di rose. Devi essere fuori di testa a disturbarmi in piena operazione per farmi una domanda così idiota!»

Fece segno alla sorvegliante di chiudere la comunicazione e alla ferrista di rimettergli la maschera. La sorvegliante obbedì, furiosa.

«Sono spiacente, dottore, mi ha mentito, ha sostenuto che la sua ex moglie...»

«È uno che sa darla a intendere, l'ha imbrogliata. Ha preso da me. *Tale padre, tale figlio...*»

Sotto la maschera, Colin Nathan rise della propria battuta. La sorvegliante e la ferrista non ne capirono la ragione, ma lui deteneva il cinquanta per cento delle quote della clinica e allora lo imitarono.

Noé, offeso e ferito, chiuse il cellulare con un gesto rabbioso. Odiava i suoi genitori dal più profondo del cuore. L'apparecchio prese a squillare. Sperò che suo padre ci avesse ripensato o che fosse Mona a chiamarlo, ma il chip elettronico del telefono convertì in cinque lettere le dieci cifre del numero che chiamava: MAMMA. Decise di non rispondere e aspettò la musichetta che gli avrebbe segnalato che c'era un messaggio. Compose il codice per mettersi in contatto con la segreteria, ascoltò: «Tesoro, spero che tu stia bene, stasera non sarò in casa, ceno con le mie vecchie amiche al Trèfle, tornerò tardi, un bacio!».

Noé si bloccò in mezzo alla strada, il telefono in mano, la collera nel cuore, a seguire con lo sguardo una graziosa donna dai capelli rossi che indossava un vestito di lino rosso dalle spalle asimmetriche. Stava scendendo verso la Senna con un sorriso sulle labbra.

La voce di sua madre era piena di brio, si rallegrava della serata che l'aspettava. Noé aveva spesso sentito parlare del Trèfle. Quella sera sua madre sarebbe stata là insieme a Gwénola. Sicuramente anche Jenny sapeva dell'inganno, dato che era stata lei, nel 1985, a leggere i manoscritti delle sue amiche prima di proporli all'editore. Pure Axelle la castellana doveva esserne al corrente. Era l'occasione perfetta per smascherarle. Olivia era riuscita a ingannare il marito e lo zio Bertrand, ma Noé avrebbe gridato la verità a tutto il mondo!

22.

Olivia riagganciò dopo aver lasciato il suo messaggio. Non aveva avuto notizie da Noé dal giorno prima, ma aveva deciso di seguire il consiglio di Bertrand Guinness e di non contrariare suo figlio. Visto che sarebbe stato rinchiuso per un po' di tempo, adesso aveva bisogno di libertà.

Aveva riacquistato il suo sangue freddo ed era pronta ad affrontare Gwénola. Erano vent'anni che viveva nella paura di essere smascherata. Adesso almeno non sarebbe più successo! Che ne sarebbe stato di lei se Gwénola restava arroccata nella sua decisione? Come spiegare ai suoi lettori, al suo editore, a suo figlio che smetteva di scrivere?

Arrivò per prima al Trèfle, pagò al gestore la somma convenuta, prese posto e aspettò le altre. Si era messa un tailleur pantalone nero dalla linea morbida, che accompagnava i suoi passi con un piacevole fruscio, e dei sandali Ferragamo di un improbabile verde chiaro.

«Complimenti per le scarpe color trifoglio!» si congratulò Axelle.

Non avendo previsto di trattenersi a Parigi, portava ancora il suo completo rosa con la giacca stretta in vita, con l'aggiunta quella sera di un foulard verde.

«Vedo che abbiamo avuto la stessa idea.»

«Siete molto chic, signore, io ho gettato la spugna,

non avevo più voglia di travestirmi», disse Gwénola presentandosi in jeans e polo.

«E il tocco verde?» chiese Olivia.

Gwénola abbassò lievemente i pantaloni.

«Il bordo degli slip... è tutto quello che ho trovato!»

Le altre due scoppiarono a ridere.

«Ciao», salutò Jenny che arrivava in quel momento. Aveva il suo vestito rosso di Prada e un nastro verde le tratteneva i riccioli rossi.

«Siamo al completo, magnifico. Cominciamo allora. Io ho conservato il mio», annunciò Olivia estraendo il trifoglio plastificato dal portafoglio.

«Anch'io», esclamò Axelle esibendo il suo, inserito in un portachiavi trasparente.

«Rispondo all'appello», fece Gwénola mostrando il suo infilato nel portadocumenti.

Tutte e tre si girarono verso Jenny.

«Se lo hai dimenticato sei imperdonabile», minacciò Olivia.

«Ha delle circostanze attenuanti, lei arriva dall'altra parte del mare», obiettò Axelle.

«Anche lui», fece Jenny estraendo dalla borsa una busta che racchiudeva il quarto trifoglio, seccato e incollato su un foglio di carta ingiallita.

«È dei nooostri, ha sfoderato il suo trifoglio come nooooi», canticchiò Olivia. «Champagne per tutte!»

Il cameriere portò quattro coppe e una bottiglia in un secchiello. Fecero un brindisi.

«All'amicizia!» decretò Olivia.

«Alla vita!» esclamò Jenny.

Gwénola e Axelle fecero cozzare i loro bicchieri con gravità.

«Vi avverto», disse Olivia, «non aspettatevi un'aragosta, ho ordinato il nostro menu preferito dei vecchi tempi: *croque-monsieur* e crème caramel.»

«Doppia razione di colesterolo», osservò Jenny. «Negli Stati Uniti saresti accusata di molestie nutrizionali.»
«Sei gentile, ma faccio attenzione alla linea...» cominciò Axelle.
«Oggi, forse. Ma stasera torni indietro di vent'anni e a quell'epoca mangiavamo queste cose. Dovresti essere contenta che non ho scelto di invitarvi da McDonald's!» proruppe Olivia con allegria.
Il cameriere portò i *croque-monsieur.* Non ne mangiavano da una vita e li trovarono deliziosi.
Come il giorno prima, ci fu un momento di sospensione. Avevano tanto da dirsi, ma quella sera non c'era nessuna Isabelle Bedier, nessuna Marina, nessuna proiezione, nessun questionario da compilare. Si trovavano con le spalle al muro. Si scambiarono gli indirizzi e i numeri di telefono.
«Dobbiamo recuperare un bel po' di tempo», fece Jenny. «Qual è stato il giorno più bello della vostra vita?»
«Quello della nascita di mio figlio», rispose Gwénola senza esitare.
«Il giorno del mio matrimonio», disse Axelle dopo un po'.
«Il giorno in cui ho saputo che avrebbero pubblicato il mio libro», dichiarò Olivia.
«Non quello in cui è uscito?» si stupì Axelle.
Olivia fece attenzione a non guardare Gwénola.
«No, quello in cui ho ricevuto la telefonata dell'editore. Niente uguaglierà mai la gioia sublime di quella mattina.»
«E per te?» chiese Gwénola a Jenny.
«Sinceramente, credo di non averlo ancora vissuto.»
Le altre protestarono.
«Devi per forza dare una risposta!» insistette Olivia.

«La prima volta che hai fatto l'amore? Il giorno che sei tornata negli Stati Uniti? Quello in cui hai scoperto l'Italia? Spremiti le meningi!»

Ma Jenny ebbe un bel cercare, non trovò niente.

«Descriviamo il luogo in cui viviamo», suggerì Olivia. «Io abito in una casa ipermoderna dall'arredo essenziale.»

«Magnifico castello con infiltrazioni dal tetto, letti a baldacchino, quadri con i ritratti degli antenati e riscaldamento a singhiozzo», spiegò Axelle.

«Casa di pescatore su isola bretone tipica», disse Gwénola.

«Da nessuna parte e dappertutto», rispose Jenny. «Stanze di alberghi di lusso, niente responsabilità, niente legami. È elettrizzante.»

«Ma un po' triste, no?» osservò Axelle. «Insomma, non hai un posto tuo?»

«Al contrario, dovunque sono come a casa mia. Il mondo mi appartiene, basta che digiti il codice della mia Visa Platinum perché mi diano una chiave. Voi vi limitate a uno o due posti, io ho la terra come residenza principale.»

«Perché ci siamo perse di vista?» domandò Olivia.

«Io sono andata in Bretagna», disse Gwénola.

«Io mi sono sposata e sono emigrata nel Sud-ovest», dichiarò Axelle.

«Io ho seguito mio padre dopo la maturità quando l'hanno destinato in Medio Oriente», spiegò Jenny.

«Scuse accettate. Ci rivedremo?» chiese Olivia.

Gli sguardi delle altre tre conversero su di lei.

«Tu non perdi un secondo, Olivia», disse Axelle. «Questa domanda troverà da sola la sua risposta. Passa alla successiva.»

«Okay. Abbiamo incontrato il principe azzurro dei nostri sogni?»

Le altre sbuffarono.

«Io no», proseguì Olivia. «Ho creduto di sì, ma è stato un abbaglio. Pare si abbia diritto a una seconda opportunità, ma m'imbatto solo in principi non proprio azzurri, buoni per una sera.»

«Anch'io l'ho creduto, ma era quello di un'altra», disse Gwénola. «Poi ne ho incontrati degli altri, ma non erano degni di allacciargli le scarpe.»

Axelle la guardò bene in faccia.

«Quello di cui parli è un principe che soffre. Ci amiamo e soffriamo di concerto, è nobile...»

«Il mio è un principe trionfante e adultero, non sono messa meglio di voi», concluse Jenny. «E in ogni caso il vero principe azzurro delle favole è omosessuale, non avevamo proprio nessuna possibilità!»

Avevano riassunto la loro vita con sincerità, cosa che fino ad allora non gli era mai capitata, affrontando le proprie pecche e i propri scacchi.

Abbiamo tutti dei sogni di gioventù. E poi un giorno ci si volta indietro a guardare la strada percorsa e si fanno dei confronti. Vogliamo dimostrare agli altri che ce l'abbiamo fatta, che non abbiamo tradito noi stessi, che qualcosa abbiamo combinato. Si ritrovano le vecchie compagne di scuola, è il momento della verità, ci si dice le cose in faccia. Quel giorno, può succedere di tutto.

«Sei cambiata, Jenny», disse Olivia. «Sei più seria di una volta, anche più pazza.»

«E più orfana», replicò tranquillamente Jenny. «Uno ne esce cambiato.»

«Conosco, ho già dato», fece notare Olivia.

Erano insieme quando avevano rinvenuto nel bagno, esanime, la madre di Olivia, e questo le aveva avvicinate. Olivia credeva che sua madre fosse uscita e voleva usare le sue cose per il trucco. La porta non voleva saperne di aprirsi, avevano spinto con forza. Dietro, avvolto in un accappatoio con il monogramma dell'hotel Ritz, giaceva il corpo della moglie del grande Richard Ruben: occhi sbarrati, viso di gesso, della bava ormai secca all'angolo della bocca. Olivia aveva emesso un grido, Jenny aveva preso in mano la situazione.

«Resto con lei, corri a cercare qualcuno, presto!»

Olivia, fuori di sé, si era precipitata giù per le scale gridando aiuto. Il maggiordomo, la cuoca e la cameriera erano accorsi e avevano chiamato il pronto intervento, ma era troppo tardi.

«È morta da un pezzo», aveva detto Jenny a Olivia. «Mi spiace. Vieni, lasciamoli fare.»

E aveva sospinto l'amica fuori della stanza. Prima di essere trasferito a Parigi, il padre di Jenny era stato nominato a Calcutta: lei si era già confrontata con la morte, si trovava su un terreno conosciuto...

«Vi rendete conto che sono vent'anni che mia madre è morta?» disse bruscamente Olivia. «Mi sembra ieri.»

Il 1985 era stato un anno strano e pieno di avvenimenti: la morte della madre di Olivia, la pubblicazione del suo primo libro, la rottura fra Charles e Gwénola, la nascita di Loeiz, la partenza di Jenny per il Medio Oriente, il fidanzamento di Charles e Axelle.

«Diamo un voto alla nostra vita durante l'ultimo anno di liceo e alla nostra attuale esistenza, su una scala da 1 a 10», propose Axelle.

«9 allora, 5 adesso, e tengo conto solo dei giorni buoni!» disse Olivia.

«10 allora, 5 adesso», rispose Axelle.

«10 allora, 6 adesso», dichiarò Gwénola. «Non sono

né ricca né famosa, ma amo quello che faccio, faccio quello che amo e vivo dove mi ha portato il cuore.»

«E io 4 adesso», fece Jenny. «La solitudine mi pesa.»

«C'è qualcosa che non va», borbottò Olivia. «Non siamo né brutte né stupide, proveniamo da famiglie agiate...»

«Parla per te», intervenne Gwénola.

«Vuole dire da famiglie amorose...» disse Axelle per rimediare.

«Parla per te!» ribatté Olivia.

Jenny alzò le mani per chiedere la loro attenzione.

«Pace! Stop! Viviamo in paesi dove non c'è né guerra né carestia, siamo in buona salute, dovremmo approfittare della vita... e invece ci lamentiamo come tante ragazzine viziate dai nostri ricchi genitori.»

«Parla per te!» esclamò Axelle, seccata.

«So perché ci siamo perse di vista», continuò Jenny. «Eravamo troppo occupate a sostenere i nostri ruoli.»

«Che significa?» la sfidò Gwénola.

L'atmosfera era elettrica. Il cameriere, avvicinatosi per chiedere se doveva portare una seconda bottiglia di champagne, batté in ritirata.

«Lo sai bene», disse Jenny. «Tu giochi a fare la coraggiosa ragazza madre bretone. Axelle è la castellana rassegnata e sterile. Olivia straripa di orgoglio e di chili.»

«Ritratti efficaci e precisi, dovresti scrivere dei romanzi», commentò Olivia.

«E io», concluse Jenny, «sono arrogante e antipatica.»

«Hai ragione», convenne Gwénola rivolta a Olivia, «descrive bene le persone. Solo che al posto della parola "antipatica" avrei usato "odiosa".»

«Quando si è amiche, ci si può dire tutto, no? Ho fatto apposta le nostre caricature», replicò Jenny con dolcezza. «Vi voglio bene, siete rare e preziose. Non avremmo mai dovuto perderci di vista. Ma possiamo ancora tornare indietro, ripartire con il piede giusto...»

«Be', e allora, ci ha dimenticate?» Olivia rimproverò il cameriere che osservava la scena da dietro il banco. «Spero abbia un'altra bottiglia in fresco!»

La notte era come un ragno che tesseva la sua tela al centro del Trèfle. Da tutte le parti vi convergevano insetti destinati a recitare una parte nella storia.

Loeiz e Morgane uscirono dalla Gare Montparnasse dove li aveva lasciati il TGV proveniente da Rennes e scesero nella metropolitana.

Un quarto d'ora dopo Charles arrivava nella stessa stazione con il TGV da Agen e si dirigeva verso il parcheggio dei taxi.

Nello stesso momento, piegato sul suo scooter, Noé attraversava il ponte di Chatou in direzione di Parigi.

«All'amicizia!» ripeté Olivia alzando il bicchiere di nuovo pieno.

Charles arrivò per primo. Trovò deludente il nuovo look del caffè della sua giovinezza, il vetro e il metallo ne cambiavano l'anima. A prima vista il Trèfle sembrava vuoto, ma guardando meglio scorse il gruppo seduto a tavola nella sala sul retro. C'era Gwénola, la donna che non aveva mai smesso di amare in silenzio e che l'aveva piantato in asso. Charles rise di sé. Portava un anello monogrammato che raccontava una storia di battaglie, di coraggio, di lealtà e fedeltà a un ideale. La fede che gli brillava all'anulare sinistro era il simbolo di un'unione rispettosa e tenera con una donna meravigliosa. Era sindaco del suo paese, deputato di un'importante circoscrizione. Ma tremava come un ragazzino la sera del suo primo vero bacio.

Entrò con passo fermo. Il cameriere si precipitò per non farlo passare.

«Siamo chiusi, signore, è una serata privata...»

«Sono invitato», spiegò Charles.

Axelle e Jenny giravano le spalle all'ingresso, ma Olivia e Gwénola vi stavano di fronte.

Gwénola lo scorse e trasalì. La faccia di Charles era in ombra, ma lei conosceva a memoria la forma del suo viso, la curva delle sue spalle, la morbidezza delle sue eterne giacche di tweed, la scioltezza della sua figura.

«Che ti succede?» domandò Jenny vedendola impallidire.

«Charles...» mormorò Gwénola.

Axelle si voltò, stupefatta, vide suo marito e spinse indietro la sedia.

«Che ci fai qui?» esclamò.

Charles era rimasto scioccato dall'impatto del turchese indescrivibile degli occhi di Gwénola. I riccioli arruffati, la bocca sensuale, niente era cambiato. Riuscì a fatica a distogliersi dall'incanto di quella visione e si rivolse alla moglie.

«Devo parlarti», disse.

Sorrise alle altre tre.

«Buonasera... Olivia... Jenny... Gwénola...»

L'aveva tenuta per ultima. Aveva qualche piccola ruga in più, agli angoli degli occhi. Lo guardava con aria di sfida.

«Buonasera, Charles», si affrettò a rispondere Olivia. «Siediti, non restare là impalato.»

«Dovevo vedere Axelle urgentemente, non voglio rovinarvi la serata...»

«Allora non dovevi venire», decretò Gwénola.

Le altre, sconcertate, stettero zitte. Axelle intervenne in soccorso del marito.

«Usciamo», disse prendendolo per il braccio.

Non appena scomparvero alla vista, Olivia partì alla riscossa.

«Se io avessi scritto questa scena, tu avresti avuto un atteggiamento più elegante, Gwénola...»

Lei la fissò furente.

«Le persone sono gentili e perdonano nei romanzi, qui si tratta della realtà. Lui mi ha abbandonata, incinta, senza la minima spiegazione. Voleva pagarmi per abortire, me l'ha mandato a dire attraverso Jenny oltretutto, non ha nemmeno avuto il coraggio di dirmelo in faccia! Con un certo tipo di ragazze ci scopi ma non ti ci sposi!» disse furibonda.

«Ssst», fece Olivia dandole una gomitata, «è di ritorno...»

Charles, vicino al bar, ascoltava la loro conversazione.

«Ha cambiato giacca?» si stupì Jenny.

Gwénola guardò verso il bar e il suo viso tornò a colorirsi.

«Ti senti male?» si preoccupò Jenny.

«Mi sono sbagliata», disse Olivia in tono sorpreso. «Non è Charles!»

L'uomo si avvicinava al loro tavolo. Stessa silhouette, stessa camminata, stessa espressione, più alto di dieci centimetri e più giovane di vent'anni.

«Mamma?» fece Loeiz inquieto. «Tutto bene?»

I tavoli e le sedie presero a vorticare, poi a svanire lentamente dal campo visivo di Gwénola, la sua fronte si coprì di sudore, il suo cuore rallentò, si sentì mancare. Non erano né il momento né il luogo. Sbatté le palpebre, tentò di sorridere per rassicurare suo figlio, si aggrappò all'idea che si trattava solo di un incubo e che si sarebbe svegliata nella sua isola lontano da

Charles. Ma il viso di Loeiz diventava sempre più indistinto...

«Adesso sviene», disse Olivia sicura.

Loeiz sostenne sua madre e, con l'aiuto delle altre, la stese sul divanetto. Il cameriere si precipitò.

«Chiamo un'ambulanza?»

«Ha solo bisogno di riposare», decretò Loeiz.

«È studente di medicina», precisò Olivia.

Loeiz non chiarì che era appena al secondo anno. Il cameriere guardò l'orologio con fare eloquente. Axelle e Charles rientrarono e li videro chini sul corpo di Gwénola. Charles li raggiunse a precipizio, abbandonando sua moglie che aveva appena saputo che rischiava di essere incriminata.

«Che cos'ha?» chiese tutto agitato, dimenticando i suoi risentimenti, la sua pena e tutti i suoi buoni propositi.

«Mamma ha un malessere vagale», riassunse Loeiz che aveva seguito dei corsi di pronto soccorso. «Bisogna lasciarla distesa e tenerle sollevate le gambe in modo da far risalire la pressione e rinviare il sangue al cervello.»

I due uomini non fecero attenzione l'uno all'altro, preoccupati com'erano per la salute di Gwénola, ma si assomigliavano talmente che per tutte le persone presenti l'evidenza era lampante.

«Bisogna chiamare un'ambulanza», decretò Charles.

«È proprio quello che ho appena detto a suo figlio!» intervenne il cameriere.

Charles lo guardò strabiliato, si disse che doveva avere bevuto, volle chiamare a testimone il figlio di Gwénola della cui esistenza veniva a sapere solo adesso. I loro sguardi s'incrociarono, caustici. Capirono all'istante e si irrigidirono. Loeiz vedeva per la prima volta il padre che aveva vigliaccamente abbandonato sua madre. Charles si trovava per la prima volta di fronte a suo figlio. Erano l'uno il ritratto dell'altro.

«Torna in sé», disse bruscamente Jenny.

I due uomini smisero di affrontarsi con lo sguardo. Gwénola aprì gli occhi e sorrise debolmente.

«Ci hai fatto prendere uno spavento!» esclamò Olivia in tono troppo brioso. «Va meglio?»

«Sono... giornalista...» mormorò Gwénola. «Sono qui per... testimoniare... non è nel mio stile... svenire...»

Olivia fece una risata nervosa.

«Non sempre si può scegliere. Hai finito di fare la signora delle camelie? Possiamo continuare a bere le nostre bollicine?»

Loeiz aiutò sua madre a sedersi. Gwénola si ritrovò davanti a Charles, che la fulminava con lo sguardo.

«Avresti preferito che non venissi... Condivido il tuo sentimento, ma, ahimè, sono venuto», sibilò con rabbia.

Aveva perso ogni punto di riferimento. Al mattino era ancora un uomo rispettabile, in pace se non felice, sposato senza figli. Quella sera si ritrovava sospettato di truffa e padre di un figlio di cui Gwénola l'aveva volutamente privato. Axelle lo osservava con un'espressione triste e addolorata. Gwénola gli lanciava dei missili Scud con gli occhi. Il ragazzo lo squadrava con disprezzo. Olivia sembrava affascinata dalla situazione. E solo Jenny aveva della compassione in fondo alle sue iridi brune.

«È meglio se vai via, Charles», consigliò.

Lui annuì, fissò un'ultima volta Loeiz con espressione smarrita, poi girò i tacchi e uscì dal Trèfle. Axelle si precipitò dietro di lui.

«Loeiz, adesso ti siedi e bevi un bicchiere con noi», propose Olivia.

Ma il ragazzo non l'ascoltava.

«Che ci faceva qui?» chiese a sua madre.

«Ha sposato Axelle. Non doveva venire. Ignoro...»

Gli occhi le si riempirono di lacrime. Anche lei accusava il colpo, rivedere Charles l'aveva svuotata di ogni energia. Per quanto lo detestasse con tutta sé stessa da vent'anni, esercitava sempre lo stesso potere su di lei.

«Che stronzo...» tuonò Loeiz.

In quel momento Jenny scorse al di là dei vetri un ragazzo che li osservava. Biondo, con la coda di cavallo, un casco in mano, scrutava l'interno del locale. Ebbe l'impressione di averlo già visto da qualche parte.

«Ci spiano», disse per distendere l'atmosfera. «Forse un paparazzo per Olivia?»

«Eppure sono venuta in incognito», fece Olivia guardando nella direzione indicata da Jenny.

Riconobbe Noé e aggrottò le sopracciglia.

«Ma è mio figlio!»

Gli fece segno di entrare. Noé obbedì e si avvicinò, mentre il cameriere, rassegnato, si faceva da parte.

Qualcosa non andava. Noé, di solito sorridente, stringeva le labbra e camminava con le spalle curve.

«Vi presento il più bel Noé del mondo», annunciò Olivia con tenerezza.

«Vi presento mia madre, la grande scrittrice Olivia Ruben», ribatté lui in tono secco, chiedendosi dove avesse già visto quella graziosa donna dai capelli rossi vestita di rosso.

«Tesoro», continuò Olivia, «hai sentito parlare di Gwénola... ecco Loeiz, suo figlio... e Jenny, che ha lasciato gli Stati Uniti per stabilirsi in Italia...»

Noé fu spiazzato dalla presenza del figlio di Gwénola. Faceva parte anche lui della cospirazione?

«Le nostre mamme sono molto unite», disse per vedere la sua reazione.

Ma Loeiz, sconvolto dall'avere incontrato suo padre, era immerso nei suoi pensieri.

«Hai letto i libri di mia madre?» insistette Noé. «Dovresti leggerli, è istruttivo. Anche tua madre scrive, lo sapevi?»

Loeiz si chiese cosa volesse da lui quel bizzarro ragazzino. Alla loro età, anche solo con tre anni di differenza, non appartenevano più alla stessa generazione.

«È giornalista», mormorò.

«Non solo. Ha altri talenti!»

Olivia, sulla difensiva, trattenne il respiro. Noé sembrava furioso con lei e sfuggiva il suo sguardo. Lanciò un'occhiata interrogativa a Gwénola, che scosse la testa per dire che lei non c'entrava.

«Non è vero, mamma?» attaccò Noé, sfidando Olivia. «Gwénola ne ha dell'immaginazione... da vendere!»

«Vuoi spiegarti?»

«Il mio PC era KO, dovevo inviare un messaggio urgente, ho acceso il tuo Macintosh, ho fatto un pasticcio e sono incappato nell'e-mail che lei ti ha inviato ieri...»

S'interruppe, soffocato dall'indignazione.

«Non volevo essere indiscreto», riprese, «ma l'ho letta. Adesso so.»

Olivia fremette. Il suo più grande timore era diventato una realtà. Annaspò alla ricerca di una scappatoia.

«Gwénola mi aiutava per un brano del mio prossimo libro, lavoravamo insieme alla psicologia dei personaggi...» tentò di spiegare.

«No», tagliò corto Noé. «Stai ancora mentendo, smettila! È finita, hai tradito la mia fiducia, non ti credo più.»

«Ascoltami...» lo implorò toccandogli il braccio.

«No», gridò lui divincolandosi. «Mi hai preso in giro. Ero così fiero di te! Ti avrei protetta, avrei conservato il tuo segreto. Ma tu mi hai ingannato!»

«Non qui», disse in tono fermo Olivia. «Rientriamo a casa, tesoro, ti spiegherò...»

Gli tese la mano ma Noé si ritrasse, incapace di sopportare il suo contatto.

«Anche quella casa è un'impostura. Andrò a dormire da papà fino a sabato. Non so neanche se parteciperò a quel cavolo di trasmissione... Non voglio diventare un imbroglione anch'io, dovrebbe andarci lui!» disse con rabbia indicando Loeiz, che non capiva niente di quanto stava succedendo.

Jenny si alzò e girò intorno al tavolo.

«Ti mancano degli elementi per giudicare», disse a Noé. «Seguimi.»

Lanciò uno sguardo a Olivia per esortarla a non intervenire e uscì spingendo il ragazzo davanti a sé.

«È un incubo», balbettò Olivia a Gwénola. «Ti supplico, dimmi che non sei qui. Che non hai scritto quell'e-mail, che mio figlio non l'ha letta...»

«Che email? Di cosa parlate?» chiese Loeiz.

Gwénola si girò verso di lui, emergendo dal garbuglio di sentimenti che l'assalivano.

«Ti credevo a Rennes. Che ci fai a Parigi?»

Loeiz le rivolse un sorriso di una tenerezza inenarrabile.

«Sono venuto ad annunciarti una notizia meravigliosa, mamma. Morgane è incinta. Avremo un bambino!»

Gwénola vacillò. Aveva appena affrontato il padre di suo figlio ed ecco che stava per diventare nonna. Il futuro bebè avrebbe avuto un padre fantastico. Loeiz era radioso.

«È una bellissima notizia», disse abbracciandolo.

«Morgane è andata ad annunciarlo ai genitori. Le ho chiesto di sposarmi, ha detto di sì!»

Rise e Gwénola lo imitò.

«Sarete molto felici», balbettò.

Loeiz annuì. Sapeva che sua madre avrebbe capito, che non avrebbe fatto scene obiettando che erano troppo giovani e che avevano appena cominciato l'università.

«Però i nostri progetti non sono cambiati: io farò il chirurgo e Morgane diventerà pediatra, non avremo bisogno di consultare un collega quando nostro figlio sarà malato.»

«Oggi è un grande giorno», disse Gwénola.

Olivia reagì con prontezza. Era egoista ma sapeva adattarsi.

«Dobbiamo brindare!» fece indicando la bottiglia nel secchiello. «È giusto rimasto un po' di champagne... e ho un grande bisogno di ubriacarmi!»

Si divisero quel che restava. Il cameriere si armò di coraggio e si avvicinò.

«È l'ora della chiusura», disse additando la pendola.

Olivia lo guardò e le lacrime cominciarono a scorrerle sulle guance senza che lei potesse farci niente.

«Non ho poi tutta questa fretta», si affrettò ad aggiungere il cameriere. «Restate ancora un po' se volete!»

E si eclissò maledicendo quella serata.

23.

Jenny aveva trascinato Noé in strada. Passarono davanti al Sainte-Agathe, girarono all'incrocio e intercettarono un bar da cui proveniva della musica jazz.

«Beviamo qualcosa?» propose Jenny.

Noé scosse fieramente la testa.

«Non ho sete.»

«Io sì. E ci sono delle cose che devi sapere. Tu non vedi che la punta dell'iceberg.»

«Mi ha mentito», disse Noé stizzoso. «Non sono mai stato così deluso da qualcuno...»

«Sei giovane e non hai vissuto abbastanza. Più tardi ti renderai conto che non è grave essere delusi. Il peggio è non amare. Lei ti vuole bene, è per questo che non ti ha detto niente.»

Si sedettero all'unico tavolino libero.

«Prenderò un Alexandra», disse Jenny. «E tu?»

«Una Coca...»

La cameriera, una deliziosa creatura con una T-shirt decorata dalla faccia di Brad Pitt che lasciava scoperto l'ombelico dove brillava un diamante, si allontanò per andare a prendere le bevande.

«È carina», constatò Jenny.

«Trovo che lei sia più bella», sentenziò Noé alzando le spalle. «Allora lei l'ha sempre saputo? Si dev'essere divertita ad assistere all'ascesa della grande Olivia Ruben, un pallone gonfiato tutto compreso nella sua importanza!»

«C'è stato un errore all'inizio, uno scambio di manoscritti. Quando l'editore ha annunciato a tua madre che avrebbe pubblicato il suo romanzo, lei non aveva ragione di pensare che parlasse di quello di Gwénola.»

Noé aggrottò le sopracciglia, incredulo.

«È così che è successo», assicurò Jenny. «Hanno ricevuto due manoscritti, hanno detto sì a uno e no all'altro, confondendo gli autori.»

«Ma quando la mamma se n'è resa conto», obiettò lui, «bastava chiarire!»

«Tuo nonno aveva appena perso sua moglie, eppure era riuscito a superare il suo dolore e aveva organizzato una serata prestigiosa per festeggiare il romanzo di sua figlia. Lei non poteva smentire, avrebbe messo in ridicolo suo padre...»

«Per il primo romanzo, passi», concesse Noé. «Ma i nove successivi?»

«Tua madre ha cercato di scrivere da sola e ha proposto il manoscritto con la firma di un'amica. L'editore l'ha respinto decretando che la sua amica avrebbe fatto meglio a dimenticare le ambizioni letterarie.»

Noé fremette.

«E lei ha continuato nell'inganno? Io sarei morto di vergogna!»

«Gwénola e lei erano ormai prese in trappola. Olivia aveva bisogno di riconoscimento e dell'ammirazione del padre, Gwénola di soldi. Ognuna aveva un proprio tornaconto. Non era colpa loro se si erano ritrovate in quella situazione.»

«Ma almeno avrebbe potuto dirmelo...»

S'interruppero mentre la cameriera posava i bicchieri sul tavolo.

«Quando?» fece Jenny. «Quando eri piccolo e c'era il rischio che spifferassi tutto ai tuoi compagni di scuola? I bambini non sono capaci di tenere un segreto. Dopo, ha avuto troppa paura di deluderti.»

«Be', adesso è fatta», replicò Noé sorseggiando la sua Coca.

Jenny si portò il bicchiere alle labbra e bevve un sorso.

«Sto all'hotel Raphaël, vicino all'Étoile.»

D'un tratto Noé si ricordò dove l'aveva vista.

«Ti offro ospitalità fino a sabato», proseguì Jenny.

«Nella sua camera?»

La risata con cui rispose Jenny non gli risultò molto simpatica.

«Sono troppo giovane per avere un gigolo, Noé. Ti credi così irresistibile? Prenderò una camera per te per tre notti, fintanto che ti calmi. Poi andrai a dormire sui nostri schermi televisivi.»

«Non so», borbottò il ragazzo.

Jenny gli sorrise.

«Smettila di lamentarti. Vuoi tornare a casa?»

Lui scosse vigorosamente la testa.

«Vuoi andare da tuo padre?»

Jenny non conosceva Colin Nathan, ma era un po' psicologa e aveva avvertito una piccola esitazione quando poco prima Noé aveva annunciato che sarebbe andato a stare dal padre.

«Bisogna fra l'altro vedere se lui è d'accordo», brontolò Noé.

«A me sta bene.»

Noé abbozzò un sorriso triste.

«Sto morendo di fame», confessò. «Non ho pranzato né cenato.»

«Chiederemo al servizio ai piani di farti portare un

vassoio», disse lei, prendendo per un sì la sua confessione.

Un'ora dopo Jenny si ritirava in camera sua dopo avere installato Noé in quella accanto, assistito alla sua cena e ripetuto mille volte le stesse cose.

Si diresse subito verso il telefono per chiamare Olivia, che doveva stare sulle spine. L'amica rispose al secondo squillo, col fiato corto.

«Noé, tutto bene?»

«Sono Jenny. Sta' tranquilla, è con me, gli ho preso una camera nel mio albergo, è come un pascià. Non ho potuto avvisarti prima. Gli ho spiegato tutto.»

La voce di Olivia si spezzò.

«E allora?» gracidò.

«Ha capito, ma è furioso che tu non l'abbia messo a parte del segreto. Gli passerà.»

«L'ho deluso...» mormorò Olivia, avvilita.

Che Gwénola non volesse più scrivere per lei non era la maggiore delle sue preoccupazioni. Che Noé ce l'avesse con lei era molto più grave!

«Rimedierai. Alla sua età è puro e tagliente come un diamante, ma imparerà a venire a patti.»

Olivia emise un lungo sospiro.

«Grazie del tuo aiuto, Jenny», mormorò. «Questa serata è stata un inferno per tutti. Quando ho visto Charles e Loeiz l'uno di fronte all'altro, per poco non ho gridato. Hai notato come si assomigliano?»

«Anche Noé ti assomiglia, lo sai?»

«A parte i chili, per fortuna. Ma andrà molto più lontano, è sensibile e ha senso dell'umorismo.»

«Stai migliorando, Olivia, diventi quasi modesta! Non scrivi i tuoi libri, ma ne sei l'ambasciatrice e le tue lettrici ti adorano. Apprezzano la tua personalità, la tua gioia di vivere, il tuo sorriso, la tua energia. Non sarai una scrittrice, ma sei un'attrice formidabile!»

«Grazie.»

Jenny, distesa sul letto, scalciò via le scarpe e si stirò voluttuosamente.

«Be', adesso ti lascio dormire...»

«No! Ti prego, ho bisogno di parlare, non abbandonarmi!»

La richiesta era così inattesa, venendo da Olivia, che Jenny accondiscese.

«Sono qui.»

«Tu l'hai sempre saputo, vero? Avevi letto i nostri due manoscritti, ma quando il libro è uscito mi hai fatto le congratulazioni come se niente fosse. Allora ho creduto che avessi fatto anche tu confusione e non avessi dubbi sul fatto che fossi io l'autrice. Ma poco fa, quando Noé mi ha attaccata, ho visto la tua espressione. Tu conoscevi la verità?»

«Sì.»

Seguì un lungo silenzio, interrotto da Olivia.

«Avevo delle scuse, nessuno lo può sapere meglio di te, era appena morta mia madre...»

Jenny respirò a fondo. Era giunto il momento di far dono a Olivia di una delle sue verità.

«Tu avevi delle scuse, in effetti. Io no.»

«Prego?»

«Anche tua madre ne aveva. Non bisogna volergliene se si è arresa...»

Olivia credette di non avere sentito bene.

«È stato un incidente», le ricordò.

«Non è quello che ha scritto nella sua lettera di addio», replicò calma Jenny.

Olivia trasalì.

«Che lettera di addio?»

«Quella che ho nascosto mentre tu correvi a cercare aiuto.»

«Co... Cosa?» balbettò Olivia, pietrificata.

Aveva avuto dei sospetti, ma all'epoca era solo una ragazzina e gli adulti presenti parevano così sicuri del fatto loro.

«Pe... Perché?» chiese, completamente smarrita.

Jenny si sentì meglio. Era più facile al telefono che di persona.

«Eri giovane ed egoista, avresti creduto che tua madre ti abbandonava perché non ti amava abbastanza. In realtà il suo gesto non aveva niente a che vedere con te!»

Olivia aveva l'impressione che Jenny parlasse del personaggio di un romanzo.

«Ero giovane ed egoista... adesso sono vecchia e altruista?»

«Sei adulta ed egoista. Quindi puoi capire che si possa volere un bene dell'anima a qualcuno e al tempo stesso desiderare di uscire di scena. Adori Noé, il che non ti impedisce di cadere in depressione e qualche volta di volere che tutto finisca. Mi sbaglio?»

Olivia restò silenziosa per un po' e Jenny ne approfittò per spogliarsi e infilarsi sotto le lenzuola.

«Dici che ha lasciato una lettera...»

«Perché si è suicidata», disse Jenny con dolcezza. «Ha preso dei sonniferi volontariamente. L'esistenza le pesava troppo. Tu non c'entravi niente, non si può vivere al posto degli altri.»

Olivia incassò il colpo.

«La lettera di addio era per mio padre o per me?» chiese con voce flebile.

Jenny sorrise, Olivia si era ripresa.

«Per entrambi.»

«L'hai conservata?» supplicò.

«Mi ricordo ogni singola parola.»

«Dimmele!»

Olivia aveva gridato. Jenny allungò il braccio per prendere la cartella dove aveva raccolto tutto il materiale. Aveva ricopiato il testo su un foglio a quadretti.

Perdonatemi, vi amo entrambi, ma non posso più continuare, sarete più felici senza di me.

La lettera giungeva con vent'anni di ritardo a uno dei suoi destinatari. Olivia si sentì mozzare il respiro.

«Non avresti capito e ti saresti sentita chiamata in causa», riprese Jenny. «Eri la mia migliore amica, ho voluto proteggerti. Ma è tempo che tu sappia.»

Olivia si sentiva come un pugile suonato. Sua madre si era dunque suicidata. All'epoca quell'ipotesi era stata presa in considerazione, certamente, ma l'indagine era approdata alla conclusione che si trattava di un abuso involontario di sonniferi, perché il fatto che la vittima non avesse lasciato una lettera di addio era, secondo la polizia, decisivo.

«Puoi ripetere?» mormorò.

«Perdonatemi, vi amo entrambi, ma non posso più continuare, sarete più felici senza di me.»

«Si sbagliava», disse Olivia. «Siamo stati molto meno felici senza di lei...»

Fu assalita da un pensiero.

«Bisogna soprattutto che papà non lo venga a sapere!»

«Non conto di dirglielo, spetta solo a te decidere.»

Olivia fece una risata priva di gioia.

«È vecchio e meno egoista di me, soffrirebbe di più. Non riapriamo le sue ferite.»

«Non ti ho detto la verità per rigirare il coltello nella piaga, ma per darti forza!» disse Jenny con convinzione. «Tua madre non riusciva ad apprezzare la vita. Tu devi vivere per voi due e godere di ogni secondo. S'impara in fretta, vedrai, io lo faccio da quando è morta mia madre un bel po' di anni fa...»

Questa affermazione stupì Olivia.

«Eri più vicina a tuo padre, no?» chiese.

«Per modo di dire.»

«I tuoi genitori sono morti nel 1999, non è passato così tanto!»

«Il tempo mi è parso più lungo», disse Jenny.

24.

Era scesa la notte, proiettando strane ombre sullo Champ-de-Mars. Charles e Axelle non pensavano minimamente ad andare a letto. Avevano lasciato il Trèfle, fatto segno a un taxi e raggiunto il loro appartamento senza quasi rivolgersi la parola. Charles, prostrato, se ne stava seduto sul divano di velluto, le braccia ciondolanti, come lobotomizzato. Axelle camminava avanti e indietro in cucina, non riusciva proprio a stare ferma. La minaccia di essere messa sotto accusa per appropriazione indebita di bene pubblico non era niente in confronto agli sconvolgimenti che agitavano la loro coppia. Tornò nel soggiorno.

«Ti ho lasciato il tempo di riprenderti», disse sedendosi accanto al marito. «Adesso dobbiamo parlare. Hai avuto uno shock tremendo.»

«Sono... scioccato... sconvolto», ammise Charles. «Quel ragazzo... a pochi metri da me...»

«È il tuo ritratto sputato», osservò Axelle.

Lui annuì, lo sguardo perso nel vuoto.

«Avevo l'impressione di essere tornato indietro nel tempo e di guardarmi in uno specchio!»

«Non ti aspettavi di vederlo. Neppure lui. Neppure io. È stata una sorpresa per tutti.»

La squadrò stupito. Aveva appena saputo di avere un figlio di vent'anni e lei prendeva alla leggera questa incredibile notizia.

«È tutto qua quello che provi?»

«È figlio tuo», mormorò Axelle. «Non mio.»

Charles abbassò la testa. Lei aveva ragione, come sempre. Reagiva con eleganza e educazione. Avrebbe potuto essere furiosa, fargli una scenata, sentirsi ingannata. E invece no: restava padrona di sé stessa.

«Ti ammiro», sussurrò.

Lei non disse niente. L'ammirava perché non era riuscita a dargli dei figli?

«Che faremo...?» Si corresse. «Che farò adesso?»

«Non so. Lasciare la situazione com'è, suppongo. A meno che tu non abbia cambiato idea, è così?»

La risposta della sua moglie perfetta lo lasciò interdetto. Lui veniva a sapere di avere un figlio e lei gli suggeriva di lasciare la situazione com'era?

«Non ti capisco, Axelle. Deve portare il mio nome, è del nostro sangue, della nostra famiglia!»

«Della tua», precisò dolorosamente Axelle.

Charles pensò a tutte le tappe della vita di suo figlio che non aveva potuto condividere. Gwénola gliel'aveva rubato, l'aveva tenuto solo per sé. Adesso capiva perché era scomparsa... Non l'aveva mai amato, altrimenti non avrebbe potuto agire così. Si era semplicemente servita di lui. L'amore che non aveva smesso di provare per lei si tramutò in un odio così intenso da farlo tremare.

«La uccido», sibilò.

Axelle, incredula, lo fulminò con lo sguardo.

«Uccidere Gwénola? Mi sembra invece che abbia dato prova di molto coraggio e di grande indipendenza...»

Con un gesto furioso, Charles spazzò via la pila di riviste che troneggiava sul tavolino. I giornali si spiaccicarono sul pavimento tirato a cera con un rumore sordo.

«Accidenti, Axelle! Non ti riconosco più! Come puoi pensare questo?»

«Neanch'io ti riconosco più», mormorò Axelle. «Sono stata sposata con te per vent'anni e oggi ti comporti come un estraneo e un cafone... Gwénola, che non è nata in una famiglia aristocratica, ha più nobiltà di te!»

La reazione di Charles la scandalizzava. Gwénola avrebbe potuto fare pressione su di lui, esigere denaro, costringerlo a prendersi le sue responsabilità. Invece era rimasta nell'ombra e aveva cresciuto suo figlio con amore e discrezione.

«Ma insomma, Axelle, tutto questo è insensato! Tu la difendi perché un tempo eravate amiche, ma lei non ha nessuna circostanza attenuante. E lui aveva l'aria di odiarmi...» proseguì Charles con voce atona. «Eppure sono suo padre!»

«Hai scelto di non essere presente nella sua esistenza, dovevi immaginarti le conseguenze... Non potevi aspettarti che ti si gettasse tra le braccia!»

Charles si girò verso di lei, era di un pallore estremo.

«Come osi?» gridò.

I suoi occhi lanciavano fiamme. Spaventata, Axelle si alzò dal divano.

«Non usare quel tono con me, Charles! Reagisci in modo illogico. Non hai voluto assumerti le tue responsabilità... e pretendi che lui ti voglia bene? Sei matto da legare!»

Charles si alzò a sua volta, fuori di sé.

«Ma cosa stai dicendo? Che non ho voluto saperne di questo bambino? Sei tu quella da rinchiudere, parola mia!»

Lei lo guardò con aperto disprezzo.

«Credevi che io non fossi al corrente, vero? Ma se lo sapevano tutti! Non te ne ho mai parlato perché aspettavo che fossi tu a fare il primo passo. Ho rispettato il tuo silenzio perché lo scambiavo per sofferenza.»

Charles chiuse gli occhi, li riaprì.

«Un momento», disse. «Non ti seguo. Non ci capisco più niente. Tutti sapevano... cosa?»

Lei si strinse nelle spalle.

«Sapevamo tutte che Gwénola era incinta, che tu eri il padre, che le hai proposto dei soldi per abortire.»

«Io... cosa?»

Lei trovò che recitava male la parte, che esagerava.

«Lei non era del tuo ambiente, volevi fare carriera, ti serviva una moglie presentabile. Hai scelto me invece di lei. Non potevo mica rimproverartelo...»

Charles, attonito, scosse la testa.

«Non ho scelto nessuno, Axelle! Ti amavo profondamente, ma ero innamorato pazzo di lei... e lei se n'è andata! Ho aspettato sue notizie, lei non si è mai fatta viva...»

Axelle vacillò. Era terribilmente chiaro. Se Gwénola non fosse fuggita, Charles l'avrebbe sposata.

«Volevi che abortisse e restasse con te?» chiese con voce rauca.

Charles la contemplò con sgomento.

«Non ho voluto nessun aborto. Gwénola non mi ha mai detto di essere incinta! Devi credermi!»

«Certo che ti credo. Non è stata Gwénola a dirtelo, è stata Jenny.»

Charles le lanciò uno sguardo allucinato.

«Io non... ne... sapevo... niente!» disse scandendo ogni singola parola. «Lo ignoravo, te lo giuro su tutto ciò che ho di più prezioso!»

Lei sgranò gli occhi, sconcertata.

«È impossibile. Jenny si è proposta per fare da mediatrice, ti ha raccontato tutto. E tu hai offerto dei soldi per pagare l'aborto di Gwénola.»

Charles si sentì annientato, svuotato.

«No, amore mio», replicò con tristezza. «Jenny non mi ha detto niente. Se lo avesse fatto, non avrei reagito a quel modo.»

Gli occhi di Axelle si velarono.

«Ti saresti sposato con Gwénola?»

«In ogni caso avrei riconosciuto il bambino, lo avrei cresciuto, amato. Come hai potuto credere che me ne disinteressassi? Mi conosci proprio così poco?»

Axelle abbassò gli occhi.

«Ti amavo», mormorò. «È meglio essere amata da un mascalzone che piantata in asso da un ragazzo a posto. Gwénola aveva perso, io avevo vinto... Non sono una santa, Charles. Solo una donna innamorata.»

Lui la guardò, le aprì le braccia e lei vi si gettò singhiozzando. Rimasero stretti fino a quando il pianto di Axelle si fu calmato. Poi lei si sciolse dall'abbraccio. Oltre la finestra, la torre Eiffel s'illuminò di colpo e scintillò nella notte per dieci minuti. Restarono a osservarla, vicinissimi l'uno all'altra, agitati da sentimenti contraddittori, attratti dalle luci.

«Non è Gwénola che voglio uccidere», affermò Charles con voce sorda. «È Jenny!»

25.

Giovedì 22 settembre

Quando, l'indomani mattina, Jenny si svegliò nella sua stanza d'albergo credette per una frazione di secondo di essere ancora a Roma. Poi le arrivarono delle voci dalla finestra aperta e le fu subito chiaro che si trovava a Parigi. Si ricordò allora che c'era qualcuno di cui doveva occuparsi e prese il telefono per chiamare Noé e dargli appuntamento per la colazione sulla terrazza dell'albergo.

Lei piluccò qualcosa, lui si rimpinzò allegramente. La sua collera si era trasformata in una fame da lupi.

«Buonissime queste uova con la pancetta... Non mangia il suo secondo croissant? Posso?»

Allungò la mano, addentò con gusto la pasta soffice e ancora tiepida.

«Non so se ci sarà della Nutella a *Tale padre, tale figlio.* Gliel'ho chiesto durante il casting, ma non hanno voluto rispondermi... In ogni caso, non ho ancora deciso se parteciperò o no.»

«Ho avvisato tua madre che sei qui con me», disse Jenny.

La frase fece a Noé l'effetto di una doccia fredda. Smise di masticare, per poco non si strozzò e gettò a Jenny uno sguardo carico di rimprovero.

«E io che avevo fiducia in lei... Avrei dovuto immaginarmelo», sbottò spingendo indietro la sedia e alzandosi.

«Aspetta!» esclamò lei afferrandolo per il polso. «Sei minorenne, Noé. Non potevo fare altrimenti. Le ho chiesto di lasciarti tranquillo e soprattutto di non venire qui. Mi darà ascolto. Volevo rassicurarla, era molto preoccupata per te.»

«Me ne strafrego!» ringhiò Noé.

«Rimettiti a sedere, per favore...» disse Jenny sorridendo e piegando la testa di lato. I suoi morbidi riccioli rossi brillavano al sole. «Non ci capisco molto di adolescenti, li frequento poco, non ho figli... Ti prego, rimani. Sarei potuta stare zitta, ma ho preferito non nasconderti nulla, ti hanno già mentito abbastanza.»

Ecco le parole giuste. Noé si rimise a sedere sospirando.

«Sei già iscritto fra i partecipanti di questa trasmissione, devi onorare il tuo impegno», proseguì Jenny in un tono che voleva rendere persuasivo.

«Ma riunisce figli di gente famosa e mia madre ha barato. Se ci vado senza dire niente, divento come lei: un impostore. Se non ci vado, penseranno che ho avuto fifa. Posso anche ritirarmi spiegando perché.»

«Vuoi tradire tua madre?» si stupì Jenny.

«Tale madre, tale figlio...»

Jenny non commentò, infastidita dallo sguardo insistente di uno sconosciuto che teneva i suoi occhi neri fissi su di lei. Fisico asciutto, alto, capelli a zero, labbra sottili, vestito di un completo di jeans nero, con ai piedi stivali da cowboy che avevano visto tempi migliori, stonava sulla terrazza del lussuoso albergo. Non si era messo a sedere a uno dei tavoli coperti di tovaglie bianche su cui sfolgorava l'argenteria, restava là in piedi, a fissarli. Non c'erano altri clienti, gli uomini d'affari avevano già fatto colazione da un pezzo e gli innamorati non erano ancora svegli.

«Non le interessa quello che dico?» brontolò Noé quando si rese conto che lei non lo ascoltava più.

Jenny scosse la testa e sussurrò: «C'è un uomo che ci guarda, laggiù».

Noé si girò, ma lo sconosciuto si era dileguato. Alzò le spalle.

«Secondo me era lei a interessarlo. In America non abbordano le donne? Qui è uno sport nazionale...»

Jenny gli assicurò che i suoi compatrioti non battevano la fiacca da quel punto di vista, ma gli specialisti erano gli italiani. A sostegno delle sue parole, gli parlò del suo vicino durante il volo Roma-Parigi.

«Mi ha proposto di portarmi a cena sulla Senna.»

«Ha accettato?»

«Andiamo, no!» disse Jenny ridendo.

Ordinò un terzo espresso: era gustoso, ristretto e intenso come in Italia.

«Devo vedere la mia amica Mona», dichiarò brusco Noé. «Posso?»

«Non sei né un mio prigioniero né la mia dama di compagnia, il tuo tempo ti appartiene!»

Noé parve sul punto di aggiungere qualcosa, ma scelse di stare zitto.

«Be', allora... buona giornata...»

«Anche a te!»

Il ragazzo lasciò la terrazza con passo impacciato, sotto lo sguardo divertito di Jenny. Prima di tornare in camera, lei fece una deviazione nella hall dell'albergo per chiedere un'informazione al portiere. L'uomo le scoccò un sorriso professionale.

«Suo marito è arrivato, signora Lincoln», la informò.

Jenny aggrottò le sopracciglia.

«Mio cosa?»

«Suo marito», ripeté cortesemente il portiere. «È salito direttamente in camera.»

Floridiano – non poteva essere che lui – l'aveva dunque raggiunta a Parigi? Probabilmente era riuscito a liberarsi della sua famiglia spedendo moglie e figli al mare, in una delle numerose spiagge vicino a Roma, e si concedeva qualche giorno di riposo del guerriero. Jenny prese l'ascensore, incapace di decidere se l'arrivo del suo amante la rendeva felice o se invece ostacolava i suoi piani. Si sistemò automaticamente i capelli davanti allo specchio della cabina, percorse il corridoio canticchiando e bussò alla porta della camera 33.

«Floridiano?»

Nessuno rispose. Doveva essere sotto la doccia per rinfrescarsi dopo il viaggio. Jenny aprì la porta con il sorriso sulle labbra e... sgranò gli occhi. I cassetti del comò, dell'armadio e del tavolino da notte erano aperti, abiti e oggetti personali erano sparsi ovunque, tutto era sottosopra.

«Floridiano?» ripeté stupidamente Jenny spingendo la porta del bagno, vuoto evidentemente.

L'avevano derubata. Un uomo che si faceva passare per suo marito era entrato nella stanza per svaligiarla. Fortuna che, da brava americana, Jenny era salita sulla terrazza con il suo marsupio contenente il passaporto, le carte di credito e una bella mazzetta di euro. Verificò febbrilmente che tutto fosse ancora al riparo contro il suo ventre, poi tese la mano verso il telefono per avvisare la reception. In quel momento l'apparecchio prese a ronzare, facendola sobbalzare.

«Pronto?» fece con voce strozzata.

«Jenny? Sono Axelle.»

L'ultima persona che Jenny aveva voglia di sentire.

«Senti, non è il momento, mi hanno appena...»

«Ti chiamo per avvertirti», proseguì Axelle senza ascoltarla. Charles è uscito, è fuori di sé e ha solo una cosa in mente: vendicarsi. Mi ha chiesto in quale hotel fossi, c'è il rischio che si precipiti lì per fare uno scandalo. Sta' attenta!»

Jenny si lasciò cadere sul letto e guardò con stizza la stanza devastata.

«Vent'anni fa», continuò Axelle, «avevi avuto il compito di informarlo che Gwénola era incinta... E oggi Charles sostiene che tu non gli abbia mai detto niente!»

«È la verità», sospirò Jenny. «Non lo sapeva, fino a ieri sera.»

«Ma... perché? Perché farci... fargli questo?»

Quale ragione aveva potuto spingere Jenny a mentire su una cosa del genere?

«È troppo lungo da spiegare adesso», mormorò Jenny.

«Capisco la sua collera», fece Axelle. «Ma ho preferito metterti in guardia.»

Fu la volta di Jenny di essere sorpresa.

«Perché?»

«Suppongo di esserti riconoscente. Dopotutto ti devo il mio matrimonio. Da quanto mi ha raccontato stanotte, si sarebbe assunto le sue responsabilità e avrebbe sposato Gwénola. L'amava.»

Le si spezzò la voce.

«Stai attenta, è furioso con te, è veramente capace di venire...»

«È appena uscito di qui. Avresti dovuto chiamarmi prima», disse seccamente Jenny sbattendole il telefono in faccia.

Per un verso, era rassicurata di conoscere l'identità del suo visitatore, ma intuiva anche che le rappresaglie erano appena cominciate. Charles de Bergeac era persuaso che lei gli avesse volutamente rovinato l'esistenza. C'era di che fare impazzire un uomo.

Un'idea la sfiorò. Si diresse verso la porta, constatò che non era stata forzata e credette di capire.

Si precipitò giù per le scale e, arrivata nella hall, andò a passo di carica verso il portiere.

«Hanno frugato nella mia camera, violato la mia intimità, gettato le mie cose per terra, è colpa sua!» accusò.

Il portiere, impassibile, rispose con calma: «Non capisco...».

«Lei ha dato una copia delle mie chiavi a uno sconosciuto che si è fatto passare per mio marito», urlò facendo voltare i clienti presenti nella hall. «Non sono sposata, lo sa? Basta che uno le dica una cosa qualsiasi e lei gli crede?»

Erano al centro dell'attenzione. I turisti in tenuta casual, gli uomini d'affari in giacca e cravatta, l'addetto al parcheggio delle auto, il facchino, un cameriere in giacca bianca, tutti li osservavano.

«Si calmi, signora Lincoln», disse il portiere. «È evidente che ho chiesto a quel signore di dimostrare la sua identità.»

«E...?» lo pungolò Jenny.

«Mi ha fatto vedere il passaporto.»

Jenny barcollò.

«Le ha... cosa?»

«Presentato il suo passaporto. Si trattava del signor Lincoln, cittadino americano. Lo stesso suo cognome. Non avevo alcuna ragione di dubitare della sua identità...»

Jenny indietreggiò di qualche passo, sciocсata.

«Il signor Lincoln?

Il portiere annuì.

«Sapeva che lei aveva una camera qui da noi, portava il suo stesso cognome, perché avrei dovuto diffidare?»

Jenny scosse automaticamente la testa, ammettendo che aveva ragione.

«Vuole che avverta la polizia?» chiese il portiere tendendo la mano verso il telefono.

«No, no...»

Jenny girò i tacchi, corse verso l'ascensore e vi si infilò. Le porte si chiusero su di lei. Il portiere sospirò: un'altra disputa fra innamorati, oggigiorno se ne vedevano di tutti i colori nei grandi alberghi parigini. Registrò l'episodio nel taccuino rosso che teneva sempre con sé; quando sarebbe andato in pensione avrebbe avuto di che scrivere un libro.

Come in una commedia musicale, al termine della scena tutte le comparse, i turisti, gli uomini d'affari, l'addetto al parcheggio delle auto, il facchino e il cameriere, si sparpagliarono e tornò la calma.

Jenny si rifugiò nella sua stanza, appese fuori il cartello NON DISTURBARE e chiuse accuratamente la porta alle sue spalle. Regnava lo stesso indescrivibile disordine. Afferrò un indumento a caso e lo appese a una gruccia. Raccolse uno dei romanzi americani che giacevano per terra. Passò in bagno, dispose l'uno accanto all'altro sulla mensola i prodotti di bellezza che erano rotolati nel lavandino, raddrizzò il cestino. Chi era questo signor Lincoln? Non aveva pensato di chiederne l'età al portiere. Un milione di possibilità si offriva all'immaginazione: ex marito, padre, figlio, fratello, cugino, zio, nipote...

Andò verso il telefono e digitò il numero parigino di Axelle.

«Scusami se prima ho riagganciato così bruscamente.»

Ad Axelle non importava, non pensava ad altro che a suo marito.

«È venuto Charles? Cos'è successo?»

«Mi sono sbagliata, non era lui. Ho bisogno del tuo aiuto...»

«Sì?»

Jenny cercò un modo di formulare la domanda che non le desse l'aria di essere malata di Alzheimer.

«Se ti si dice "il signor Lincoln", tu a cosa pensi?»

«Eh... Abraham?»

In altre circostanze, Jenny avrebbe riso.

«No, Axelle, oggi, 22 settembre 2005, chi è il signor Lincoln?»

«Ci hai detto che tuo padre era morto, o ho sognato? Allora non può essere che Paul...»

«Paul?»

«Paul.»

Jenny rimase zitta, sperando che l'amica andasse avanti. Ma siccome Axelle restava in silenzio, partì a caccia di informazioni.

«Perché Paul?»

«E che ne so? Mi scocci con le tue domande! Se è sempre un argomento tabù, non costringermi ad abbordarlo.»

Jenny trattenne il respiro. C'erano quasi.

«Ho paura», disse, e stavolta non mentiva.

All'altro capo del filo, la voce di Axelle si fece ansiosa.

«È ricomparso? Allora è vivo?»

«Sembrerebbe di sì», rispose cauta Jenny.

«Tuo padre l'ha cacciato nel... 1980, giusto? Quanti anni aveva più di te? Cinque?»

«Più o meno», disse Jenny, camminando sulle uova.

«Quando tuo padre ha svolto delle ricerche nel

1983, Paul era in prigione. E nel 1985, l'anno della maturità, vi ha detto che Paul era morto, no?»

«Sì...» annaspò Jenny.

Axelle fece un risolino.

«E tu che ti credevi sola al mondo... Non è più così. Perché pensi che sia vivo?»

«Si è presentato al mio albergo.»

«Come ha saputo dove alloggi?»

«Non ne ho la più pallida idea...»

Jenny rabbrividì.

«Non hai per forza motivo di avere paura», la rassicurò Axelle. «Ha avuto problemi di gioco e di droga quand'era giovane, ma sono passati vent'anni, può essere cambiato ed essere diventato un tipo a posto. Oggi probabilmente è un buon padre di famiglia con una grossa automobile, una moglie, dei figli, un barbecue e un prato ben tosato.»

«Forse», disse Jenny, in preda al panico.

«Tienimi al corrente se lo rivedi o se viene Charles.»

«Okay», promise Jenny per sbarazzarsi di lei.

«Prima non mi hai risposto: perché ti sei comportata così con Charles e Gwénola?»

Jenny sospirò.

«Non riusciva a decidere fra voi due. Gli ho dato una spintarella.»

«Hai fatto cosa?»

«Ho aiutato il destino. Tu eri più adatta a lui. Me ne vuoi?»

«Io, no», disse lentamente Axelle.

«Allora ringraziami invece di chiedermi il conto!» ribatté Jenny con stizza.

E le sbatté il telefono in faccia per la seconda volta nel giro di un'ora.

Jenny si raggomitolò sul letto sfatto e rimase per un pezzo a rimuginare, agitata da pensieri confusi. Tutto si faceva complicato, per la prima volta si rendeva conto di correre un pericolo. S'irrigidì quando sentì bussare alla porta, non rispose. Bussarono di nuovo. Jenny tese la mano verso il telefono, alzò la cornetta senza far rumore, pronta a chiamare aiuto.

«Jenny, sono io! La disturbo?»

Lei si alzò, si stirò il vestito, si diede una sistemata ai capelli con le dita e aprì la porta.

«Posso?» chiese Noé sbirciando dentro la stanza. «Ho preso la mia decisione per sabato sera. Smascherò la mamma in diretta, sarà un effettaccio! Volevo parlargliene.»

Entrò e notò il disordine.

«Fa le valigie?»

«Mi svaligio», rispose Jenny seria.

Lui notò i lineamenti tirati. Sulla terrazza sembrava allegra e piena di vita, adesso aveva perso tutto il suo smalto.

«Problemi?»

Jenny stava per replicare quando squillò il telefono. Fulminò l'apparecchio con lo sguardo.

«Puoi rispondere?» chiese a Noé. «Domanda chi è.»

«Pronto?» fece calmo il ragazzo. «Sì, è la stanza di Jenny Lincoln. Chi la vuole? Resti in linea.»

Sorrise e tese il ricevitore a Jenny.

«È suo fratello.»

Con la morte nell'anima, Jenny accostò la cornetta all'orecchio.

«Pronto?»

«Ti è piaciuta la sorpresa?» fece una voce maschile rauca in un francese perfetto.

«Eri tu?» ebbe la presenza di spirito di balbettare.

«Dobbiamo parlare. Ero venuto per esigere la mia parte, ma ho cambiato idea. Non mi chiedi perché?»

Jenny fremette.

«Perché?» domandò, obbediente.

«Perché ho diritto a molto di più. Non sei d'accordo?»

Jenny non rispose.

«Ti aspetto oggi pomeriggio alle tre sotto l'arco di Trionfo», riprese la voce. «Ti conviene esserci.»

«Alle tre sotto l'arco di Trionfo», ripeté automaticamente Jenny.

Non osava chiedergli che aspetto avesse.

«Mi riconoscerai facilmente visto che sei mia sorella!» fece lui con una risata. E riagganciò.

Jenny restò di sasso, il ricevitore ancora in mano.

«Che succede?» s'informò Noé, preoccupato. «Era davvero suo fratello?»

«Non so», disse Jenny.

Con grande sorpresa di Noé, gli occhi dell'americana si riempirono di lacrime.

«Proprio non lo so», ripeté.

26.

Nella sala da pranzo del piccolo albergo in rue de la Gaîté, Loeiz tese la mano verso il burro e ne spalmò una dose abbondante sul pane. Aveva dormito nella stanza di sua madre: il fatto che fosse ormai diventato un uomo non aveva creato imbarazzo a nessuno dei due, erano troppo affiatati per complicarsi la vita. E lui era troppo sconvolto per parlare di suo padre. La sera prima, Gwénola avrebbe voluto affrontare l'argomento, ma Loeiz era stramazzato sul letto e nel giro di cinque minuti russava già. Gwénola, invece, aveva passato la metà della notte con gli occhi spalancati, a farsi scorrere davanti il film della serata e ad analizzare ogni sfumatura dei loro dialoghi.

«Hai già conosciuto i genitori di Morgane?» s'informò Gwénola prendendo una terza tazza di caffè. «Come sono?»

«Niente da segnalare. Lui è un dermatologo e ha l'amante, lei fa l'oculista e gioca a golf. Gente tranquilla, Morgane è molto affezionata a loro.»

"I suoceri sono un male necessario", pensava Loeiz. Se Morgane fosse stata orfana, ne avrebbe sofferto. Si rallegrava che avesse un padre e una madre, tanto più che abitavano a trecentocinquanta chilometri da Rennes.

«Per ieri sera...» cominciò Gwénola.

«Preferisci marmellata di fragole o di albicocche?» la interruppe Loeiz.

Gwénola sospirò.

«Mi spiace. Lo credevo nel Sud-ovest, dove è deputato e sindaco.»

«È sembrato piuttosto sorpreso di vedermi», fece Loeiz in tono neutro. «E io ho avuto l'impressione di guardarmi in uno specchio con addosso vent'anni di più, è stato strano. Non posso dirti che lui abbia una faccia da mascalzone, è la mia stessa faccia! E io che pensavo di assomigliarti...»

«Ce l'aveva con me», osservò Gwénola. «Era in collera con me, il che è il colmo vista la vigliaccheria di cui ha dato prova. Io lo amavo, Loeiz. Tu sei arrivato troppo presto, ma sicuramente non per caso. Sognavo di avere un bambino da lui e non l'ho mai rimpianto! Ma credevo di conoscerlo e invece mi sono sbagliata su tutta la linea.»

«Ti ha piantata in asso, proprio come se io oggi lasciassi Morgane a cavarsela da sola. È buffo... Mi ritrovo nella sua stessa situazione.»

«Ma tu agisci in modo diverso.»

«Meno male!» esclamò Loeiz. «Che fetente, che nullità, che tipo squallido, una chiavica...»

Non trovava una parola abbastanza forte per qualificare l'atteggiamento di quell'uomo che non poteva risolversi a chiamare padre.

«Amo Morgane e trovo fantastico quello che ci sta succedendo, ma anche se non fosse così la mia prima reazione sarebbe proteggerla... non scappare come un vigliacco!»

«Non eravamo, come credevo io, solo un uomo e una donna che si amavano, appartenevamo a classi sociali diverse.»

«Ha osato dirtelo in faccia?»

Gwénola scosse il capo.

«Non l'ho mai rivisto. È stata Jenny a fare da *trait d'union* fra noi e ad annunciargli che ero incinta. Lui è stato molto chiaro: le ha proposto dei soldi per farmi abortire. Non mi ha nemmeno chiesto cosa ne pensassi io né se fossi d'accordo, non ha neanche considerato l'idea di accompagnarmi dal medico. Era disposto ad abbassarsi a pagare, niente di più.»

«Avrei dovuto spaccargli la faccia, ieri», tuonò Loeiz.

Gwénola sorrise.

«Dopo vent'anni c'è la prescrizione. Era furente quando mi ha vista. Credo che si vergognasse di me. Ma Parigi non è di sua proprietà, che io sappia! Dovrei restarmene rintanata nella mia isola», proseguì accalorandosi, «per non sconvolgere la sua carriera? Faccio cattiva impressione?»

Aveva alzato la voce. Ai tavoli vicini, qualche cliente si girò verso di loro.

«Più piano, mamma», mormorò Loeiz. «Lascia perdere.»

«Come mi ha lasciato perdere lui, hai ragione», fece Gwénola abbassando il tono. «Non è cambiato. È stato uno shock rivederlo. Non sembra un uomo felice.»

«Poveretto», disse Loeiz ironico. «Dovrebbe consultare uno psichiatra. La resilienza è di moda oggi, è molto "in" riprendersi dopo un trauma. Mettere incinta la propria ragazza, fregarsene e continuare la propria comoda vita come se niente fosse. C'è riuscito, complimenti!»

Gwénola non lo ascoltava più. Era protesa verso il tavolo vicino, dove un uomo barbuto faceva colazione leggendo il giornale.

«Mamma, non ti interessa quello che dico? Ehi, Gwénola! Mi ascolti?»

Lei tirava il collo per leggere un articolo.

«Mamma?» insistette Loeiz. «Te lo compro se fai la brava. E anche "Ouest-France", qualcuno mi ha detto che ha dei corrispondenti pieni di talento.»

Nessuna risposta. Gwénola, le sopracciglia aggrottate, aveva gli occhi incollati sulle righe stampate.

«È successo qualcosa?» si preoccupò Loeiz.

Lei abbandonò la lettura e lo guardò, attonita.

«È il colmo!» mormorò.

Si rivolse al vicino con la barba.

«Signore... mi scusi, potrebbe prestarmi il giornale per un secondo? C'è un articolo su qualcuno che conosco...»

L'uomo ebbe voglia di rifiutare, ma gli occhi turchesi di Gwénola lo supplicavano. Le tese «La Dépêche du Midi». Lei lo ringraziò con un cenno del capo, posò il giornale davanti a Loeiz e indicò un articolo in fondo alla pagina.

«Leggi questo.»

Loeiz obbedì e le lettere gli saltarono agli occhi: «Il deputato Charles de Bergeac e la moglie Axelle implicati in un caso di mazzette e di impiego fittizio, è in corso un'inchiesta».

«Merda!» esclamò Loeiz.

«Già.»

Fissavano il trafiletto con aria inebetita. Il barbuto si alzò.

«Devo andare», disse. «Posso riavere il giornale?»

Loeiz estrasse il portafoglio e gli allungò cinque euro.

«Glielo compriamo, tenga il resto. Mia madre vi ha appena letto che mio padre finirà in prigione.»

L'uomo si ritrasse, poi si allontanò stringendosi nelle spalle.

«Conosco mio padre solo da ieri sera, ma con lui non ci si annoia!» commentò Loeiz.

«Non è da loro...» mormorò Gwénola.

«Era da lui piantarti? Il tuo caro Charles sembra lontano dall'essere un santo.»

Corsero alla Gare Montparnasse per comprare degli altri giornali. I quotidiani riprendevano la stessa informazione con delle varianti: un ulteriore scandalo nella maggioranza, ancora un caso di mazzette, l'aristocrazia dei ladri, la contessa truffatrice. Gwénola non poté trattenersi dal ridere immaginando la faccia di Axelle.

«È sicuramente un errore, Axelle è incapace...»

«Di averti fregato l'innamorato? Non sembra si sia fatta tanti scrupoli vent'anni fa», replicò Loeiz. «Piantala di incensarli, mamma.»

Gwénola e suo figlio percorsero a piedi rue de Rennes e l'ultimo tratto di rue Bonaparte fino ai lungosenna, costeggiarono per un pezzetto il fiume prima di attraversarlo e fecero rotta verso il XVI arrondissement e rue de la Tour.

Se Morgane era orgogliosa di essere bretone, suo padre se ne infischiava invece altamente. Quanto a sua madre, parigina di razza, detestava la costante pioggerella della Bretagna, le onde, le brughiere e le leggende celtiche. Aveva una passione per il sole del Midi, le piscine al cloro, la mimosa e i racconti provenzali. Morgane era per lei un affascinante mistero piovuto da un altro pianeta. Quando la ragazza aveva deciso di stabilirsi nella terra dei suoi antenati, i genitori non si erano raccapezzati, soprattutto suo padre, che andava fiero di avere lasciato la profonda Bretagna.

L'appartamento dei Gwenadu era un loft alla moda in una residenza lussuosa popolata da nuovi ricchi, circondata da entrambi i lati da edifici vecchiotti dove viveva la gente che da sempre risiedeva in quel quartiere. Non fu Morgane ad aprire loro la porta, ma Constance, la mamma. Morgane era chiusa in camera sua, come un'adolescente in castigo.

Loeiz tese a Constance il mazzo di tulipani rossi freschi e flessuosi che aveva comprato per lei, la donna ringraziò a malapena e li posò su una console dove, in un vaso di cristallo sfaccettato, troneggiavano degli immensi e altezzosi gladioli.

«Jean-Joël vi aspetta nel soggiorno», disse con voce acuta.

Loeiz sollevò un sopracciglio. Morgane gli aveva detto che suo padre si chiamava Yann e che Joël era il suo secondo nome.

Jean-Joël era seduto su un orrendo divano di pelle bianca. Il suo ventre straripava dalla polo Lacoste rosa al di sopra della cintura di Hermès. Si alzò per stringere la mano a Gwénola e si accontentò di un cenno del capo all'indirizzo di Loeiz. Un monumentale schermo televisivo 16:9 extrapiatto occupava la parete di fondo e trasmetteva un notiziario.

«Sedetevi, Constance ci porta gli aperitivi.»

Loeiz diede un'occhiata circolare alla stanza.

«Morgane non viene?»

«La chiamerò quando avremo un po' discusso fra uomini...» Guardò Gwénola e si corresse: «Voglio dire, fra adulti».

Sorrise a Gwénola, che fremette. Detestava quel genere di personaggio, ma, per amore di suo figlio, era pronta a sopportare tutto, anche i futuri Natali con quegli imbecilli intorno al bambino che sarebbe nato.

«Morgane ci ha dato la notizia ieri sera», disse Jean-Joël in tono secco. «Non vi nascondo che non siamo impazziti di gioia!»

Loeiz piegò la testa di lato, Gwénola riconobbe il tipico gesto che faceva Charles quando era in imbarazzo. La televisione continuava a sgranare il suo abituale elenco di catastrofi, guerre e orrori.

«Quando si è studenti è più che normale avere dei filarini... ma lei si è dato un po' troppo da fare, giovanotto!» continuò Jean-Joël.

Gli faceva la lezione, adesso, e davanti a Gwénola. Loeiz partì in quarta.

«Troppo da fare? Io lo chiamo fare l'amore, signore. E le garantisco che non sono un eiaculatore precoce... è provato!»

Constance, che sopraggiungeva con un vassoio carico di bottiglie, s'immobilizzò sulla soglia, allibita. Gwénola si morse l'interno delle guance per non ridere. Jean-Joël aveva gli occhi fuori della testa.

«Morgane e io ci amiamo», proseguì Loeiz con calma. «Sono venuto per chiederle la sua mano.»

Jean-Joël era scarlatto.

«Vi amate? Che razza di stronzata è? Avete appena cominciato gli studi, la concorrenza è feroce, non c'è un minuto da perdere. A ventiquattro anni facevo l'interno nel più grande reparto di dermatologia di Parigi, ero ossessionato dall'idea di sfondare e ce l'ho fatta. Mia figlia era brillante prima di conoscerla, lei ha mandato tutto a puttane!»

«Sua figlia sarà un'eccellente pediatra, signore.»

«Con una palla al piede!» tuonò l'altro. «Bisogna essere responsabili, avere un progetto di carriera, percorrere le tappe del successo. Io non sono convenzionato, eppure il mio ambulatorio è sempre strapieno, può credermi. Mia moglie prescrive gli occhiali a tutto il governo francese! Se le citassi i ministri che la consultano...»

«Ne sarei entusiasta, ma non può», interruppe

Loeiz. «Segreto professionale. Mia madre è giornalista, rischierebbe di farne uno scoop.»

Jean-Joël batté le palpebre.

«Ah? Non sapevo...» Poi aggiunse: «Morgane ci ha proibito di farle domande su suo padre. Pare che sia un argomento tabù...».

Loeiz s'irrigidì. Sullo schermo, dietro il suo futuro suocero, una pubblicità vantava le qualità di una bibita. Alcuni giovani si dissetavano sotto un sole rovente vicino a una cascata. Loeiz si sentì la gola ancora più secca.

«Sono certo che capirà il mio interesse per la sua famiglia», disse Jean-Joël con una risata grassa. «Finché eravate i soli a essere coinvolti non m'immischiavo nelle vostre storie. Ma adesso c'è un bambino... Be', se decidete di tenerlo. Noi abbiamo consigliato a Morgane di abortire.»

Loeiz trasecolò.

«Cosa?»

«Rifletta, giovanotto. Non potrà più tornare indietro. Avrà esami, guardie, stage. Vuole essere incastrato per i prossimi quindici anni? È un problema, può risolverlo e ripartire con il piede giusto.»

«Risolverlo?» disse Loeiz con voce strozzata. «Ma non si tratta di un incidente accaduto perché si è rotto il preservativo! Non ce l'aspettavamo, ma lo ameremo questo bambino. E la smetta di chiamarmi giovanotto, siamo quasi colleghi.»

La sua calma apparente fece uscire l'altro dai gangheri.

«Nella mia famiglia non si mette il carro davanti ai buoi. Si studia, ci si sposa e solo allora ci si riproduce!»

«Alla faccia del romanticismo!» disse Loeiz con una smorfia. «Fare un bambino non è riprodursi ma creare.»

«Stronzate!» ribatté Jean-Joël.

Gwénola assisteva a quel duello senza intervenire, apprezzando il modo in cui se la cavava suo figlio.

«Come le ho detto, ho l'onore di chiederle la mano di sua figlia Morgane», ripeté Loeiz.

«Ma neanche per sogno! Morgane abortirà, continuerà i suoi studi a Parigi, incontrerà un tipo a posto, di una buona famiglia di medici...»

Gwénola non resse più. Anche Charles e sua madre in passato avevano pensato le stesse sciocchezze che adesso proferiva quell'imbecille. Annick aveva reagito bene quando Gwénola le aveva comunicato di essere incinta. «Se sei felice, lo sono anch'io», aveva detto stringendo la figlia tra le braccia. «Avrei preferito per te un'esistenza più facile con un uomo che ti proteggesse, ma ti aiuterò, potrai contare su di me!»

«Cosa rappresenta per lei il fatto di essere padre?» chiese bruscamente.

La domanda non smontò il dermatologo. «È un *do ut des*, ci si occupa dei figli quando sono piccoli, loro si occupano di noi quando invecchiamo. È un investimento a lungo termine con capitalizzazione. La famiglia stimola a dare il massimo sul piano professionale. E poi le donne hanno bisogno di essere mamme per sentirsi equilibrate.»

Gwénola non poté impedirsi di ridere. «Il peggio è che lei parla sul serio. Allora, tutto qua ciò che significa essere padre? Ha dimenticato qualche parola chiave: amore, tenerezza, speranza...»

«Stai perdendo il tuo tempo, mamma», disse Loeiz.

Jean-Joël si voltò verso di lui, la faccia color cremisi.

«E lei mi fa perdere il mio! Le vieto di sposare mia figlia anche se l'ha messa incinta. Non esiste la contraccezione in Bretagna? Lei porta il nome di sua madre, vero? È una tradizione di famiglia, allora?»

L'insulto colpì Gwénola come uno schiaffo in piena faccia.

«Adesso basta!» esclamò alzandosi. «Compatisco la povera Morgane...»

Constance, che serviva i cocktail per darsi un contegno, sobbalzò e mancò il bicchiere. Il liquido arancione gocciolò sul tavolino di marmo e finì sulla moquette bianca.

«Vi chiedo scusa», disse con voce stridula, tamponando freneticamente la macchia con i tovagliolini di carta.

«Sarebbe il caso», intervenne Loeiz. «Dovreste scusarvi di averci accolto in questo modo, della vostra mancanza di fiducia e d'amore.»

Il dermatologo squadrò Loeiz con disprezzo. «L'ho inquadrata al primo istante, lei non è che un bretone da quattro soldi, bastardo per giunta...»

Una porta scorrevole si aprì di colpo e Morgane fece irruzione, bella e furiosa.

«Mi spiace tantissimo, Loeiz. Andiamo via.»

Jean-Joël s'intromise. «Te lo proibisco! Se oltrepassi la soglia di questa casa...»

Loeiz prese Morgane per il braccio. «Se Morgane oltrepassa questa soglia, signore, lei avrà perduto una figlia preziosa, e totalmente per colpa sua. Mamma si è sbagliata, non è Morgane che bisogna compatire, ma lei. Volevamo che fosse un bel momento per tutti noi e lei ha rovinato tutto.»

«Ascolta tuo padre, tesoro!» supplicò Constance facendosi avanti. «Lo vedi bene che questo ragazzo non è per te.»

Morgane la fissò con tristezza. «Perché non è ricco? Hai dimenticato che tuo padre faceva il salumiere a Belleville, mamma? E che quello di papà faceva il postino in un posto sperduto del Finistère?»

«Vogliamo la tua felicità, tesoro... In fin dei conti, non sai nemmeno chi sia suo padre!»

Sul televisore, dietro il dermatologo, un campo di girasoli fu rimpiazzato da un imponente castello turrito, poi il ritratto di un uomo elegante e di classe che assomigliava a Loeiz invase lo schermo.

«Eccolo, suo padre!» disse Gwénola con voce stanca. «Charles de Bergeac, deputato, sindaco, aristocratico, ex allievo dell'ENA.»

Gli occhi di Jean-Joël Gwenadu si misero a brillare. Constance cessò di asciugare il tavolino, sul suo viso l'imbarazzo si mescolò al sollievo.

«Non rallegratevi troppo in fretta», consigliò Loeiz, «lo mostrano in televisione perché sta per essere indagato. È meglio per voi se porto il nome di mia madre, almeno lei non è schedata!»

Constance lanciò uno sguardo sperduto al marito che, annichilito, scuoteva la testa come quei cani giocattolo che si vedono a volte dietro il lunotto delle automobili.

«*Kenavo*», concluse Morgane dirigendosi verso la porta.

Loeiz le prese di mano la borsa e si fece da parte per lasciare passare sua madre.

«Non puoi andartene così, Morgane», gridò Constance, che per l'emozione dimenticò il nuovo nome del marito. «Yann, fa' qualcosa! Signora, la prego...» Nella sua angoscia sollecitava l'aiuto di Gwénola.

«Siamo partiti su cattive basi, è meglio fermarci qui per oggi», disse Gwénola. «Riflettete, questo bambino non nascerà domani, avete tempo di cambiare atteggiamento. Spiacente per la sua moquette.»

La porta si richiuse dietro di loro.

Una volta in strada, si guardarono, sconvolti.

«Sono di mente ristretta, intolleranti e stupidi», gemette Morgane. «E io che li credevo aperti e amorevoli!»

«Hanno paura», disse Gwénola.

«Non glielo perdonerò mai!» protestò Morgane.

«Non abbiamo bisogno di loro», rincarò Loeiz. «Hai sentito come ti hanno parlato, mamma?»

Gwénola riuscì a sorridergli.

«E con tutto questo ancora non abbiamo pranzato... Non avete fame?»

«Andiamo al Trèfle?» propose Loeiz. «Per mostrare il posto a Morgane?»

Gwénola scosse la testa. «Qualsiasi cosa, ovunque, ma non là.»

«Conosco un buon ristorante indiano, vi va?» suggerì Morgane.

Dieci minuti dopo erano seduti a tavola davanti a un pollo *tandoori*, un agnello *tikka* e un pollo *madras*. Gwénola alzò il bicchiere di *lassi* alla rosa.

«A voi e al vostro bambino!» disse.

La giovane coppia la imitò, gli occhi pieni di stelle.

Due ore dopo convalidavano i biglietti alla Gare Montparnasse e salivano sul TGV per Rennes. Gwénola e Morgane presero posto mentre Loeiz andò in cerca del bar per comprare una bottiglia d'acqua. Nella carrozza successiva scorse una famiglia composta da un nonno, un padre e un ragazzino che si assomigliavano come dei cloni. Una donna anziana dai capelli celesti leggeva un giornale del Sud-ovest che attaccava violentemente Charles e Axelle de Bergeac. Loeiz si fermò, fece dietrofront e tornò nel suo scompartimento con le mani vuote.

«Il bar è chiuso?» suppose Morgane.
Loeiz fece segno di no.
«Che ti succede?» chiese Gwénola.
Morgane lo guardò e indovinò.
«Vuoi incontrarlo, è così?»
«Devo andarci da solo», mormorò. «Non volermene.»
«Corri!» replicò lei. «Prenderai il prossimo treno.»
Gwénola aspettava, gli occhi sgranati.
«Non ho scelta, mamma», disse Loeiz. «È un mascalzone, ma si trova nella merda.»
«Lascia almeno che mi informi, che chiami Axelle per sapere dov'è...»
Loeiz scosse la testa, sicuro di sé.
«I salumieri sono nella loro salumeria, i postini alla posta... e i deputati all'Assemblea nazionale!»
Risalì la carrozza al contrario urtando i passeggeri che arrivavano e saltò sul marciapiede. Una voce disincarnata annunciò la partenza del treno, che dopo qualche minuto cominciò a muoversi. Le due donne si sporsero per vedere la sagoma di Loeiz farsi sempre più piccola e infine sparire.

Loeiz uscì dalla metropolitana alla stazione Assemblée Nationale e camminò risolutamente verso l'ingresso per il pubblico situato al 33 di quai d'Orsay. Credette che il tizio di guardia sulla porta fosse un poliziotto, ma un padre davanti a lui si chinò su suo figlio mormorandogli: «Vedi, è una guardia repubblicana, non porta il berretto ma un chepì».
«Buongiorno», disse Loeiz alla guardia, «devo vedere mio padre, Charles de Bergeac, è deputato...»
Arrossì come un gambero, ma l'altro non parve accorgersene.

«Faccia il giro e si presenti alla sala di ricevimento del 126 in rue de l'Université.»

Loeiz obbedì, aggirò il palazzo da sinistra passando per rue Aristide-Briand e arrivò in place du Palais-Bourbon, deserta in quel primo pomeriggio. Al centro della piazza, la statua della Legge guardava verso rue de Bourgogne. Un'esile cameriera bruna in grembiule bianco preparava i tavoli della brasserie Le Bourbon. Loeiz, che aveva bisogno di un tonico, si avvicinò.

«Potrei avere un bicchiere di vino?»

Lei gli porse la carta. C'era tutta una scelta di *croques*: *croque-monsieur*, *madame*, norvegese, di campagna, vegetariano. Loeiz non conosceva i vini della lista, perciò ne scelse uno a caso, ispirato dal nome.

«Un Pessac-Léognan "Le Bec en Sabot", per favore...»

Lo gustò in un ballon, in piedi, gli occhi fissi sull'edificio dove lavorava quel padre che era stato assente durante l'intera sua esistenza. Poi, rinfrancato, attraversò la strada in direzione della bandiera francese e dell'orologio che troneggiavano sopra il portico a forma di arco di trionfo. L'Hôtel de Lassay e il Palais Bourbon, i due «falsi gemelli» costruiti nel primo terzo del XVIII secolo per la duchessa di Borbone e il suo amante, il marchese di Lassay, dominavano il quartiere sereni e maestosi.

Al 126 di rue de l'Université, Leoiz oltrepassò un metal detector e ripeté la sua domanda.

«Buongiorno, sono il figlio del deputato Charles de Bergeac, sono venuto per vedere mio padre...»

Le parole scorrevano fluide, eppure era solo la seconda volta che le pronunciava in tutta la sua vita. Allora poteva essere facile e normale dire «sono venuto per vedere mio padre».

«Lo avviso», disse l'uomo della sicurezza. «Mi può dare un documento d'identità?»

Loeiz glielo porse. L'uomo cercò nel suo elenco, compose un numero e aspettò, il telefono in mano.

«Pronto? Qui al ricevimento c'è il figlio del signor de Bergeac... sì, suo figlio... (guardò la carta d'identità, aggrottò lievemente le sopracciglia scoprendo un cognome diverso) Loeiz Tonnerre... può informarsi?»

Aveva pronunciato Loeiz così com'era scritto.

«È bretone, si pronuncia "Lois"», mormorò Loeiz.

Passarono i minuti. Cominciò a farsi delle domande. Era stato stupido a venire. Il deputato senza coraggio avrebbe probabilmente risposto di non avere un figlio. O magari era già in prigione? L'uomo della sicurezza lo guardava in maniera strana. Loeiz indietreggiò verso la porta.

«Pazienza», farfugliò. «Tornerò in un altro momento.»

«Aspetti, ho parlato al suo assistente, suo padre è dal barbiere, adesso lo contattiamo.»

Loeiz credette di avere udito male. Dal barbiere all'Assemblea nazionale?

«È una città nella città qui, i parlamentari dispongono di una palestra, un ufficio postale, un ambulatorio medico, un barbiere, un'agenzia di viaggi, ristoranti, parcheggi, un albergo, tutto quello che serve...»

Il telefono ronzò. L'uomo rispose.

«Sì? Benissimo.»

Il cuore di Loeiz batteva all'impazzata. Se fosse rimasto tranquillamente nel suo TGV adesso sarebbe stato quasi a Rennes. L'anno prima, al corso di anatomia, non aveva avuto paura quando, per la prima volta, aveva dovuto assistere a un'autopsia. Era stata dura, d'accordo, ma quando occorre, occorre. Oggi gli tremavano le ginocchia.

«Il suo assistente scende a prenderla», annunciò

l'uomo con un sorriso. «Riavrà la sua carta d'identità all'uscita.»

Gli tendeva un cartellino che Loeiz attaccò al risvolto del giubbotto.

Un giovane elegante in completo di lino beige e scarpe inglesi arrivò sorridendo.

«Buongiorno, sono Simon», disse. «Suo padre è dal barbiere, l'accompagno da lui. Passeremo prima per la presidenza, devo depositare un plico.»

Loeiz gli andò dietro. Percorsero un viale fiancheggiato da bassi edifici, salirono la maestosa gradinata dell'Hôtel de Lassay e penetrarono nel vestibolo dove Simon consegnò una busta a un usciere.

«È bello, no?» disse a Loeiz indicando lo splendido giardino dall'altro lato del grande salone. «Sicuramente è già stato qui.»

Loeiz fece segno di no.

«È la prima volta.»

«Ah?» si stupì Simon. «È un posto magnifico. Lavoro da poco con suo padre, il mio predecessore ha avuto dei problemi di salute.»

Fece qualche passo verso sinistra.

«In fondo c'è il salone dei Giochi decorato dal pittore Heim. Dopo viene il salone delle Stagioni. A destra il salone degli Elementi. Attraverseremo il Cabinet du Départ e raggiungeremo la sala delle Feste...»

Loeiz assentiva con la testa, ma le parole gli scivolavano addosso senza penetrargli nella mente agitata da mille pensieri, mentre i loro passi risuonavano sui pavimenti di marmo, diversi da una stanza all'altra. Di lì a pochi secondi avrebbe rivisto l'uomo di ieri, suo padre. Quali erano state le sue ultime parole a Gwénola? «Avresti preferito che non venissi... Condivido il tuo sentimento, ma, ahimè, sono venuto.»

«Questa è la galleria degli Arazzi, dove non ci sono

più arazzi ma tele», annunciò Simon. «Adesso arriviamo al Palais Bourbon.»

Attraversarono una piccola sala priva di finestre, con le pareti ricoperte di tanti rettangoli multicolori, singolare dopo le vaste stanze decorate di opere classiche.

«La rotonda di Pierre Alechinsky», disse Simon.

Loeiz rallentò per guardare con più attenzione. Gli affreschi si articolavano attorno a un'iscrizione, una frase del poeta Jean Tardieu: «Gli uomini cercano la luce in un giardino fragile dove fremono i colori».

«Lei condivide questa idea?» domandò Loeiz al giovane sconosciuto che era quotidianamente a stretto contatto con suo padre. «Crede che cerchiamo la luce?»

Simon, sorpreso, rifletté.

«Certi sono nati nella luce, mentre altri arrancano per raccogliere le briciole», disse infine.

Loeiz non replicò, il discorso del poeta si poneva su un altro piano e Simon lo prendeva per un «figlio di», il che, vista la situazione, era piuttosto buffo.

«Arriviamo nella grande rotonda con l'edicola e il tabaccaio... molto importante!» continuò Simon calandosi nuovamente nel suo ruolo di guida. «Dopo c'è la sala stampa per i giornalisti, poi la sala dei Passi perduti. Giriamo attorno all'emiciclo. Vuole vederlo?»

Loeiz fece di no con la testa. Simon non insistette.

«I due saloni successivi sono tradizionalmente riservati l'uno ai deputati di sinistra, l'altro ai deputati di destra. Adesso entriamo nella sala delle conferenze: in questo mobile a destra, il cosiddetto "piano", ogni deputato ha una sua casella nominativa. Quella di suo padre è... qui!»

Loeiz guardò per fargli piacere.

«Laggiù c'è la caffetteria, vi si può mangiare qualche piatto semplice, ma abbiamo anche dei ristoranti. E là... c'è il barbiere. Siamo arrivati!»

Loeiz deglutì a fatica. Poltrone classiche, un luogo discreto, qualche deputato con la testa rovesciata all'indietro alla mercè del figaro, e, tra loro, suo padre.

«Non ha ancora finito», osservò Simon. «Completiamo la visita?»

Loeiz acconsentì: tutto piuttosto che restare piantato là come un salame di fronte a un padre biologico impiastricciato di sapone da barba.

«Dopo abbiamo la biblioteca decorata da Delacroix, con alcuni pezzi rari: i verbali del processo di Giovanna d'Arco e persino un codice.»

Il luogo aveva un'atmosfera particolare con le sue scaffalature in rovere chiaro d'Olanda, le vetrate semicircolari che diffondevano efficacemente la luce, i tavoli sormontati di lampade verdi, l'odore di legno e di cuoio, di carte e rilegature. Ad anni luce dalla biblioteca di facoltà di Rennes, dove Loeiz e Morgane lavoravano spesso fino a tarda sera.

«Ed ecco l'ufficio postale, uno dei più grandi di Francia se si considera la mole di corrispondenza che vi transita», concluse con orgoglio Simon. «Adesso suo padre dovrebbe avere finito.»

Quando Loeiz entrò nel salone del barbiere, Charles de Bergeac stava giusto alzandosi dalla poltrona. Rasato di fresco, la nuca scoperta, era pronto per la prigione, o almeno era quello che lui aveva pensato con disincantato umorismo scegliendo di trascorrere là il suo ultimo momento di libertà. Le espressioni «fermo», «messa in stato d'accusa», «sotto controllo giudiziario» gli ronzavano nella testa. Aveva telefonato a Maurice e all'avvocato de La Futaie per avvisarli che sarebbe rientrato con il treno della sera. Il suo legale non gli aveva nascosto che la faccenda si annunciava complessa e che Axelle era nel mirino.

«La lascio», disse Simon.

Era stato colpito dalla somiglianza fra Loeiz e suo padre. La cosa bizzarra era che il deputato non aveva mai accennato a questo figlio... ma era un uomo discreto e talvolta misterioso. Simon se ne andò, invidiando Loeiz di essere nato dalla parte giusta della barricata.

Charles guardava Loeiz con intensità.

«Ha della schiuma da barba sulla guancia sinistra...» mormorò Loeiz.

Charles si asciugò automaticamente e tese la mano. Loeiz non si mosse.

«Sono venuto perché ha dei problemi», disse con una voce che si sforzava di rendere ferma. (Merda, perché non riusciva a parlare decentemente? Ci mancava solo che si lasciasse intimidire da quel bidonaro! Era quella fottuta somiglianza a fregarlo.)

Charles si contrasse e lasciò ricadere la mano.

«Sarà meglio parlare fuori», replicò in tono secco.

Attraversarono in silenzio alcuni dei sontuosi saloni che Simon aveva fatto visitare a Loeiz. In ogni stanza, un usciere alzava la testa al loro approssimarsi e verificava che Loeiz avesse il suo cartellino. Ogni volta, Charles salutava e Loeiz farfugliava un «buongiorno» impercettibile. Di ritorno all'aria aperta, Charles affrontò la situazione.

«Non avevo idea», disse. «L'ho saputo solo ieri.»

«Che rischiava di essere indagato? Tuttavia deve avere fatto qualcosa di non molto legale.»

Charles chinò la testa, stupefatto.

«Non parlo di questo! Ti parlo di noi...»

Gli dava del tu senza chiedergli il suo parere. Loeiz non apprezzò.

«Noi? Ma "noi" non esiste, signor de Bergeac!» La particella lo infastidiva, gli dava l'impressione di recitare un testo classico.

Charles aggrottò le sopracciglia.

«È appunto ciò che ti ho appena detto. Ho saputo ieri sera, al Trèfle. Nessuno mi aveva messo al corrente.»

Loeiz, irritato, pensò che il suo interlocutore si arrampicava sugli specchi.

«Non capisco niente di quello che sta dicendo.»

«Mi trovi incoerente?» sbottò Charles. «Mettiti al mio posto! Quanti anni hai? Quasi venti? Sai da vent'anni che hai un padre, i bambini non nascono sotto i cavoli. Io, invece, ignoravo di avere un figlio...»

Il presidente dell'Assemblea nazionale attraversava il cortile dell'Hôtel de Lassay e si stava avvicinando a loro a grandi passi. Si fermò riconoscendo Charles.

«Buonasera, Bergeac! Non dica niente... questo non può che essere suo figlio.»

Tese la mano a Loeiz, che la strinse in silenzio. Poi si volse verso Charles, in attesa delle presentazioni formali che logicamente avrebbero dovuto fare seguito. Ma Charles si accorse con orrore di avere dimenticato il nome del ragazzo.

«Mio figlio», si accontentò di dire.

"Ho avuto un figlio. Ho un figlio. Mi permetta di presentarle mio figlio, la carne della mia carne, il mio ragazzo, nato vent'anni fa."

«Be', perfetto, buona giornata a tutti e due!»

Il presidente si allontanò, pensando che i guai di Bergeac con la giustizia spiegassero il suo strano comportamento.

«Mi chiamo Loeiz», disse il ragazzo. «Tonnerre, ovviamente. Mia madre si chiama Gwénola, ma questo lo sa, no?»

Gli occhi di Charles lampeggiarono.

«So che si chiama Gwénola e che l'amavo. Ignoravo che fosse tua madre e che tu esistessi!»

Loeiz rise sprezzante.

«O lei mi prende per i fondelli, oppure pensa che sia un imbecille. Quando uno propone dei soldi a una donna per abortire, sa che è incinta...»

Fuori di sé, Charles afferrò Loeiz per il bavero.

«Non ho mai proposto niente, porca miseria! Quante volte dovrò ripetertelo? Io non ne ero al corrente!»

Loeiz si divincolò e indietreggiò.

«Mamma mi ha sempre detto...»

«Si sbagliava!»

«L'ha piantata...»

«Assolutamente no!» gridò Charles. «Lei è scomparsa, così, dall'oggi al domani, non ho capito, l'ho aspettata...»

Aveva alzato la voce. Una delle guardie repubblicane in servizio all'ingresso si avvicinò.

«Solo una piccola discussione con mio figlio», spiegò Charles. «Staremo meglio nel mio ufficio. Vieni!»

Tornarono nella hall dell'ingresso, dove Loeiz, totalmente confuso, restituì il cartellino in cambio della carta d'identità.

«Dobbiamo solo attraversare...»

Charles indicava, dall'altro lato della strada, al 101 di rue de l'Université, un edificio di sette piani collegato al Palais Bourbon da una galleria sotterranea. Era stato costruito nel 1974 per dotare ogni deputato di un ufficio individuale. Dodici anni dopo, nel 1986, era stato acquistato un altro immobile in boulevard Saint-Germain per fare fronte alle nuove esigenze sorte in seguito alla riforma elettorale, che aveva aumentato il numero dei deputati.

«È una storia da pazzi», sospirò Charles mentre camminavano. «Come ha potuto credere, lei, anche solo per un istante... E io, perché non ho...»

Non riusciva più a finire le frasi, le idee gli si accavallavano, era sconvolto. Entrarono al 101, anche lì bisognava passare un metal detector e dare un documento in cambio di un cartellino, diverso dal precedente. Come la maggioranza dei suoi colleghi, Charles non portava addosso il suo, si aspettava di essere riconosciuto dagli addetti della sicurezza. Dopo ogni elezione legislativa, quegli uomini dovevano imparare a memoria i fascicoli con le fotografie dei deputati, perché i nuovi arrivati si scocciavano se non erano riconosciuti. Quando c'erano i rimpasti ministeriali, quando i supplenti prendevano il posto dei titolari, il problema si ripresentava.

«Il mio ufficio è al quinto», disse Charles spingendo Loeiz nell'ascensore.

La cabina iniziò a salire sferragliando. C'erano trecento deputati nell'edificio e trecento uffici identici, ognuno di circa quindici metri quadrati e dotato di un piccolo gabinetto. L'arredo consisteva di un tavolo, un televisore, un computer, un fax e un telefono. Le pareti erano tappezzate di scaffali di legno chiusi da serrande dove si potevano sistemare fascicoli e libri. Alcune di queste scaffalature includevano un letto estraibile, ma la stanza era talmente angusta che occorreva spingere il tavolo da un lato per potere mettere il letto in posizione orizzontale. Nel corridoio si aveva accesso a un distributore di caffè e alle docce, e non era insolito, al mattino, incrociare qualche deputato in accappatoio e asciugamano sul braccio. C'erano sei piani di uffici, il self-service e il ristorante erano situati al piano superiore, le sale riunioni al livello inferiore.

«Qui staremo più tranquilli», disse Charles aprendo la porta dell'ufficio che gli era stato assegnato.

L'ambiente era spartano e neutro al massimo. Charles si sedette alla scrivania, indicò a Loeiz una sedia con i braccioli e si protese verso di lui.

«Non sapevo», disse scandendo le parole. «Fino a ieri. Mai saputo! Nessuno mi ha mai detto niente. Te lo giuro. Vent'anni senza conoscerti...»

«Diciannove», corresse automaticamente Loeiz.

«Non è stato per causa mia, credimi.»

Lo guardò negli occhi.

«Adesso bisogna che porti il mio nome!» disse come se fosse scontato.

Loeiz impallidì, non gli era neanche passato per la mente.

«Cosa?»

«Un padre trasmette il suo nome al proprio figlio.»

Loeiz incassò lo shock in silenzio. Si sentiva Loeiz Tonnerre, non Loeiz de Bergeac. Morgane sarebbe diventata Morgane Tonnerre. Il bambino in arrivo... Provò una sorta di vertigine e afferrò i braccioli della sedia.

«Va troppo in fretta per me», mormorò. «Senza contare che sto per diventare padre anch'io, l'ho saputo ieri.»

«Cosa dici?»

«Sono venuto a Parigi per annunciarlo alla mamma. La mia ragazza è incinta.»

Padre, truffatore, e adesso nonno. Charles respirò a fondo, poi riuscì a sorridere.

«Congratulazioni! Farei fatica a darti dei consigli in materia, non ci sono abituato... ma posso dirti una cosa: sono terribilmente fiero di avere un figlio.»

«Lei non mi conosce», obiettò Loeiz.
«Non ha alcuna importanza.»
«Ignora chi sono, cosa faccio, dove vivo.»
«Me lo racconterai tu. Abbiamo anni da recuperare... Dimmi!»
Loeiz scosse la testa. Era troppo facile.
«Gwénola mi ha cresciuto da sola, ha sudato sette camicie e per questo le voglio ancora più bene. È stata una madre e un padre per me. Non mi ha mai parlato male di lei; lei non c'era, e basta. Certe persone sono cieche o su una sedia a rotelle, è un handicap che devono accettare. Lei era il suo handicap, la sua ferita. E per me era un'assenza.»
Charles sospirò.
«Tu non mi hai mai cercato ma io ti aspettavo. Provo da anni ad avere un figlio, mia moglie e io abbiamo tentato di tutto, senza risultati. L'hai vista Axelle ieri, è una moglie meravigliosa, un'amica fedele, ma non l'ho mai amata come amavo tua madre. Credevi che vi avessi abbandonati? Io ero persuaso che Gwénola mi avesse lasciato, gettato via come un fazzoletto di carta usato. Il destino ci offre una seconda opportunità, Loeiz. Non sprechiamola. Voglio amarti, aiutarti, scoprirti. Raccontami.»
Loeiz tolse le mani dai braccioli e se le posò sulle ginocchia.
«Sono nato nel dicembre 1985 a Groix, dove ho trascorso tutta l'infanzia. Comincio adesso il secondo anno di medicina alla facoltà di Rennes. La mia futura moglie si chiama Morgane, i suoi genitori sono degli imbecilli integrali, ma lei è fantastica. Voglio diventare chirurgo, lei pediatra. Ci sposeremo. Nostro figlio nascerà in marzo.»
Charles scosse la testa, assimilando tutti quei dati come altrettante informazioni cruciali.

«Io sono nato nel castello di famiglia. I miei genitori sono morti, sono figlio unico. Ho fatto l'ENA e lavorato per dieci anni come alto funzionario. Mia moglie non la vedevo mai, ero drogato dal lavoro. E poi ho capito che mi lasciavo sfuggire la vita e che avrei perso Axelle come avevo perso Gwénola. Allora ho mollato tutto per dedicarmi alla mia circoscrizione e ai miei amministrati.»

Loeiz ascoltava con attenzione. Preferiva essere figlio di quest'uomo piuttosto che di Yann Gwenadu.

«Non cadremo l'uno nelle braccia dell'altro», disse con la sua abituale franchezza. «Lei è mio padre, d'accordo. E adesso che si fa?»

«Potresti cominciare con il darmi del tu.»

«Tu sei mio padre, d'accordo. E allora?»

Charles, turbato, chinò il capo.

«Bisogna che parli a... tua madre. Non al telefono, di persona, guardandoci negli occhi. Poi prenderò Jenny per la collottola e la scrollerò finché non si sarà spiegata.»

«La quarta componente della banda del Trèfle?» si stupì Loeiz.

«Non capisco perché ci abbia mentito e manipolato fino a sconvolgerci la vita.»

«Vuole dire... vuoi dire che l'ha fatto apposta?» esclamò Loeiz, stupefatto.

«È evidente!»

Charles batté il pugno sul tavolo.

«Regoleremo i conti dopo. In che albergo alloggia Gwénola?»

Loeiz consultò l'orologio.

«A quest'ora il treno si è già fermato a Rennes e Morgane è scesa. Mamma continua fino a Lorient, dove prenderà il battello per Groix.»

«Quanto tempo ci vuole per andarci in auto?»

«Cinque ore se ci si alterna al volante.»

«Hai la patente?» si stupì Charles.

Loeiz rise divertito.

«Ho perso i denti da latte, me la cavo in bicicletta senza le rotelle dietro, sono maggiorenne, ho votato alle ultime elezioni, non per il tuo partito, e ho fatto la patente un anno fa. Che auto hai?»

D'un tratto Charles ebbe l'aria di un ragazzino.

«Una vecchia Alfa Romeo Spider», confessò. «Tutto quello che guadagno finisce nella manutenzione e ristrutturazione del castello, ma non ho resistito alla tentazione, stava ad arrugginire in un garage, l'ho comprata e rimessa in sesto io stesso. Un deputato della Repubblica dovrebbe avere una vettura francese, come mia moglie che ha una Citroën, ma l'Alfa era troppo bella.»

«Di che colore è?» domandò Loeiz.

Charles si fece di porpora.

«È rossa, ovvio!»

«Me la lascerai guidare?»

Charles, che si rifiutava di prestarla persino ad Axelle, non esitò un secondo.

«Ovvio... sei mio figlio!»

«L'ultimo battello per Groix parte intorno alle sei, è sicuro che lo perdiamo», gli fece notare Loeiz.

«Ci proviamo comunque. Se arriviamo troppo tardi passeremo la notte in albergo e sbarcheremo sull'isola per l'ora di colazione, ti va?»

Loeiz annuì. L'accenno alla colazione gli ricordò l'articolo della «Dépêche du Midi».

«E i tuoi problemi con la giustizia?» ricordò.

Charles cambiò espressione.

«Sembra incredibile, me n'ero dimenticato...»

Riflettè. Aveva appena incontrato Loeiz, non voleva perderlo di nuovo. E non poteva rischiare di vedere

Gwénola nel parlatorio di una prigione, fosse anche nel settore VIP.

«Al diavolo», decise. «Dammi solo un secondo per avvertire mia moglie.»

Loeiz si apprestò a uscire, ma Charles lo trattenne.

«Resta, non ho nessun segreto per te... Pronto, Axelle? Sono con Loeiz all'Assemblea. Devo parlare a sua madre, vado a Groix. Maurice doveva venire a prendermi al treno stasera, spiegagli che rientrerò domani, a meno che non mi arrestino nei prossimi cinque minuti fra l'ufficio e il parcheggio... Ti bacio, tesoro... Sono desolato...»

Riagganciò, fissò Loeiz.

«Diamo un senso a questa giornata», disse.

L'Alfa Romeo filava verso Rennes sull'autostrada. Charles respirava meglio, nessun gendarme l'aveva intercettato. Loeiz era al volante, sopracciglia aggrottate, concentrato e rapito. Gli erano successe tante cose strane in quelle ultime ventiquattr'ore. Era venuto in treno a Parigi con un biglietto di seconda classe, uno status di bastardo e una ragazza incinta, per fare la sua domanda di matrimonio ai futuri suoceri. Ma gli avevano rifiutato la mano della loro figlia, ed ecco che guidava l'auto sportiva di suo padre, un deputato aristocratico che sembrava felice di conoscerlo.

«Ha una ripresa fenomenale per la sua età», constatò.

Charles annuì.

«Guidi bene.»

«È stata Gwénola a insegnarmi: sull'isola non ci sono semafori, quindi non si rischia di passare con il rosso, e tutti rispettano le precedenze. Gli esami per la patente li ho fatti a Lorient.»

«Sei molto attaccato alla Bretagna, vero?»

«È la mia terra. Tu sei molto attaccato al tuo Sud-ovest, no?»

«È anch'esso la tua terra», gli fece notare Charles. «Tu sei il mio unico figlio, sarai tu a ereditare il castello.»

Turbato, Loeiz tolse il piede dall'acceleratore e l'Alfa Romeo rallentò protestando.

«Cambia marcia almeno, è una vecchia signora, mostrati cortese e attento!»

Loeiz, confuso, obbedì. L'auto sportiva, docile, riprese la sua andatura.

«Per piacere, risparmiami i dettagli dell'eredità, mi metti angoscia!» brontolò. «Impariamo intanto a conoscerci. Il tuo nome, il tuo castello, al momento non me ne frega niente, okay?»

Charles annuì. La sua stirpe praticava il culto degli antenati, lui aveva un'eredità morale e patrimoniale da trasmettere ed erano vent'anni che vi si preparava. Al punto in cui era, però, poteva aspettare.

27.

Quel pomeriggio, l'arco di Trionfo era circondato da turisti venuti da ogni parte del mondo. Per lingua, età, modo di vestire, mezzi finanziari, appartenevano a mondi diversi, ma avevano un punto in comune: le macchine fotografiche e le videocamere. I padri di famiglia filmavano la prole che ammirava i bassorilievi, gli innamorati fissavano la loro immagine in primo piano mentre si baciavano, i single immortalavano l'architettura con i commenti della guida.

Jenny, nel suo abito di Prada rosso con ballerine abbinate, spiccava fra le magliette, i bermuda, gli infradito e i Birkenstock alla moda che avrebbero reso brutte persino le gambe di Cyd Charisse. Scrutò la folla e strizzò gli occhi per tentare di individuare Paul.

Trasalì. Lo sconosciuto dal cranio alla Yul Brynner e dalle labbra sottili che l'aveva fissata con insistenza quella mattina durante la colazione in albergo la guardò con i suoi occhi neri ardenti. Gli si avvicinò.

«Non sei cambiata», le disse lui in francese. «Oppure la somiglianza è impressionante.»

Lei ignorò le sue parole.

«Non ti ho riconosciuto stamattina», disse invece.

Lui ebbe uno strano sorriso.

«Ho perso i capelli in prigione. Lo stress, probabilmente. Non ho più bisogno di andare dal barbiere. Certe donne ne sono affascinate ed eccitate. Tu no?»

Jenny non rispose. Da lui emanava qualcosa d'inquietante, come se non avesse più niente da perdere. Gli tremavano le mani, aveva delle fossette nelle guance.

«Papà e mamma ti hanno detto che ero morto?» chiese bruscamente.

Lei annuì.

«Mentire non gli ha portato fortuna, ho saputo via Internet della loro scomparsa e posso assicurarti che mi ha fatto un enorme piacere! Marcivo in una cella schifosa, ho chiesto l'aiuto di papà, ma lui non ha mosso un dito. Mi avete abbandonato tutti.»

«Non sapevo...» cominciò Jenny.

D'un tratto lui le afferrò il polso e lo strinse così forte che lei si morse il labbro per non gridare.

«Chi sei?» sibilò l'uomo.

«Non capisco... Lasciami, mi fai male!»

Lui mollò la presa. Jenny si massaggiò il polso. Un turista giapponese si avvicinò, sorridente.

«Foto? Ricordo di Parigi?»

Indicava sua moglie che fece un piccolo saluto. Jenny prese l'apparecchio che l'uomo le porgeva, aspettò che si mettessero in posa davanti alla *Marseillaise* e premette il pulsante con il cuore in gola. Il turista, felice, indicò un altro bassorilievo.

«Foto?»

Si stava già sistemando, ma Paul strappò l'apparecchio dalle mani di Jenny e lo rese al proprietario.

«*No*», decretò.

Il giapponese si allontanò senza fiatare, definitivamente convinto che i francesi fossero dei selvaggi. Paul trascinò Jenny un po' più in là.

«Dormi bene la notte? Facendo tutta una tirata?»

Era una minaccia? Jenny rabbrividì.

«Da anni dormo con un occhio solo e mai per più di un'ora di fila, come i papuani», proseguì Paul. «Ho avuto il tempo di leggere in prigione. Soprattutto racconti di viaggio, era il mio modo per distrarmi. I papuani dormono in due grandi case familiari, una per le donne, l'altra per gli uomini. Non appena uno fa un sogno, sveglia gli altri per raccontarglielo e tutti lo interpretano. In pratica, quindi, l'intera comunità si sveglia quattro o cinque volte ogni notte, dormono per un'ora, discutono per quarantacinque minuti, dormono, discutono e così via, ogni notte. Quando un etnologo soggiorna per qualche tempo fra loro e lo vedono dormire per sei ore di seguito, sono convinti che sia morto!»

«Non sono una papuana», disse lentamente Jenny.

«Allora dormi il sonno del giusto. E trovi corretto avere intascato tutti i soldi dei nostri genitori?» fece Paul alzando il tono. «Non ti è passato per l'anticamera del cervello che avevo anch'io diritto alla mia parte?»

«Ti credevo morto», ripeté Jenny.

«Spiacente, sono vivo e vegeto. Vuoi vedere il mio passaporto? Sono cambiato, d'accordo, ma... Fammi qualche domanda per verificare che sono proprio tuo fratello.»

Jenny rifletté.

«Come si chiamava la casa che affittavamo nel Midi quando abitavamo in Francia?»

«Facile: La Pineta.»

«Come si chiamavano i nostri gatti?»

«Voyou e Voyelle», rispose senza esitare.

Puntò l'indice verso di lei.

«Adesso tocca a me. Di che razza era il nostro primo cane?»

«Un basset hound.»

«Da quand'è che non ci vediamo?»

«Te ne sei andato di casa nel 1980.»

«Ah, io me ne sarei andato? È stato quel farabutto a cacciarmi...»

La sua faccia si contrasse, strinse i pugni.

«Non si può spaccare il muso ai morti, e lo trovo tremendamente frustrante. Se mai m'imbatto nel tizio che ha messo la bomba che li ha mandati al Creatore gli farò le mie congratulazioni. Ultima domanda: per poco non ci rimettevo la pelle durante le nostre vacanze alle Maldive, a causa di un'allergia alimentare, te ne devi ricordare per forza.»

Jenny lo osservava, le sopracciglia ad accento circonflesso.

«A cos'ero allergico?» domandò Paul.

Lei lo guardò bene in faccia.

«Come vuoi che me ne ricordi!»

«Sono tuo fratello. Si suppone che all'epoca mi volessi bene.»

Lei si strinse nelle spalle.

«Mi spiace, ho dimenticato.»

Lui la guardò con attenzione.

«Stamattina sono rimasto sorpreso che non mi riconoscessi. La morte dei nostri genitori ti ha reso ricca, Jenny... Perché sei proprio Jenny, no?»

Lei sostenne il suo sguardo.

«Certo.»

«Dove vivi?»

Jenny non esitò, lui l'avrebbe comunque scoperto.

«In Italia.»

«Perché sei scappata dall'America?»

«Non sono scappata, ho optato per la vecchia Europa.»

«Dove nessuno ti conosce?»

«Perché queste domande? Ti faccio notare che sei stato tu a sparire, non io!»

«È vero», ammise Paul. «Tu mi credevi morto e sepolto, e la cosa ti faceva sicuramente comodo.»

«Adesso basta!» insorse Jenny. «Sono venuta a trascorrere questa settimana a Parigi per partecipare alla riunione delle ex allieve del Sainte-Agathe che hanno fatto la maturità nel 1985, ho ritrovato le mie amiche...»

«Che avevi perso di vista, vero?»

Jenny fece spallucce.

«Come hai saputo che ero in Francia?»

«Grazie al tuo albergo e alla società aerea. Un ex compagno di gattabuia mi ha insegnato a trafficare nei computer degli altri, quando si sanno superare certe barriere non ci sono più segreti.»

«Sei venuto dagli Stati Uniti apposta per vedermi?»

Gli occhi di Paul lampeggiarono.

«Mi hanno liberato otto giorni fa. Il tempo di sistemare qualche cosuccia, di riallacciare certi contatti, di venire a sapere che i nostri avevano tirato le cuoia e di mettermi alla tua ricerca per spartire la torta...»

La inchiodò contro uno degli archi e le torse la spalla.

«Hai qualcosa in contrario? Sono tuo fratello, mi spetta la metà, siamo d'accordo?»

«Naturalmente», gemette Jenny. «Lasciami, mi spezzerai il braccio.»

«Il guaio è che hai dimenticato a cosa ero allergico... E che non mi hai riconosciuto... Lo trovo sospetto.»

«Come sarebbe a dire?» ansimò Jenny.

I turisti intorno a loro presero le distanze, poco desiderosi di avere qualche problema su suolo straniero. Paul la lasciò andare e Jenny indietreggiò di qualche passo. Pallida e con una smorfia di dolore sul viso, fece qualche rotazione per verificare che la spalla non fosse lussata.

«Perché non chiedi aiuto?» la canzonò Paul. «Non

mi rivolgo alla polizia perché sono sotto controllo giudiziario, non ho il diritto di lasciare il territorio degli Stati Uniti, se si sapesse che sono qui rischierei grosso. Ma tu, se fossi veramente quella che pretendi di essere, avresti tutte le ragioni di chiamare i poliziotti!»

«Sei pazzo», disse Jenny.

«Segui il mio ragionamento. Se sei mia sorella, devi soltanto darmi la metà dell'eredità... ma ho il diritto di vendicarmi perché mi hai lasciato crepare come un cane rognoso. Se invece sei un'avventuriera, ho diritto a tutta l'eredità... ma devo preoccuparmi: che ne è stato della vera Jenny Lincoln, l'hai uccisa per prenderne il posto e il patrimonio? L'hai conosciuta, dato che ne hai imparato il ruolo a memoria e riesci a ingannare anche le tue ex compagne. Ti sto alle calcagna da quando sei arrivata a Parigi, martedì. Ti ho vista scolarti il tuo champagne tutta sola al Trèfle, ti ho seguita quando sei andata a quella riunione al Sainte-Agathe, ti sono venuto dietro quando sei passata da un fiorista l'altro ieri... perché?»

«Mi piacciono le rose.»

Lui fece una risata cattiva.

«C'è qualcosa che non mi quadra, fin dall'inizio. Tu assomigli a Jenny ma non ti comporti come lei.»

«Si cambia, in venticinque anni, Paul...»

Lui scosse il capo.

«Fisicamente, non moralmente. Io ho sempre amato le carte, il gioco, i soldi, vincere, l'adrenalina che sale a mille quando si tende la mano verso il sabot o la roulette è lanciata. Mia sorella ha sempre calcolato, esaminato, riflettuto, pesato il pro e il contro, previsto le conseguenze, manipolato la gente. Non si sarebbe messa in mostra in un grande albergo parigino con un gigolo che non è nemmeno maggiorenne!»

Jenny sgranò gli occhi.

«È il figlio di Olivia, ha litigato con sua madre, lo ospito.»

«Mia sorella non l'avrebbe fatto. Sei più altruista di lei. Tranne se te ne sei sbarazzata, naturalmente...»

Le si avvicinò, fece come per baciarla, le morse selvaggiamente il labbro inferiore, poi la strinse così forte da toglierle il respiro.

«Sono un uomo di gusto, so apprezzare una truffa fatta bene... Solo che in questo caso, guarda un po', hai derubato me, e trovo la cosa molto meno divertente. Dammi tutto e ti lascio sparire nel nulla.»

«Non... riesco... più a... respirare», sussurrò Jenny.

I turisti intorno a loro si fotografavano e ammiravano le due prospettive.

«Sarà ancora peggio se non mi restituisci i miei soldi. Voglio tutto, e in fretta. Se no finirai male. Dato che non sei mia sorella, ti lascerò vivere, sono generoso. Ringraziami! *Say thanks!*»

«Non riesco... respirare...»

«Ringraziami, merda!»

«Grazie...» rantolò Jenny, appena cosciente. «*Thank... you...*»

Lui allentò la stretta e la sostenne perché non scivolasse a terra.

«Un po' di contegno, rappresenti l'America. Come mai parli così bene il francese? Sei cresciuta qui come noi?»

«Sono stata... al Sainte-Agathe...» ansimò Jenny, sfidandolo.

Lui apprezzò.

«Hai classe. Che carte di credito hai? Amex, Visa Platinum? Ho bisogno di contanti. Andiamo subito a ritirarne un po', ci sono un sacco di sportelli automatici sugli Champs-Élysées. Diventerò la tua ombra. Verrò in Italia con te, ti accompagnerò alla tua banca e preleverai tutto in varie riprese. Ho esaminato il tuo portafoglio di azioni, puoi venderle rapidamente. Si può fare tutto nel giro di tre settimane. Non ho fretta, ho tempo. Svuotiamo tutti i tuoi bei conticini e poi me ne vado. Se tenti di scappare o di avvisare la polizia, te ne pentirai. Diventerai come i papuani, non potrai mai più dormire una notte tranquilla facendo tutta una tirata, perché nel momento in cui ti crederai al sicuro io arriverò. Sono stato chiaro?»

Jenny annuì. Paul le indicò il più bel corso del mondo.

«Attraversiamo in mezzo alle auto, detesto i sottopassaggi, mi ricordano troppo la prigione.»

La prese per mano. Per gli stranieri che li circondavano, non erano che una giovane coppia fra le tante in una giornata di sole.

«Via!» fece Paul, tirandola per il braccio con violenza.

In un attimo Jenny si ritrovò nel bel mezzo della place de l'Étoile, dove dovette correre per tenergli dietro, fra i clacson degli automobilisti furiosi. Ansimanti, raggiunsero tutti interi la parte alta degli Champs-Élysées. Paul la obbligò a prelevare contanti in tre sportelli automatici di tre banche diverse in meno di dieci minuti. Al quarto tentativo la banca rifiutò: Jenny aveva già prelevato il massimo disponibile settimanalmente in un paese straniero. Paul piegò le banconote e se le infilò nella tasca del giubbotto. Non era che un piccolo anticipo, ma sarebbe bastato per la serata.

«Adesso che conosco il codice terrò io la carta, sarà più semplice...» disse tendendo la mano.

Jenny non osò opporre resistenza.

«Stasera sei in libera uscita», annunciò. «Conosco un circolo clandestino dove i tuoi euro si moltiplicheranno. Tu farai la brava, sorellina, hai capito che sei in mio potere. Verrò a prenderti domattina all'albergo, non tentare di dileguarti, ti ritroverò ovunque e stavolta non sarò così magnanimo. Salutami il tuo gigolo!»

Si dileguò tra la folla. Jenny si addossò alla vetrata della banca, le gambe non la reggevano più. La guardia si avvicinò, sospettosa.

«Qualche problema, signora?»

Lei scosse la testa.

«Non può restare qui. C'è una panchina, proprio di fronte. Vuole che chiami un'ambulanza? È molto pallida.»

Lei fece segno di no e si diresse barcollando verso la panchina. Si sedette, si prese la testa fra le mani e rimase per un po' con gli occhi chiusi, respirando lentamente. Era in un vicolo cieco, quell'uomo orribile le avrebbe dato la caccia, l'avrebbe trovata ovunque si nascondesse. Nessuno poteva aiutarla, neanche Floridiano, lui era terrorizzato dalla violenza. Era sola e vulnerabile com'era sempre stata. Avvertì che qualcuno si sedeva accanto a lei, s'irrigidì pensando che Paul fosse tornato e giocasse al gatto e al topo. Per poco non gridò quando una mano le si posò sulla spalla, aprì gli occhi.

«Jenny... tutto bene?»

Lei emise un sospiro di sollievo, era Noé.

«Cosa... cosa ci fai qui?» balbettò. «Stavo passeggiando e ho avuto un giramento di testa, passerà subito, mi succede ogni tanto...»

«Sono stato qui fin dal principio. Abbiamo visto tutto.»

«Abbiamo?»

«Sony e io!» disse Noé con un grande sorriso.

Agitò ciò che teneva in mano, una videocamera Sony di ultima generazione, piccola e compatta.

«L'ho presa in prestito dalla mia amica Mona, i suoi genitori possiedono quel che c'è di meglio in fatto di tecnologia. Ha l'aria di un giocattolo, ma è dotata di un microfono direzionale e di uno zoom molto potente. Ho filmato tutto dall'inizio alla fine. Alla polizia piacerà un sacco.»

Jenny scosse il capo.

«Sei gentile, ma non posso.»

«Come no!» protestò Noé. «Basta fare qualche taglio. Mona ha un tavolo di montaggio, ci sa fare, fabbricheremo un filmetto coi fiocchi, ci metteremo solo quello che interessa ai poliziotti.»

Lei sorrise debolmente.

«Fortuna che non ti ha riconosciuto...»

«È l'essenza stessa del camuffamento: fondersi nell'ambiente. Mi sono installato proprio davanti a voi; lui guardava dritto nella videocamera. Sono stato a dieci metri per tutto il tempo e non mi avete visto. Ho avuto paura quando avete attraversato in mezzo alle auto. Mi sono precipitato nel sottopassaggio e vi ho raggiunti. È matto quel tipo!»

«È mio fratello», disse Jenny fissandolo dritto negli occhi.

Noé sostenne il suo sguardo.

«Le sue storie non mi riguardano. Lei mi ha aiutato, adesso tocca a me. E non sono il suo gigolo.»

«È quello che gli ho spiegato.»

«Ho sentito. Ma ho trovato lusinghiero che l'abbia creduto.»

Jenny si sentiva meglio.

«Lusinghiero per chi?» chiese.

«Per me, ovviamente», rispose Noé con gravità. «Lei

è il genere di persona che non sopporta di avere i capelli lievemente spettinati?»
«No», disse Jenny. «Perché?»
«Per questo», disse Noé tendendole il secondo casco che si portava sempre dietro.

Mezz'ora più tardi arrivavano da Mona. Bionda, con le curve al posto giusto, molto carina e da poco maggiorenne, la ragazza li condusse in una stanza che sarebbe piaciuta al giovane Spielberg quando girava i suoi primi cortometraggi con la cinepresa super 8 del padre.
«Abbiamo bisogno di te per fare un montaggio, Mona. Ho registrato venti minuti, dobbiamo ridurli al massimo a cinque, ben calibrati. Si può fare subito?»
«*No problem.*»
Collegò la videocamera al televisore e Jenny apparve d'un tratto sul grande schermo, ansiosa e sul chi vive. Individuò Paul, gli si avvicinò.
«Chi è?» chiese Mona.
Jenny e Noé si scambiarono uno sguardo.
«Mio fratello», disse Jenny. «Posso usare il suo telefono? Devo bloccare la carta di credito.»

28.

Nel TGV, Axelle teneva la testa alta. Nella sua carrozza numerosi visi familiari si erano ostentatamente girati dall'altra parte, altri avevano fatto finta di non riconoscerla. Rare erano le persone che le avevano sorriso o stretto la mano, ma di quelle si sarebbe ricordata. Il nome di Charles e il suo erano su tutte le bocche, i quotidiani erano aperti sulla notizia, l'argomento appassionava.

Per non incappare in un ennesimo articolo che l'attaccava, Axelle si tuffò nella lettura di un giallo, ma non riusciva a seguire l'intreccio. I suoi pensieri fuggivano altrove. Cosa faceva Charles? Com'è che Loeiz era approdato all'Assemblea? Chi dei due, padre o figlio, aveva preso l'iniziativa? «Devo parlare a sua madre, vado a Groix», aveva detto Charles. Lui e Gwénola si detestavano da vent'anni, ma quell'odio non era forse che l'altra faccia dell'amore? Prima di riappendere Charles aveva detto: «Sono desolato». Significava che rimpiangeva di averla sposata, che contava di lasciarla?

«Non lo sopporterei», mormorò Axelle.

Il giovane dinamico in completo a righine seduto di fronte si protese verso di lei, credendo che si rivolgesse a lui.

«Mi scusi, non ho capito...»

«Parlavo da sola», si scusò Axelle.

I suoi occhi pieni di orrore contemplavano la visione terribile di un battello bianco che attraccava al molo di un porticciolo bretone. Charles scendeva a terra, accompagnato da Loeiz. Gwénola correva verso di loro, a braccia spalancate. Charles la stringeva e la faceva volteggiare ridendo felice...

Axelle scosse il capo, respingendo l'immagine. Spiegazzò inconsciamente la pagina che aveva appena letto, la strappò, la gettò per terra, poi strappò la pagina seguente. Il suo vicino, sconcertato, stette a osservare per un po' i suoi maneggi, poi non riuscì più a trattenersi.

«È proprio così terribile?» s'informò.

Lei lo squadrò, stralunata.

«Eh? Di chi sta parlando?»

Lui indicò il libro sulle sue ginocchia e le palline di carta per terra.

«Il suo giallo... Si direbbe che ce l'abbia con lui.»

Le ci volle qualche secondo per capire.

«Certe persone fumano o si mangiano le unghie, io strappo le pagine dei romanzi. Mio marito mi lascia per raggiungere la madre di suo figlio. È... irritante.»

L'uomo la prese per pazza, fece di sì con la testa e lei poté terminare il viaggio senza essere disturbata.

Jeanne l'aspettava sul binario della stazione insieme a Joseph. Nel vederli, Axelle fu talmente sollevata che le salirono le lacrime agli occhi.

«Grazie di essere venuti.»

«Ho pensato che la signora contessa avrebbe avuto bisogno di calore», si arrischiò Jeanne.

Axelle sorrise e guardò quella donna che era stata pagata per crescerla, ma che la considerava come una figlia.

«Tu lo sai che Charles e io siamo innocenti, vero?»

«Il signor conte ha la testa troppo fra le nuvole per questi maneggi», disse Jeanne con la sua logica disarmante. «E lei è il genere di persona che porterebbe al commissariato un portafoglio imbottito di banconote. Naturale che siete innocenti, lo giurerei sulla testa di Joseph!»

Axelle si issò sul sedile posteriore dell'auto e fece cenno a Jeanne di salire accanto a lei. E così attraversarono la città, con Joseph al volante, il berretto ben calcato sulla testa.

«Jeanne», mormorò Axelle, «perché tu e Joseph non avete avuto figli?»

Si conoscevano da sempre e vivevano insieme da trent'anni, eppure Axelle non si era mai permessa una domanda così personale.

«Ho lei», fece Jeanne, «mi basta.»

Axelle riuscì quasi a sorridere.

«Lui ha un figlio, Jeanne», mormorò.

«Joseph?» bisbigliò Jeanne, spaventata, gettando un'occhiata al retrovisore dov'era inquadrato lo sguardo del marito.

«Ma no, Charles! Ha un figlio di diciannove anni, nato prima del nostro matrimonio. Sua madre, Gwénola, era in classe con me.»

«Gliel'ha nascosto per tutto questo tempo?» fece Jeanne, attonita.

«L'abbiamo saputo solo ieri sera. Charles credeva che Gwénola lo avesse lasciato. E Gwénola credeva che Charles l'avesse abbandonata.»

Jeanne spalancò gli occhi.

«È andato in Bretagna da lei, per chiarire le cose», proseguì Axelle. «Ho paura che non torni mai più da me. Si amavano. Ed ecco che lei gli ha dato un figlio, mentre io non ne sono stata capace...»

L'auto lasciò la città, ondeggiò attraverso la campagna. I campi di girasoli disseminavano il paesaggio di macchie dorate. Si fermarono davanti al castello.

«So cosa le serve», disse Jeanne con dolcezza. «Una bella sbornia. Armand, il maggiordomo del castello vicino, ci ha regalato un'acquavite fatta in casa che scaccia ogni pensiero. Deve ubriacarsi, signora contessa. Era il consiglio di mia nonna, che è stata al servizio della sua, e mi sono sempre trovata bene a seguirlo. Mi è capitato di essere incinta, lei era troppo giovane, non può ricordarsene. Il bambino, nato con una malformazione, è morto pochi giorni dopo. Joseph e io ci siamo presi una sbornia memorabile, sua madre ci ha curati, non ha permesso che qualcun altro si occupasse di noi, ha persino dormito nella nostra camera. Abbiamo ripreso a lavorare tre giorni dopo, e poi la vita è continuata. La servirò nel salottino.»

Commossa, Axelle scosse il capo.

«Invitami piuttosto nella tua cucina, Jeanne. Ho bisogno di compagnia.»

Jeanne si voltò verso Joseph.

«Va' a prendere la bottiglia, tiro fuori tre bicchieri. Resteremo vivi insieme.»

29.

Nella sua casa dell'Yvelines, Olivia era completamente a terra. Vestita di un'inverosimile tuta da jogging rossa e nera, con ai piedi delle pianelle ricamate, andava da una stanza all'altra posando distrattamente gli occhi verdi su tutti quegli oggetti accumulati. A che servivano quei premi, quei ricordi, quei romanzi tradotti in inglese, italiano, tedesco, portoghese, spagnolo, cinese, giapponese, coreano, russo, slovacco, greco, danese, svedese, norvegese? Aveva dormito nella stanza di Noé, nell'incavo del suo letto, respirando l'odore del figlio. Era giovedì, Noé sarebbe stato tagliato fuori dal mondo a partire da sabato, il tempo stringeva. Suonò il telefono, lei si precipitò, perdendo una pantofola per strada.

«Pronto, Noé?»

«No, sono Gwénola...»

Olivia si ricompose per tornare a essere degna del nome di Olivia Ruben.

«Sono contenta di sentirti», disse con la sua voce melodiosa. «È accaduto tutto troppo in fretta, bisogna assolutamente che troviamo una soluzione...»

«Fammi parlare. Ho riflettuto bene.»

Il cuore di Olivia si gonfiò di speranza.

«E sei tornata sulla tua decisione?»

Gwénola la disingannò in un tono che non lasciava illusioni.

«No. Ti avevo promesso di correggere le bozze entro quindici giorni, ma ne sarei incapace. Rivedere Charles mi ha sconvolta, Olivia. Dovrai arrangiarti, per una volta.»

«Cosa?» esclamò Olivia, sgomenta. «Non puoi abbandonarmi all'ultimo minuto, l'editore aspetta. Il libro è previsto per ottobre e già pubblicizzato ovunque... E sai bene che vogliono che cambi l'ultimo capitolo!»

«È il tuo decimo romanzo, Olivia», fece Gwénola con voce stanca.

«Il *tuo* decimo romanzo!»

«È scritto, consegnato, lardellato, pronto da cuocere e da gustare. Non devi nemmeno far addensare la salsa, basta solo aggiungere sale e pepe. È un gioco da bambini.»

«Pensaci tu!» supplicò Olivia.

«Non me la sento. Charles e Axelle sono implicati in uno scandalo politico. Loeiz è con suo padre.»

«Cosa?»

«Tu te ne freghi, tutto ciò che conta per te è il tuo dannato libro! Ciò che più conta per me è mio figlio, ha bisogno di me. Bisogna essere disponibili e concentrati per ideare una conclusione efficace e correggere le bozze. Devi buttarti, Olivia, sarà un buon rodaggio per scrivere i tuoi prossimi romanzi.»

«I miei prossimi romanzi?»

«Non hai ancora quarant'anni, sei troppo giovane per andare in pensione», replicò Gwénola, spazientita. «Bisognerà pure che ti ci metta... Non passerai la vita a girarti i pollici!»

«Ti faccio notare che è quello che facevo quando tu scrivevi per me», ribatté Olivia stizzita.

«No», corresse Gwénola. «Tu promuovevi i romanzi alla televisione e alla radio, ci scrivevi sopra le dediche ai saloni del libro, ti occupavi della parte emergente dell'iceberg. Adesso dovrai anche scriverli. Come occuperesti le tue giornate, se no? Sei divorziata, tuo figlio è quasi adulto, presto se ne andrà di casa. Bisogna pure che tu faccia qualcosa!»

Olivia rabbrividì.

«Posso almeno venire qualche giorno da te per scrivere insieme quest'ultimo capitolo?»

Gwénola stava quasi per accettare, poi ci ripensò: voleva essere libera per Loeiz.

«Impossibile, Olivia. Buona fortuna.»

E riagganciò.

Olivia, furente, scagliò sul pavimento il bel telefono argentato all'ultimo grido. Il costoso e sofisticato apparecchio si ruppe.

«Meeeerda!» gridò. «Che cos'ho fatto di male?»

Il telefono squillò di nuovo. Olivia corse a rispondere in un'altra stanza.

«Noé? Gwénola?»

Era l'addetto stampa della casa editrice che voleva fissare la data dell'incontro con la stampa. Nel giorno stabilito, lei si sarebbe dovuta installare davanti a un tavolo coperto di libri nuovi fiammanti e scrivere dediche su duecento copie per i giornalisti nazionali e su altre centocinquanta per i loro colleghi di provincia. A condizione, beninteso, che il libro esistesse, il che sottintendeva che lei lo avesse terminato.

Annotò la data nella sua agenda e si mise al lavoro. Per il momento l'ultimo capitolo aveva un finale genere thriller. A Bertrand Guinness il testo era piaciuto, ma era rimasto deluso dalla fine, si aspettava qualcosa più nei toni della commedia romantica: «Ma senza essere sdolcinato, capisce cosa intendo, Olivia?». Certamente, lo aveva rassicurato lei. Ormai era un'esperta del lessico audiovisivo, parlava di «tirare le fila», «aumentare la tensione», «alzare la posta in gioco», «individuare il target», «fidelizzare i lettori». Sapeva spiegare ai giornalisti e agli ammiratori come e perché scriveva i suoi libri, in quali ore, secondo quali rituali, in che modo le venisse l'ispirazione, quali regole seguisse. Ma non era in grado di scrivere tre frasi che stessero in piedi.

Lesse più volte l'ultimo capitolo. Guinness, da editore oculato, non era mai direttivo, possedeva la rara qualità di mettersi al posto di un lettore e di sentire il testo. Ma Olivia era visceralmente incapace di modificare ciò che era stato scritto. Le parole le sembravano sistemate ad arte, cambiarle avrebbe fatto crollare l'edificio.

«Per favore!» gemette nascondendosi la testa fra le mani.

Solo il silenzio le rispose. La stanza di Noé era disperatamente vuota. Gli scaffali che si curvavano sotto il peso dei libri la schernivano. La poltrona disegnava le sue forme troppo prosperose. L'ultimo regalo di Colin, una sontuosa stilografica d'oro che recava incise le sue iniziali, sembrava sfidarla. Ripensò al messaggio lasciato da sua madre: «Perdonatemi, vi amo entrambi, ma non posso più continuare, sarete più felici senza di me».

E se fosse stata questa la soluzione? Uscire di scena a testa alta, nel pieno della gloria? Nessuno avrebbe mai saputo, Noé e Gwénola avrebbero mantenuto il segreto, la morte sigilla le labbra dei vivi. Noé, giovane orfano coraggioso, avrebbe spopolato a *Tale padre, tale figlio*, avrebbe avuto la Francia tutta intera a sostenerlo. Bertrand Guinness avrebbe pubblicato il suo ultimo romanzo tale e quale, senza cambiare una virgola, e l'opera postuma si sarebbe trovata in testa alla classifica delle vendite. Suo padre Richard avrebbe pianto e annegato il suo dolore nel Château-Petrus, ma la scomparsa di sua figlia non avrebbe alterato in nulla la sua vita quotidiana, il fantasma della moglie occupava tutto lo spazio. Almeno, se si eclissava, Olivia non avrebbe mai visto Colin mostrarsi in giro con una delle sue spilungone liposuzionate...

Suicidarsi, okay, ma come? Soffriva talmente di vertigini che non avrebbe potuto gettarsi dall'alto di un edificio o da un ponte, nemmeno dal marciapiede della metropolitana! Era una tale fanatica dei prodotti biologici che nell'armadietto dei medicinali non aveva neanche un sonnifero, e non si vedeva proprio a succhiare le foglie dell'oleandro tossico del giardino. Se si lanciava a tutta velocità sull'autostrada rischiava di uccidere qualcuno, il che avrebbe condizionato il futuro di suo figlio e rovinato la sua stessa reputazione. Togliersi la vita poteva essere romantico agli occhi dei lettori, assassinare un innocente non le sarebbe stato perdonato. Cosa restava? Inutile pensare a impiccarsi, era così maldestra che non sarebbe riuscita a confezionare un cappio. Anche il gas e il fuoco erano da scartare, dato che Noé doveva ereditare la casa. Ricapitolò: il vuoto no, i medicinali no, l'incidente d'auto no, strangolarsi no, esplosione da gas no, incendio no...

Il telefono squillò per la terza volta, facendola sobbalzare. Prese il ricevitore, implorante.

«Dimmi che sei Noé o Gwénola!»

Era Bertrand Guinness che voleva discutere della quarta di copertina.

«Quando è libera, Olivia?»

Ecco, avrebbe lasciato che fosse il destino a decidere al suo posto se doveva mettere in pratica il suo progetto.

«Fra un'ora?»

Giocava con il fuoco, Guinness era un uomo dai mille impegni. Se non era disponibile, sarebbe passata all'azione. Se lo era, avrebbe riconsiderato la propria posizione.

«Perché no? Avevo appuntamento con un autore che ha appena disdetto.»

Con il cuore che le saltava nel petto, Olivia si sforzò di rispondere con voce ferma.

«Benissimo. A fra poco.»

Bertrand Guinness, sempre gentiluomo, girò intorno alla scrivania per andare a stringere la mano a Olivia, che si sedette con precauzione in una poltrona inglese troppo stretta per i suoi gusti.

«Allora, Olivia, le correzioni procedono?»

Lei si morse il labbro inferiore.

«Francamente, no. Sono bloccata.»

L'editore inarcò un sopracciglio.

«Per l'ultimo capitolo?»

Lei annuì.

«Non ci riesco, è stupido...»

«È turbata dall'imminente partenza di Noé», suggerì lui.

Olivia lo guardò dritto negli occhi.

«Non ho più fiducia in me stessa», disse. «Dubito di ogni singola parola, m'interrogo su ogni frase. Farò una pausa, mi prenderò un anno sabbatico, smetterò di scrivere.»

Bertrand Guinness non si scompose.

«Come vuole lei, Olivia. Anche l'immaginazione ha talvolta bisogno di vacanze. Perché non si rilassa affrontando un altro genere, un saggio, dei racconti, un pezzo teatrale?»

Olivia scosse la testa.

«Dovrei restituirle le bozze corrette fra quindici giorni, ma non ho la forza di fare questo lavoro.»

«Vorrebbe lavorare con qualcuno oppure delegare?»

Olivia, sollevata, fece finta di pesare i pro e i contro. «Nello stato in cui mi trovo, preferisco delegare», finì col dire. «Mi fido di lei, la persona che lei sceglierà sarà perfetta.»

«Benissimo. Per l'ultimo capitolo, si occuperà comunque lei di modificarlo?» Sorrideva, sicuro che avrebbe detto di sì.

Olivia si sentì presa in trappola. Ebbe voglia di gridargli che lei non sapeva mettere due parole in fila, che in tutti quegli anni aveva imbrogliato, che la smettesse di torturarla. «No, Bertrand, non ho più idee...»

Lui sospirò. «Da quanto tempo lavoriamo insieme, Olivia? Dieci anni? Le è già successo di avere dei momenti di stanca e di chiedere consiglio...»

Olivia trattenne il respiro.

«Perché non si rivolge di nuovo a quella persona?»

«Lei... lo sapeva?»

Lui restò imperturbabile.

«So che uno scrittore non è una macchina e che un libro è spesso il frutto di un concorso di circostanze. Mi è accaduto di pensare – per certi piccoli dettagli, le parole usate, la costruzione delle frasi – che non fosse da sola a scrivere. Ma questa associazione è sempre stata produttiva. È in pericolo adesso?»

Olivia annuì, ammirando la capacità d'intuizione di quest'uomo che aveva sempre stimato.

«È finita», mormorò. «Noé l'ha appena saputo, e me ne vuole per questo.»

«Adesso capisco. È venuto a farmi delle domande bizzarre...»

«Non so come uscire da questo ginepraio», confessò Olivia. «Ho bisogno del suo aiuto.»

Bertrand Guinness posò i palmi sulla scrivania. «Me ne occuperò personalmente.»

«Lei?»

«Perché no?»

Olivia riuscì a sorridere. «È la scelta migliore. E dopo?»

Lui la guardò con gravità. «Faccia appello alla sua immaginazione, Olivia. Può non avere scritto i suoi libri, ma con gli anni ha integrato la ginnastica mentale della narrazione. Dimentichi la realtà e il suo coinvolgimento personale, immagini un'eroina di romanzo che si trovi di fronte allo stesso problema... Quale sarebbe la soluzione?»

Olivia rifletté. «Bisogna trovare una ragione», arrischiò, «perché l'eroina conservi la simpatia del lettore. Una sorella gemella che avrebbe scritto sotto il suo nome? Una madre handicappata in seguito a un incidente che l'avrebbe supplicata di farle da "vetrina"? Un figlio superdotato che avrebbe scritto i suoi libri? Un marito schizofrenico con sdoppiamento della personalità?»

«Non male», apprezzò Bertrand. «Troppo melodrammatico, ma è in questo senso che occorre cercare.»

Lei gli sorrise. Sarebbe stata la sua ultima sfida: scoprire come sbarazzarsi dell'ingombrante personaggio di Olivia Ruben. Agatha Christie aveva ucciso il suo famoso investigatore in *Sipario, l'ultima avventura di Poirot,* Conan Doyle aveva soppresso Sherlock Holmes nel racconto *Il problema finale* prima di resuscitarlo. Olivia Ruben si sarebbe autodistrutta.

«Troverà la soluzione», affermò Bertrand.

«Questa conversazione resterà fra noi? Non una parola a nessuno?»

Bertrand Guinness corrugò la fronte.

«Di quale conversazione parla?»

Olivia si alzò, piena di un nuovo vigore.

«Lei è un angelo», disse.

30.

La piccola Alfa Romeo rossa raggiunse la periferia di Lorient nel preciso momento in cui il ferry per Groix si staccava dalla banchina. Cinque minuti dopo, Charles arrivava alla stazione marittima, ma era troppo tardi. L'ultimo battello si allontanava inesorabilmente verso il largo.

«Che nervi, un paio di minuti e ce l'avremmo fatta», sbottò.

«Ti avevo detto che eravamo al pelo... Non vedi la mamma da diciannove anni, e allora una notte in più o in meno...» osservò Loeiz divertito.

Quella sera si sentiva più maturo di suo padre. Charles era regredito, era ridiventato il giovanotto che Gwénola aveva piantato e che aspettava un segno da lei. Scosse la testa, si strinse nelle spalle.

«Hai ragione. Be', siamo dalle tue parti, hai fatto il liceo qui, no? Scegli un albergo e un ristorante tranquilli, ho una fame da lupi.»

Loeiz condusse il padre in una pensioncina vicino al porto turistico. Charles prese due camere. Lasciarono il bagaglio e andarono a passeggiare lungo la riva.

Un vento leggero faceva ondeggiare e schioccare le sartie lungo gli alberi delle imbarcazioni. Stava calando la sera e gli occupanti delle barche prendevano l'aperitivo con la famiglia sul ponte: era uno spettacolo sereno ma doloroso per quei due uomini che si erano persi per tanti anni.

«Non so nemmeno cosa preferisci», osservò Charles. «Champagne, vino bianco, vino rosso, pastis, sidro?»

«Birra», disse Loeiz. «Tu bevevi champagne alla mia età?»

«Mi capitava.»

A Charles i suoi diciannove anni sembravano lontanissimi, un'epoca in cui era lacerato fra Gwénola e Axelle, fra il suo desiderio di iscriversi alla facoltà di scienze politiche e quello di compiacere sua madre, cagionevole di salute, che voleva studiasse all'ENA. Il padre era morto giovane in un incidente di caccia e lui era diventato il capofamiglia, ereditando anche il titolo, secondo la regola che stabiliva fosse trasmesso per ordine di primogenitura, di maschio in maschio. Fin dalla nascita, in quanto pretendente al titolo, era stato educato a quello scopo; la trasmissione del passato e della memoria della famiglia non aveva segreti per lui. Si sentiva diverso dagli altri e prigioniero di un giogo che era al tempo stesso opprimente e magnifico.

Davanti a loro, un padre insegnava al figlio come arrotolare le cime. Charles pensò alle lezioni del suo che lo portava sul trampolino più alto e gli diceva calmo: «Mostrati degno di noi».

«Sei nato su un'isola, suppongo che ti piacciano il mare e le barche», osservò.

«Li detesto», disse Loeiz. «Odio gli stranieri, i bambini mi danno sui nervi, le donne sono tutte delle oche, i vecchi costano cari alla collettività...»

S'interruppe vedendo l'espressione orripilata del padre.

«Sta' tranquillo, è uno scherzo! Volevo solo vedere la tua reazione. Siccome sono tuo figlio sei tenuto a volermi bene anche se sono un perfetto idiota, e io devo rispettarti a prescindere da quali siano i tuoi valori.»

«Non detesti né le barche né gli esseri umani?»

«Amo ciò che naviga e ciò che è vivo. Detesto il razzismo e l'intolleranza. Sono contro la pena di morte, gli esperimenti sugli animali, la corrida. E tu?»

«Cercherò di essere un padre passabile», rispose Charles. «Sono monarchico, democratico e umanista. Non sopporto il razzismo. Preferisco votare a destra con idee di sinistra piuttosto che il contrario. È terribile?»

Loeiz scosse il capo. Attraversarono il ponte girevole François-le-Corre che si apriva al momento delle maree per fare uscire le navi dal bacino a livello costante e proseguirono su quai des Indes dominato dalle ultime case di armatori. Mentre si sporgevano sull'acqua, il cellulare di Loeiz suonò la musica del film *Il Signore degli anelli.*

«Scusa...» disse a Charles allontanandosi di qualche passo.

Morgane chiedeva notizie. Loeiz gli riassunse la situazione in poche parole.

«Quando pensi di tornare?» s'informò lei.

«Dipende da come andrà con Gwénola. Non sei arrabbiata che ti ho piantata in asso, Yin e Yang?»

Approfittando del fatto che Loeiz era al telefono, anche Charles tirò fuori il cellulare e chiamò Axelle. Lei rispose subito.

«Ah, sei tu?»

Aveva la voce impastata a causa dell'alcol. Lui credette di averla svegliata.

«Siamo a Lorient, abbiamo perso il ferry. Faremo la traversata domattina. Volevo rassicurati, tesoro...»

«Non ero preoccupata», protestò Axelle, sforzandosi di fare l'allegra. «Divertitevi!»

«Non mi sto divertendo, Axelle, cerco di riparare, insomma, di mettere ordine nella mia vita. Sono stato un mascalzone senza saperlo.»

Lei dondolò il capo, cercando le parole per rispondergli. Ogni volta che faceva un movimento era presa da vertigini. Charles non le aveva proposto di accompagnarlo, lei non apparteneva più a quel presente che la schiacciava.

«Ti... ti a-spet-to», si limitò a dire staccando meticolosamente le sillabe, poi riagganciò. Era a terra, tormentata dal mal di testa, convinta che lo avrebbe perso.

Lui compose il numero del suo vice.

«Sei tu, Charles?» fece Maurice, dimenticando nell'agitazione di chiamarlo signor sindaco e di dargli del lei. «Si preannuncia tosta. Bados sa che Axelle è il mezzo più sicuro per colpirti e ha affilato le armi. Ma mi è venuta un'idea geniale, bisogna che te ne parli, dove sei?»

«In Bretagna, con mio figlio.»

Silenzio all'altro capo del filo.

«Tuo... che?» domandò Maurice credendo di avere capito male.

«Mio figlio. È una lunga storia, ti spiegherò quando torno. Vedo sua madre domattina, poi rientrerò appena mi sarà possibile.»

Maurice restò muto per qualche secondo, il tempo di digerire l'informazione.

«Abbiamo bisogno di te qui, Charles. La situazione è grave.»

«Lo so, ma la mia famiglia deve venire per prima.»

«È Axelle la tua famiglia. Non ti riconosco più. Cosa succede?»

Charles sospirò.

«Non so più niente. Un'amica ci ha giocato un brutto tiro diciannove anni fa e adesso devo rimediare. Ho un figlio adulto che mi assomiglia come una goccia d'acqua. Occupati di Axelle, ti spiace?»

Maurice non esitò.

«Puoi contare su di me.»

Mentre suo padre parlava al telefono, Loeiz chiamò sua madre. Gwénola era appena rientrata.

«Mamma? Siamo a Lorient, abbiamo perso l'ultimo battello.»

«Abbiamo?» ripeté Gwénola quasi senza voce.

«Charles e io.» Non riusciva a dire papà. «Siamo venuti insieme con la sua auto. Vuole parlarti.»

«Non esiste che venga qui a Groix!» insorse Gwénola.

L'isola era il suo rifugio. L'idea che l'uomo che l'aveva abbandonata potesse mettervi piede le faceva l'effetto di una violazione.

«Non sapeva che tu fossi incinta, mamma. La vostra amica Jenny non gliel'ha mai detto. Vi ha mentito. Lui ignorava la mia esistenza. Mi sembra sincero.»

«Ti manipola come ha fatto con me.»

«Che interesse avrebbe?» argomentò Loeiz. «Sembra un tipo a posto, ti assicuro. La sua storia è troppo incredibile per essere falsa. Non è una cosa che uno si inventa, mamma. Sognava di avere un figlio!»

«Io sognavo di avere un padre per il mio», ribatté Gwénola.

«Credo che ti ami ancora.»

«Io no di certo!»

Aveva gridato.

«Dagli una possibilità», supplicò Loeiz. «Se quello che racconta è vero, diciannove anni fa ha creduto che tu lo avessi lasciato senza una spiegazione. Ne ha sofferto molto. Vuole solo parlarti, almeno ascoltalo! Fallo per me, ti prego.»

Il mare era cosparso di creste bianche, la notte scendeva sull'isola. Gwénola sospirò.

«Non qui a casa, non permetterò che metta piede da noi. Vi aspetterò in un luogo neutro, alle Grands Sables.»

Groix si modificava a ogni assalto dell'oceano e i venti del Sud che l'aggredivano si facevano sempre più forti. La sua spiaggia più grande, le Grands Sables, unica spiaggia convessa di tutta Europa, si spostava inesorabilmente.

«Prenderemo il primo battello», disse Loeiz, sollevato.

Lei non commentò e riagganciò piano.

«Tutto bene?»

Loeiz rialzò la testa. Charles gli si era avvicinato.

«Morgane capisce, come sempre. Ma la mamma non ti crede.»

«Neanche tu mi hai creduto! E io faccio un bel po' di fatica a convincermi che non sto sognando. Mi verrebbe da darmi un pizzicotto per essere sicuro che tu ci sei sul serio.»

«Ho fame», disse Loeiz. «Tu e mamma andavate al Trèfle. Con i miei compagni cenavo spesso in una trattoria qui vicino. Ti avverto che non è un ristorante a quattro stelle!»

«Mi piacerà», assicurò Charles.

Posò la mano sulla spalla del ragazzo, che si irrigidì. Lui se ne accorse e la ritrasse; andava troppo in fretta.

«Diventerai conte alla mia morte, il conte Loeiz de Bergeac.»

Loeiz s'immobilizzò.

«Gliel'ho già detto», fece turbato, scivolando di nuovo nel lei. «Mi chiamo Loeiz Tonnerre, mi sta bene essere suo figlio, non mi sta bene cambiare identità, quindi mi accetti come sono, d'accordo?»

Charles lo guardò negli occhi e vi lesse fierezza e coraggio.

«Come vuoi tu.»

Loeiz alzò le spalle, affondò le mani nelle tasche e riprese a camminare. Charles gli andò dietro in silenzio, a testa china.

31.

Maurice, la fronte segnata da una ruga orizzontale, procedeva al volante della sua auto sulla strada che collegava Astaffort a Lectoure, nel Gers. Quella strada era chiamata «la romana», perché un tempo veniva usata per trasportare lo stagno in Italia. Svoltò in un sentiero e si fermò davanti a una grande costruzione cui era affiancata una piccionaia rotonda. Smontò e fece qualche passo verso la casa. Una donna bionda con un maglione di un giallo sgargiante sui jeans neri uscì sulla soglia, lo sguardo nascosto dagli occhiali da sole. Non diede segno di riconoscerlo.

«Ciao, Julie, immaginami con meno chili, meno baffi e più capelli», suggerì lui.

«Maurice?»

Lei scoppiò in una delle sue risate familiari. Non aveva messo su un grammo e portava ancora i capelli lunghi sciolti sulle spalle. Era bella come in passato, quando loro due stavano insieme. Nessun anello le brillava sull'anulare sinistro.

«Sei sempre bella», le disse galante. «Ti disturbo?»

Lei fece segno di no con la testa.

«Ho bisogno del tuo aiuto», confessò lui. «Più precisamente, ho bisogno dell'aiuto dell'ex segretaria del sindaco Pierre Bados.»

«Se non altro sei diretto. Cosa posso fare per te?»

«In che rapporti sei con Bados?» s'informò Maurice.

«Pessimi.»

L'aveva immaginato. Una sera d'inverno di due anni prima, mentre rientrava dall'ufficio, Julie aveva avuto un incidente d'auto a causa della cattiva segnalazione dei lavori in corso sulla strada. Bados, il sindaco, e Dumont, l'imprenditore coinvolto, si erano battuti con le unghie e con i denti quando l'assicurazione di Julie, che era rimasta ferita, aveva agito contro la municipalità. Julie aveva perso l'impiego e ottenuto una pensione, ma da allora non usciva più di casa.

«È un verme», sbottò Maurice. «Vuole riprendersi la poltrona diffamando l'attuale sindaco e sua moglie.»

Il viso di Julie si rischiarò.

«Axelle viene spesso a trovarmi», disse.

«Davvero?»

Maurice lo ignorava. Indicò la porta aperta alle spalle di Julie.

«Non mi inviti a entrare?»

«Sì, certo...»

Gli fece segno di precederla. Entrarono in un salotto dove c'erano un divano e delle comode poltrone. La radio diffondeva probabilmente un'opera teatrale, perché c'erano diverse voci che si rispondevano. La stanza dalle strette finestre era immersa nell'ombra, non c'era neanche una luce accesa.

«Stavi riposando? Mi spiace, avrei dovuto telefonare invece di capitarti fra capo e collo...»

Lei si girò verso di lui.

«Leggevo. E mi piacciono le visite.»

«Cosa leggevi?»

«L'ultimo thriller di Harlan Coben.»

«Io non ho più il tempo di fare niente, lavoro troppo», si lamentò Maurice. «Mi mostri il libro?»

Lei abbozzò un gesto verso la radio.

«Leggevo con le orecchie», precisò. «Faccio parte di un club dove mi registrano le ultime novità.»

Maurice aprì la bocca, aggrottò le sopracciglia. Julie fece una risatina.

«Immagino la faccia che fai», disse.

Si tolse gli occhiali. Lui ebbe uno shock. Lo sguardo di Julie fluttuava senza fissarsi su ciò che le stava intorno.

«Non ci vedo più da quando ho avuto l'incidente. Ho una pensione molto buona, ma ciò non mi restituirà gli occhi!»

«Mi spiace, non sapevo...»

«Poche persone ne sono al corrente: il medico, il parroco, l'assistente sociale, l'infermiera e Axelle de Bergeac. Sanno tenere a freno la lingua, ho chiesto loro di non dire niente, la pietà della gente non m'interessa. In compenso la tua proposta mi tenta. Se si tratta di aiutare Axelle e distruggere Bados o Dumont, sono il tuo uomo!»

«Ehm... magnifico», disse Maurice, molto turbato.

Allertata dal tono della sua voce, si girò verso di lui.

«Non ho bisogno della tua compassione, Maurice. Quando mi baciavi negli angoli mi parlavi in modo diverso.»

«Scusami, mi devo abituare», farfugliò lui.

«Ormai sei grande, dovresti saperlo che non ci si volta a guardare i portatori di handicap. Quando mi parli così è come se io fossi su una sedia a rotelle e tu m'indicassi con il dito.»

Maurice fece un risolino imbarazzato.

«Non è detto che perché non ci vedi tu abbia il diritto di rompermi le scatole», ribatté.

«Non male. Si può fare meglio.»

«Okay. Scuoti quella ciccia e aiutaci a incastrare quel fetente. Mi sono spiegato?»

Julie fece un sorriso che la trasfigurò.

«Eccellente. Vi aiuterò, certo. E non ho un filo di grasso, non approfittare del fatto che sono cieca per mentirmi. Da dove si comincia?»

«Posso accendere una luce?»

«Certo. Passo le giornate al buio. Mi dirai che così faccio economia...»

Maurice accese una grande lampada che proiettò un alone beige sul suo pullover giallo canarino. Poi si lasciò cadere su una poltrona, chinò in avanti la sua mole imponente e prese a spiegare.

«Bados imbroglia e mente per distruggere i Bergeac, che sono onesti. Sono sicuro che ha parecchi scheletri nel suo armadio. Voglio ficcargli il naso nella sua merda, ma non so dove cercare. Tu hai lavorato per lui, sei nella posizione giusta. Un sindaco ha dei doveri e dei privilegi. Scava nella memoria. Mi stupirebbe che non ne abbia approfittato...»

Julie rifletté.

«Il guaio è che è furbo, ha delegato, confuso le piste, subappaltato, ricambiato favori. È tutto un garbuglio inestricabile. Le imprese da lui agevolate l'hanno ringraziato per vie traverse, e in genere i loro titolari erano suoi parenti che portavano un cognome diverso. Lui è come Napoleone, coltiva il nepotismo.»

«È proprio l'accusa che ha lanciato contro Charles e Axelle», disse Maurice. «Si è messo in una botte di ferro allora. Niente evasione fiscale, bustarelle, conti numerati, fondi neri?»

«Io ero la sua segretaria, non la sua confidente né la sua amante. Ha cercato di farmi il filo, ho rifiutato, non ha insistito. È troppo scaltro per rischiare di essere accusato di molestie sessuali, le donne contano poco per lui, lo affascinano solo il potere e il denaro.»

«E va be', cercheremo altrove. Non si può dire che

Bados si circondi di status symbol: un vecchio 4 × 4 con le gomme lisce, una collezione di orribili giacche pied-de-poule, qualche bel fucile da caccia, niente di che. Di recente sua moglie ha chiesto il divorzio.»

«Davvero?» fece Julie, sorpresa. «Dato che non esco più, non sono molto al corrente delle ultime novità.»

«Hanno litigato dopo la morte del cognato. Adesso lei abita con il figlio Florian nella casa che il ragazzino ha ereditato.»

Julie sorrise. «Dev'essere stata dura da incassare per lui, aveva messo gli occhi da tempo su quella proprietà. Allora vive da solo?»

«Ha comprato la vecchia fattoria di Grincheux, vi si è appena trasferito.»

Maurice restò un attimo in silenzio, pensando a quel vecchio contadino brontolone e gradasso che ne era stato il proprietario e che aveva chiamato Troia la sua cagna.

«Grincheux detestava gli estranei, giocava loro certi tiri, ti ricordi?»

Julie non l'ascoltava più. Pensava al mercato immobiliare in piena espansione nel Sud-ovest. La regione era sempre più gettonata ed era diventato molto «in» abitarvi per una parte dell'anno; la Camera di Commercio si stava dando da fare per dotare tutti i paesi della connessione veloce a Internet, attirando in questo modo i cosiddetti *soHo* (*small office, home office*). La Toscana francese, con le sue case di pietra sparse in paesaggi ondulati, fra campi di grano, d'orzo o di girasoli, seduceva in particolare gli inglesi, a tal punto che gli agenti immobiliari seguivano dei corsi nella lingua di Shakespeare.

«Aspetta, ho un'idea... Chi ha ereditato?» chiese bruscamente.

«Perché?»

«Grincheux è morto senza eredi, no? Non aveva famiglia. Ha lasciato un testamento?»

«Non credo. Il suo vicino, l'ex poliziotto, ha adottato la cagna. Bados ha comprato la casa giusto prima delle ultime elezioni, Charles de Bergeac non era ancora sceso in campo.»

«Sarebbe interessante sapere quanto l'ha pagata», disse pensosa Julie. «Non è ricco. Dovresti informarti.»

Maurice aggrottò le sopracciglia, non capendo dove lei volesse arrivare.

«Quando qualcuno con delle proprietà e che non ha parenti muore, lo stato eredita i suoi beni e l'agenzia del Demanio s'incarica di venderli», spiegò Julie. «L'ispettore demaniale è tenuto a pubblicizzare la cosa e a organizzare un'asta. L'hai vista, tu, questa pubblicità?»

Maurice si concentrò, poi scosse il capo.

«No.»

Julie sorrise.

«È proprio quello che pensavo. È una pratica vecchia quanto il mondo. Invece di fare una pubblicità capillare come previsto dalla legge, ci si accontenta del minimo indispensabile, mettendo per esempio davanti alla casa un cartello in un punto poco visibile e un annuncio in un giornale non molto diffuso. In una regione come il Sud-ovest, indire un'asta nel periodo invernale, fuori stagione, permette anche di sbarazzarsi dei compratori stranieri o parigini. Ci sono un sacco di trucchi.»

«E allora?» chiese Maurice, confuso.

«È semplice. Al momento dell'aggiudicazione si parte da un prezzo basso, poi si fanno salire le offerte. Ci scommetto gli occhiali da sole che Bados non ha comprato la casa al suo giusto valore, se l'è aggiudicata tout court con qualche raggiro... e chi s'è visto s'è visto. Ha dovuto ungere le ruote a qualcuno perché i potenziali acquirenti non fossero avvertiti della vendita. Se nessuno era al corrente, se non si sono presentati altri compratori, Bados ha fissato il prezzo. Un modo contorto di acquisire un bene spendendo poco e quasi legalmente. Il solo rischio, in questo caso, è che l'amministrazione comunale si prenda il diritto di prelazione, ma dato che il sindaco era lui non c'era questo pericolo!»

«Bella fregatura», mugugnò Maurice.

«Ci sono dei precedenti famosi. Alla fine della prima guerra mondiale, durante un'asta di immobili a Grenoble, un deposito di munizioni è saltato in aria nei pressi del palazzo delle aste. Tutti i potenziali compratori se la sono dati a gambe, tranne uno. E siccome non c'era che lui, ha ottenuto diversi edifici per prezzi ridicoli!»

«Eccellente», disse Maurice. «Batteremo Bados con le sue stesse armi, lo costringeremo a ritirare le accuse contro i Bergeac. La gente del Gers è dotata di umorismo, di eleganza e di grinta: detesta essere presa in giro. Se viene a sapere che l'ex sindaco ha tradito la sua fiducia, per lui si metterà male. Gli faremo una proposta: o ritratta o spiattelliamo tutto!»

«Questo si chiama ricatto, signor vicesindaco», fece notare Julie. «È illegale...»

«Ma efficace!»

«A condizione di avere delle prove di ciò che sostieni. Si è senz'altro protetto, non è uno stupido.»

«Vale la pena verificare», disse Maurice. «Un giorno ho visto una coppia uscire da un grande magazzino con in braccio un grosso televisore. L'hanno caricato su un furgone parcheggiato in doppia fila, davanti agli occhi del personale. Si trattava di un furto, ma la cosa sembrava talmente assurda che nessuno ha pensato di verificare che quel televisore l'avessero effettivamente acquistato. Penso che Bados sia partito dallo stesso principio. Quando qualcuno va a stare in una nuova casa, tutti vorrebbero sapere quanto ha sborsato, ma nessuno osa domandarlo...»

Julie scosse la testa.

«Si deve poter provare che l'ha sottopagata. Deve per forza restarne una traccia da qualche parte. Perché non in comune? Bados è talmente orgoglioso da non aver mai contemplato l'idea che potesse farsi buttare fuori. Sono sicura che spulciando nell'archivio... Tanto più che detestava l'informatica, è un adepto della carta.»

Maurice batté un pugno sul tavolo.

«Okay, andiamo. Ti porto con me, ho la chiave, ci passeremo la notte se necessario!»

«Non sono più buona a niente senza i miei occhi. Ti ci vuole un'équipe efficiente.»

«Quella ce l'ho», disse Maurice. «Ma tu fai parte dell'avventura, dunque ci accompagni. Posso usare il telefono? Il mio cellulare non prende.»

Julie gli indicò dov'era l'apparecchio e lui compose il numero del castello sulla tastiera in braille.

Rispose Axelle, la voce pastosa.

«Charles?»

«Sono Maurice. Ho un'idea geniale per mettere al tappeto Pierre Bados, ma ho bisogno del suo aiuto, subito, al municipio. Mi raggiunge?»

La proposta la fece tornare sobria in un secondo.

«Certo. Sono con Jeanne e Joseph, possono venire anche loro?»

Maurice assentì all'altra estremità del filo.

«Più siamo, meglio è!»

Il municipio era immerso nella penombra, unica debole luce quella del neon che indicava l'uscita di sicurezza. Maurice parcheggiò nel cortile e volle aiutare Julie a scendere dall'auto, ma lei lo respinse.

«Non sono paralizzata!» protestò.

Il suo sottile bastone bianco telescopico picchiettò il terreno mentre la donna si dirigeva verso la scalinata. Maurice, che la seguiva ammirando in silenzio il modo in cui si muoveva nel suo universo buio, inciampò in una pietra, per poco non cadde, riacquistando appena in tempo l'equilibrio.

«Merda!» sbottò.

«La notte sei tu il cieco. Per me tutte le ore sono uguali. Arriva qualcuno.»

«Dove?» si stupì Maurice scrutando l'oscurità.

«Usa le orecchie!»

Qualche secondo dopo l'auto del castello entrò nel cortile, con Joseph al volante e Jeanne e Axelle sedute dietro. Axelle scese e vacillò con eleganza. Maurice pensò che era la prima volta che vedeva una contessa sbronza. Jeanne e Joseph avevano bevuto meno o forse reggevano meglio l'alcol. Cinque minuti dopo erano tutti dentro l'edificio.

«Perché non ti sei rivolto all'attuale segretaria del sindaco?» chiese Julie a Maurice.

«Perché è la cugina di Bados.»

«Ah, certo... Prima di frugare in archivio, bisogna trovare la data in cui ha acquistato la casa.»

Si girò verso Axelle, localizzata grazie alla miscela di *Chanel N° 5* e acquavite che si sprigionava da lei.

«Quando un notaio redige un atto di vendita, ne manda un estratto al catasto centrale, all'ufficio delle imposte. E tutti gli anni i registri catastali dei comuni vengono riaggiornati.»

Maurice entrò nell'ufficio dell'urbanistica e si mise a cercare.

«Trovato!» esclamò quasi subito.

Lesse, per Julie, il documento di una pagina riguardante l'acquisto della parcella di Grincheux da parte di Pierre Bados. Era soggetta a un diritto di passaggio sulla parcella adiacente. C'era la data esatta della transazione, che aveva avuto luogo un sabato d'inverno.

«Bene», disse Julie in tono soddisfatto. «Bados era un maniaco dei promemoria, incollava dappertutto dei Post-it gialli che poi raccoglieva insieme con un elastico, sono sicura che non li ha buttati via tutti! È questo che dovete cercare. Dovete spulciare i faldoni dei tre mesi precedenti la vendita.»

Si suddivisero le scatole ed esaminarono metodicamente foglio per foglio. Accanto a loro, Julie traduceva le abbreviazioni scritte sui foglietti di carta gialli che sporgevano dalle cartelline: PBCM, Pierre Bados corrispondenza municipale; PBFA, Pierre Bados formalità amministrative; PBAS, Pierre Bados affari scolastici eccetera.

Era strano girare per il municipio nel cuore della notte. A volte sobbalzavano incrociandosi nei corridoi.

«Mi ha fatto paura!» esclamò Jeanne trovandosi faccia a faccia con Maurice davanti all'ufficio del sindaco. «Non sono tranquilla, ho l'impressione che la polizia possa arrivare da un momento all'altro.»

«Lei confonde i ruoli: sono Bados e Dumont i cattivi, non noi», le ricordò Maurice. «Come vicesindaco ho il diritto di lavorare quando mi pare e la notte m'ispira.»

«È mezzanotte passata», sospirò Axelle. «Sono stanca morta. Se Charles ha cercato di chiamare al castello, si sarà chiesto dove siamo finiti.»

«Mi ha detto che era con suo... figlio? Che significa?» bisbigliò Maurice nell'ufficio tecnico.

«Risale a prima del nostro matrimonio», precisò Axelle. «Usciva con una nostra amica che è rimasta incinta, ma l'ha saputo solo ora.»

«Dev'essere stato un bello shock!»

«Il ragazzo ha diciannove anni, vive in Bretagna, studia medicina ed è il suo sosia. E io non sono nemmeno riuscita a dargli un figlio...» sospirò Axelle, disinibita dall'acquavite.

«La signora contessa crede che il signor conte non tornerà», sussurrò Jeanne a Maurice nell'ufficio dello stato civile. «Cerchiamo di tirarle su il morale.»

«Mandando alle stelle il suo tasso di alcolemia?» fece Maurice.

«Non ha l'aria di sentirsi bene», disse Julie ad Axelle nell'ufficio elettorale.

«Io sono colpita di riflesso», spiegò Axelle, maestosa e sbronza. «Mio marito ha delle decisioni da prendere, io non posso che fare la Penelope...»

Al campanile della chiesa vicina suonò l'una. Non avevano ancora trovato niente e incominciavano a scoraggiarsi. Joseph, il più agile, salì nel sottotetto per la ripida scaletta. Lo si sentì spostare degli scatoloni, imprecare, insultare una trave, sollevare degli oggetti, aprire un armadio.

«Tutto bene, lassù?» gli gridò Jeanne, inquieta.

«Sì... Aspettate! C'è ancora una scatola. Sarà questa quella buona?»

Quando la portò giù videro che recava la sigla PBVP.

«Pierre Bados varie personale», tradusse Julie, eccitatissima. «Presto, guardate lì dentro!»

C'era di tutto: liste della spesa, numeri del Lotto, promemoria, le date dei consigli municipali, calcoli incomprensibili e, infine, sull'ultimo giallino in fondo all'ultimo fascicolo, due frasi: «refuso data OK» e «fissare la vendita alla data della partita». Il Post-it miracoloso non avrebbe significato niente se, nello stesso fascicolo, Maurice non avesse trovato un ritaglio di giornale.

«S'interessa al calcio e al rugby?» domandò febbrilmente a Joseph.

L'uomo fece segno di no, ma intervenne Julie.

«Da quando ho avuto l'incidente tengo la radio costantemente accesa, come se il rumore rischiarasse la mia notte. So che è una cosa stupida.»

«Ti ricordi di una partita importante giocata alla data dell'atto di vendita?» la incalzò Maurice.

Julie rifletté, poi le si illuminò il viso.

«Hai ragione. Una partita di rugby regionale ma con un'eco planetaria qui da noi. Perché?»

«Lo saprai fra due minuti. Voglio giusto verificare una cosa. C'è un calendario perpetuo nel mio cellulare.»

Fece scorrere i menu fino all'agenda e, a colpi di *bip*, risalì fino alla data menzionata sul giornale.

«È proprio come pensavo», mormorò. «Molto ingegnoso!»

Maurice spiegò loro la sua scoperta. Applaudirono, esultanti. Ce l'avevano fatta!

«Chiedo a tutti di mantenere il segreto», disse Maurice con gravità. «De La Futaie è un avvocato competente, ma usa armi diverse dalle mie. Deve ignorare tutto di questa storia. Anche Charles de Bergeac. È chiaro?»

Jeanne e Joseph sostennero il suo sguardo. Julie scosse il capo. Axelle esitò, le tempie strette in una morsa, il cuore in gola.

«Non dire niente a Charles? Perché? Ma è nel suo interesse...»

«È essenziale che non sappia niente. Mi promette di tacere?»

Axelle detestava nascondere qualcosa a suo marito, ma dal tono di Maurice capì che lui si batteva per loro. Allora promise.

32.

Era l'una e mezzo del mattino. Lo scooter di Noé filava attraverso Parigi. Il ragazzo guidava con prudenza, attento alla sua passeggera. All'inizio Jenny aveva cercato di tenersi alla sella, ma le scivolavano le mani, allora si era risolta ad aggrapparsi alla vita di Noé. Il giovane corpo caldo e vigoroso aveva trasalito, ma il ragazzo non aveva detto niente. Anche Jenny si era sentita turbata e aveva respinto quel sentimento prendendosi in giro. "È minorenne e potrebbe essere mio figlio", aveva pensato. "Mi ha aiutata, lo ringrazierò e lo spedirò a letto con il suo orsacchiotto."

Socchiuse gli occhi, abbandonandosi al piacere di vedere sfilare le luci della capitale francese. In realtà era la prima volta che ci veniva. Era anche il suo battesimo della moto, nessun ragazzo l'aveva mai portata a fare un giro, aveva trascorso la giovinezza a fare tutti i possibili mestieri per guadagnarsi da vivere e la sera era troppo stanca per uscire a divertirsi.

Lo scooter si immise in place de la Concorde e passò davanti all'hotel Crillon.

«Volevo invitarla a cena, ma la Tour d'Argent non è il mio genere, allora ho prenotato un tavolo all'aperto con vista sulla Senna», disse Noé.

Si fermò prima del ponte, davanti a un furgone che vendeva hot dog. Ne ordinò due, uno con senape per sé, uno con ketchup per Jenny, e si appoggiarono al parapetto sporgendosi a guardare il fiume. Passò un *bateau-mouche*, le sue luci illuminarono per un istante il lungosenna, con le coppie di innamorati che si baciavano. Un senzatetto accompagnato da un cane lupo si avvicinò a loro e tese la mano.

«Vuole un hot dog?» gli propose Noé.

L'uomo, ancora giovane, esitò, poi accettò. Noé corse a prendergliene uno mentre Jenny accarezzava il cane. Poi scesero le scale fino al lungosenna sottostante.

«Ho sempre sognato di avere un cane», confessò Jenny. «Ma prima era impossibile e adesso vivo in un albergo, allora mi accontento di accarezzare quelli degli altri.»

«Anche a me piacciono un sacco, ma la mamma sostiene che disturberebbe il suo lavoro sentirli abbaiare.»

Si lasciò sfuggire una risatina.

«Quando penso che non li scrive nemmeno i suoi libri... Avrei potuto allevarne tutta una muta!»

«Cinque anni fa un'amica mi ha detto una frase che non ho mai dimenticato: "Il giorno in cui non si sentiranno più i cani abbaiare, gli uccelli cantare e i bambini strillare quando giocano, lo si rimpiangerà, vorrà dire che si è morti!".»

«Carina», apprezzò Noé.

«Nel frattempo lei è morta», precisò Jenny. «Non sente più niente.»

Noé la guardò. Jenny gli restituì con intensità lo sguardo. Cominciava ad averne abbastanza di quella missione, aveva voglia di mandare tutto a farsi friggere, di dimenticare la sua promessa e di sparire, lontano da Paul e dalla banda del Trèfle.

«Se un giorno tua madre e le sue amiche ti diranno

che sono una persona cattiva, promettimi che non ci crederai!» disse bruscamente.

Noé sgranò gli occhi.

«Una persona cattiva? Ha un rapporto con ciò di cui l'accusa Paul?»

«Non posso dirti altro per il momento. Non roviniamo questa serata, Parigi è così bella...»

Il giro in scooter le era piaciuto tantissimo. In cima alla scalinata un autobus scaricò un'orda di turisti armati di videocamere. Noé la prese per mano e la trascinò via.

«Presto, di là!»

Fuggirono di corsa e si fermarono un po' più in là, senza fiato.

«Ti rendi conto che a partire da sabato sera mi filmeranno di continuo?» ansimò Noé.

Era finalmente passato a darle del tu. Jenny sembrò trovarlo normale. Si fece più ardito.

«Sono un tipo pudico, non il genere Jean-Édouard nella piscina del Loft...»

«Chi?» domandò Jenny.

«Il protagonista di uno dei primi reality che ha fatto l'amore in acqua con un'altra partecipante davanti a milioni di telespettatori.»

Noé la guardava in maniera strana. Jenny capì che s'inoltravano su un terreno pericoloso.

«Sto gelando», disse. «Mi riaccompagneresti?»

Galante, Noé si tolse subito il giubbotto e glielo porse. Jenny rifiutò.

«Tienilo tu, non vorrei che prendessi freddo, tua madre s'infurierebbe!»

Lui storse la bocca.

«Non sei la mia baby-sitter», replicò, scocciato.

«Sono troppo vecchia per questo», fece lei, rispondendogli per le rime.

«Questo è vero», disse lui per ferirla.

Jenny pensò che quello non era il suo posto.

«Riaccompagnami all'albergo», ordinò. «È ora che i ragazzini stizzosi si mettano a letto.»

Salirono le scale in silenzio. Noé inforcò lo scooter, mise in moto e si voltò verso Jenny.

«Sali», disse, raddolcito.

Lei obbedì, attaccandosi a lui ma cercando di stringerlo il meno possibile, senza incollare il corpo contro il suo. La magia era spezzata, Jenny aveva freddo e fame, i pavé parigini divelti nel maggio del '68 facevano vibrare lo scooter e la sua colonna vertebrale, aveva fretta di arrivare all'albergo e di infilarsi, da sola, sotto le lenzuola.

Noé fece salire lo scooter sul marciapiede accanto all'albergo. L'addetto al parcheggio del turno di notte, che non lo conosceva, si fece avanti.

«Mettiti più in là, qui è riservato ai clienti», disse in tono da capetto.

Noé si tolse con calma il casco.

«Lo so», ribatté tendendogli la chiave dello scooter. «Alloggio qui.»

«Le chiedo scusa, signore», farfugliò l'altro, imbarazzato. «Non potevo immaginare...»

E sistemò la piccola chiave in un armadietto blindato accanto alle chiavi di una BMW e di una Porsche argentata.

Il portiere di guardia tese loro le carte magnetiche delle stanze. Si diressero verso l'ascensore. La cabina prese a salire.

«Non volevo ferirti...» esordì Noé.

L'ascensore si fermò. Uscirono sul pianerottolo.

«Sì che volevi!» fece Jenny. «Ma non hai fatto che enunciare un'evidenza. Sei minorenne, io ho quasi quarant'anni. Buonanotte, Noé. Grazie del tuo aiuto e di quello di Mona. Spero che la nostra trappola funzionerà quando verrà Paul domattina.»

Mostrò il piccolo registratore tascabile sul quale Mona aveva trasferito il sonoro della registrazione effettuata da Noé, dopo averla modificata e rimontata. Poi aprì la porta della stanza 33 e gli augurò di nuovo la buonanotte.

Noé si morse il labbro inferiore. La desiderava da matti. Sarebbe stato rinchiuso per tre mesi con delle belle pollastrelle sexy, ma se ne fregava altamente. Voleva quella donna in abito di lino rosso, con i capelli di fuoco e i seni rotondi.

«Jenny», mormorò, «non ho ancora mai... Voglio dire...»

Lei gli diede un bacio furtivo, metà sulla guancia e metà sulle labbra.

«Buonanotte», ribadì.

E gli chiuse la porta in faccia.

Noé si gettò tutto vestito sul letto, frustrato e in collera. Accese il televisore, cambiò dieci volte canale, chiamò Mona e trovò la segreteria, ebbe la tentazione di alzarsi e tornare a casa. L'idea di trovarvi sua madre lo dissuase. Ancora non sapeva come gestire ciò che aveva scoperto, cosa pensarne, in che modo reagire. Prese la cornetta e chiese il numero della stanza vicina. Jenny rispose al secondo squillo.

«Pronto?»

«Perché parli in italiano?»

Jenny sospirò.

«Credevo fosse mio marito.»

«Non porti la fede», osservò Noé.

«Lui sì.»

«Una specie di bigamo? Bisogna ingelosirlo. Non hai che da farti un amante!»

Mai aveva osato parlare così a una donna, ma con Jenny tutto sembrava talmente semplice.

«Quando riparti per l'America?»

«Vuoi dire per l'Italia. Domenica.»

Noé deglutì con difficoltà. Quando sarebbe uscito dalla sua prigione lei sarebbe stata irraggiungibile.

«Non voglio perderti», supplicò. «La nostra differenza d'età non mi dà fastidio.»

«Sei troppo buono!»

«Non prendermi in giro, Jenny. Non sono uno stupido, so benissimo che non siamo fatti l'una per l'altro. Ma abbiamo una storia da vivere insieme. Ci restano solo quarantott'ore. Non c'è che una prima volta, nella vita. Voglio che succeda con te.»

«Non sono una professoressa di educazione sessuale», replicò Jenny. «Hai fatto una scommessa o è per provocare tua madre? Io faccio l'amore se sono innamorata, Noé, forse sono vecchio stampo...»

«Penso la stessa cosa», disse lui dolcemente. «È per questo che mi sono preservato. È ridicolo essere vergini a diciassette anni, ma volevo che fosse qualcosa di eccezionale... Dimmi com'è. Cosa si prova?»

Jenny, a disagio, tentò di defilarsi.

«Questo genere di conversazione dovresti averlo con tuo padre, non con un'estranea.»

«Non ha tempo, è presissimo dalle liposuzioni. Raccontami, ti prego.»

Lei sospirò. L'ingenuità di Noé la commuoveva, era proprio al punto di passaggio fra l'adolescenza e l'età adulta, un giovane inesperto eppure virile. Le sarebbe piaciuto avere un fratellino come lui.

«Si ha l'impressione di volare e di essere immortali. È più gustoso di un hot dog al chiaro di luna sotto le finestre dell'hotel Crillon, più inebriante del più bel film, più eccitante che vincere al Lotto. Si ha l'impressione che tutta la nostra vita precedente mirasse a raggiungere questo istante preciso, questa sensazione incredibile, questa esplosione che ti sommerge e ti lascia palpitante. Dopo non c'è più niente, si viene ributtati nella notte buia con il ricordo della felicità. In effetti è precisamente questo: avere per un istante il corpo felice e non provare più paura...»

Bussarono alla porta di Jenny.

«Che c'è?» chiese lei, sul chi vive.

«Servizio ai piani», rispose una voce femminile.

Jenny posò il telefono e andò alla porta. Un brutto tiro di Paul? Un pensiero carino di Floridiano? Aprì. Sulla soglia si profilò una cameriera in gonna nera e camicia bianca che reggeva un vassoio su cui erano posati due flûte di champagne. Jenny sorrise e si fece da parte.

Una volta uscita la cameriera, riprese in mano la cornetta.

«Hai visto troppi film», disse.

«Li ho messi sul tuo conto», confessò Noé. «Se rifiuti di pagare mi proporrò come lavapiatti o venderò a quelli dell'albergo lo scoop del secolo: Olivia Ruben non scrive i suoi libri...»

«Ne ha scritto uno. Era meno buono di quello di Gwénola, allora ho fatto uno scambio.»

«Tu hai fatto... cosa?» esclamò Noé, esterrefatto.

«Li ho scambiati apposta. Ho scritto il nome di Olivia sul manoscritto di Gwénola e viceversa, per favorire Olivia. Era mia amica, le era appena morta la madre, aveva bisogno di pensare a qualcos'altro.»

«Ma è stata una carognata nei confronti di Gwénola!» esclamò Noé, fortemente scioccato. «Come hai potuto farlo?»

«Sono una persona cattiva, te l'ho detto.»
«Mi hai anche detto di non credere a quelli che lo pensano.»
Jenny sospirò.
«Vieni», disse. «Giusto il tempo di vuotare i bicchieri. Ti spiegherò tutto. Poi te ne andrai. D'accordo?»
Un secondo dopo Noé si presentò alla porta.
«La distanza di sicurezza fra noi è di quattro metri, non avvicinarti di più se no urlo e allerto tutto il piano», lo avvertì Jenny facendogli segno di sedersi sulla poltrona. «Non voglio ritrovarmi in prigione per corruzione di minore, ci rivedremo dopo il tuo compleanno.»
«Cerchi di abbindolarmi, gentile signora. Sai benissimo che allora sarai già oltreoceano.»
Lei gli tese un flûte, alzò l'altro, il cristallo tintinnò quando i bicchieri cozzarono l'uno contro l'altro.
«Raccontami la tua prima volta», fece Noé con voce rauca.
Lei rise e si sedette sul bordo del letto.
«È successo durante un campo estivo sul lago Michigan. Ero lì come sorvegliante, anche lui, io lo facevo per guadagnarmi da vivere, lui per arrotondare la paghetta che gli passavano i suoi. Ho dimenticato il suo nome, ma non il suo viso, né il suo corpo. Era tenero, non ero abituata alla tenerezza, di solito mi maltrattavano. Sono cresciuta presso delle *foster families,* non so come le chiamiate in Francia.»
Noé bevve un sorso di champagne.
«*Foster*?» ripeté lui. «Non ho mai sentito questa parola.»
«Sono delle famiglie presso le quali i nostri servizi sociali collocano i bambini, fino al compimento dei diciott'anni. Le *foster families* ricevono dei soldi dallo stato nel quale risiedono. In inglese, *foster* significa

"amare teneramente", "proteggere", "educare". Ma spesso la gente prende in casa questi bambini solo per il sussidio economico. Io ho cambiato tre volte famiglia, e tutte si equivalevano. Gli altri bambini erano stati affidati a una di quelle famiglie perché i loro genitori non potevano crescerli, erano in carcere o dovevano seguire un programma di disintossicazione.»

«E tu?»

Jenny lo guardò con occhi addolorati.

«Mio padre ha ucciso mia madre in una crisi di delirio etilico l'estate dei miei otto anni, poi si è impiccato in cella. Sono stata presa sotto la tutela dei servizi sociali. Dapprima hanno cercato di farmi adottare, ma ogni volta che i possibili genitori venivano a sapere cos'aveva fatto mio padre rinunciavano: "Non si sa mai, potrebbe essere ereditario, non possiamo correre il rischio!". Allora ho incominciato a passare da una *foster family* all'altra: non sono genitori legali, solo dei sostituti retribuiti. Il giorno dei miei diciotto anni me ne sono andata con tutti i miei averi in una valigia. Mia madre era francese e aveva rotto i ponti con la sua famiglia. Ho tentato di ritrovare i miei parenti, ma sono venuta a sapere che mia nonna, che aveva fatto la fioraia a Parigi, in rue Saint-Dominique, era morta. Quindi non avevo più nessuno. Ho viaggiato da una parte all'altra dell'America cambiando spesso lavoro, a volte il francese mi ha aiutato, lo parlavo correntemente perché mia madre si rivolgeva a me in questa lingua. Ho avuto pochi amici, si diffida di qualcuno che non ha legami né famiglia e che passa da sola il giorno del Ringraziamento. Mi sono innamorata di un bravo ragazzo che mi ha chiesto di sposarlo. Ma i suoi genitori si sono informati sul mio passato e l'hanno costretto a rompere con me. Allora ho deciso di non affezionarmi mai più a nessuno e ho mantenuto la parola fino al

2000, quando mi sono ammalata. È stato allora che ho incontrato la mia prima amica, Jenny Lincoln...»

Noé sobbalzò e versò un po' di champagne sulla moquette.

«Ma sei tu Jenny Lincoln!»

«No. Sei il solo con cui mi confido, spero che serberai il mio segreto. Fino al 2000 mi chiamavo Kate, non hai bisogno di conoscere il mio cognome. E poi sono stata ricoverata in ospedale a New York, dove non conoscevo nessuno, per un tumore al seno. Dividevo la camera con una ragazza della mia età che mi assomigliava moltissimo, aveva i capelli rossi, gli occhi verdi e le lentiggini come me, era più o meno della mia statura e soffriva dello stesso tumore...»

Kate sorrise con tristezza e continuò il suo racconto senza guardare Noé. Lei non aveva un soldo ed era senza famiglia. Anche la vera Jenny era orfana, perché suo padre, un diplomatico americano, era appena rimasto ucciso in un attentato assieme a sua madre. In compenso, Jenny era ricchissima.

Curate dallo stesso medico, ricoverate nella stessa stanza, per passare il tempo Kate e Jenny si erano scambiate i ricordi, e fra queste due giovani in bilico su una corda tesa si era creata un'amicizia complice.

Kate chiuse gli occhi, tornò con il pensiero a cinque anni prima, in quella stanza d'ospedale la cui finestra dava su un ciliegio giapponese e su una quercia, al momento in cui quel medico grassoccio aveva pronunciato il suo verdetto.

Era entrato, aveva osservato le due pazienti, si era avvicinato con impaccio al letto di Jenny e, troppo in fretta, aveva assestato il colpo: «Mi spiace, le notizie non sono buone, signora Lincoln. Abbiamo avuto i risultati dal laboratorio, ci sono delle metastasi, abbiamo preso la decisione di non operarla...».

Jenny era impallidita, le sue labbra si erano contratte, ma non aveva perso il suo sangue freddo.

«Vuole dire che sono spacciata e che mi abbandonate, è così?»

Sfuggendo il suo sguardo, il medico aveva protestato che no, niente affatto... Poi si era girato verso Kate. «Abbiamo ricevuto anche le sue analisi, signora Sand. L'intervento è previsto per domani. Il tumore non si è propagato.»

Kate aveva avuto voglia di saltare di gioia, ma si era trattenuta per rispetto verso Jenny. Una possibilità su due, come quando si tira a sorte, e stavolta la fortuna era stata dalla sua parte.

Statisticamente, in un reparto di oncologia ogni giorno c'è un paziente che apprende di dover morire. Era toccato a Jenny, mentre Kate si sarebbe salvata. Kate era povera e sola, Jenny ricca e sola. E a Jenny era venuta l'idea delirante di scambiarsi d'identità perché una ex vicina di casa le aveva confuse l'una con l'altra.

All'inizio Kate aveva opposto un rifiuto categorico, non se ne parlava neppure che lei approfittasse del denaro di Jenny, la sua amica avrebbe combattuto, la medicina americana faceva miracoli! Ma mentre Kate riprendeva le forze, Jenny dimagriva e si faceva più debole giorno dopo giorno, come una fiammella che vacilla prima di spegnersi. Si concentrava su un unico obiettivo: sostituire Kate a sé stessa e permetterle di vivere senza timore del futuro.

«Non sempre ho fatto il bene di quelli che amavo», confessò una sera. «Se il paradiso esiste, voglio averci un posto di prim'ordine, allora concedimi quest'ultima gioia, ti prego! Sei la mia sola amica, è a te che lascerei tutto il mio denaro, ma siccome non sei una familiare e si tratta di una grossa somma dovresti pagare delle tasse di successione astronomiche, sarebbe uno spreco. Lo dici tu stessa, ciò che ha fatto tuo padre ti sta incollato addosso. Hai un'occasione d'oro per cambiare la tua vita, coglila! Per te sarebbe però troppo rischioso restare qui, sarai costretta ad abbandonare il tuo paese se vuoi vivere in pace. Lasceremo l'ospedale e prenderemo casa insieme in un luogo dove nessuno ci conosce. Io diventerò te, tu diventerai me. Resterai con me sino alla fine, poi sarai libera e ricca.»

Kate aveva cominciato a protestare.

«Non è un regalo, è un baratto», l'aveva interrotta Jenny. «Ti do la mia identità e i miei soldi, in cambio ti affido una missione delicata. Durante l'ultimo anno di scuola ho fatto del male per invidia, per il piacere di manipolare. Era così facile barare... Tu parli francese, ristabilirai la verità a nome mio. Ti spiegherò tutto. Promettimi di andare a Parigi entro i prossimi dieci anni per esaudire il mio desiderio.»

Kate aveva promesso.

Poco tempo dopo avevano lasciato l'ospedale e affittato una casa isolata in Texas. Kate, diventata Jenny, si era occupata di Jenny, diventata Kate, sino alla fine. Poi aveva preso il suo stato civile e il suo posto. Kate era ufficialmente morta. La nuova Jenny Lincoln si era trasferita a Roma per non rischiare di essere smascherata. Nuovo nome, nuova fortuna e, dopo essere passata così vicino alla morte, un'immensa voglia di mordere la vita, anche se, amando un uomo sposato e padre di famiglia, passava il Natale da sola in un paese che non era il suo.

«Ecco», disse Kate a Noé rialzando la testa. «Adesso sai tutto.»

«Che storia...» mormorò il ragazzo, sbalordito. «Sarebbe una stupenda sceneggiatura per un film!»

«È la mia realtà. Paul Lincoln non ha mentito, non sono sua sorella. Ignoravo che Jenny avesse avuto un fratello, suppongo che non me ne abbia parlato perché lo credeva morto... Non ho la più pallida idea di quale allergia soffra!»

«Ti ha accusata di avere ucciso sua sorella», si ricordò Noé. «Io so che è falso, ma tu rischi grosso se ti denuncia.»

Kate tirò la cerniera del marsupio che portava sempre con sé e ne estrasse un foglio di carta piegato in quattro che gli tese. Noé decifrò la grafia tremolante. Il testo era scritto in inglese, poi in francese: *Io, Jenny Lincoln, nel pieno possesso delle mie facoltà mentali, chiedo oggi alla mia amica Kate di assumere la mia identità dopo la mia morte in cambio di servizi privati. Sto per morire e desidero che Kate approfitti del mio patrimonio. Stendo questo certificato, che rimetto nelle sue stesse mani, nell'evenienza che possa essere accusata di avere attentato alla mia vita. Questo cancro schifoso e queste stronze di metastasi sono gli unici colpevoli! Certificato redatto il 2 ottobre 2000.* Era firmato Jenny Lincoln.

Noé restituì il foglio a Kate.

«Ha pensato a tutto», mormorò colpito.

«Era una bella persona, anche se in passato ha agito male. Le sue amiche avranno ragione di volergliene... Be', di volermene. Non devo dire loro che non sono Jenny. Bisogna che la perdonino.»

Noé fece segno che capiva.

«Poco fa mi hai detto che avevi... che Jenny aveva scambiato apposta il manoscritto di mamma con quello di Gwénola?» ricordò.

«Sì. Jenny era invidiosa di Gwénola. Anche se non aveva un padre e sua madre era l'infermiera della scuola, era graziosa e sorridente, sua madre Annick l'adorava, le preparava i dolci, le faceva maglioni, passava molto tempo con lei. Invece la madre di Jenny detestava il carattere chiuso e i capelli rossi di sua figlia e, in sua presenza, aveva detto a Gwénola: "Avrei preferito avere una figlia come lei!".»

«Simpatica!» osservò Noé.

«Ti manca un'ultima tessera del puzzle. Jenny era stata adottata, i genitori gliel'avevano rivelato quand'era ancora molto piccola. Quindi, sentire sua madre rimpiangere di non avere una figlia diversa era ancora più terribile per lei. Ce l'aveva a morte con Gwénola. Si sentiva molto più vicina a Olivia, anche lei abbandonata da sua madre, che si era suicidata.»

«La nonna si è suicidata? Questa è nuova!»

«Tua madre l'ha saputo ieri, da me. Quando le due amiche hanno trovato tua nonna esanime, Jenny ha sottratto la sua lettera di addio per proteggere Olivia. In seguito, per consolarla, ha scambiato i manoscritti. Non poteva indovinare che l'imbroglio sarebbe durato vent'anni!»

«Jenny ha cambiato le loro vite», mormorò Noé. «E al momento della morte ha voluto riparare. È affascinante.»

«Jenny ha passato intere giornate a parlarmi delle sue amiche, dei loro gusti, di ciò che avevano fatto insieme, perché fossi convincente.» Kate sospirò. «Ho imparato a memoria la sua vita e la loro nei minimi dettagli. Mi sono talmente impegnata ad assomigliarle che ho finito per provare dell'affetto per Olivia, Axelle e Gwénola. Adesso mi detesteranno e io ne soffro, deve sembrarti stupido.»

«Invece è logico, ti sei completamente calata nel

tuo personaggio. Spero che le attrici dei miei futuri film avranno il tuo talento.»

«Non sono un'attrice», borbottò Kate. «Ho fatto una promessa, devo mantenerla. Ma Paul mi fa paura.»

«Non preoccuparti», disse Noé indicando il registratore. «Lui sarà ancora più spaventato di te.»

Prese l'apparecchio e premette il tasto PLAY. La voce di Paul Lincoln si alzò nel silenzio della notte, pronunciando le frasi che avevano selezionato per incastrarlo.

Non mi rivolgo alla polizia perché sono sotto controllo giudiziario, non ho il diritto di lasciare il territorio degli Stati Uniti, se si sapesse che sono qui rischierei grosso...

Che carte di credito hai? Amex, Visa Platinum? Ho bisogno di contanti. Andiamo subito a ritirarne un po', ci sono un sacco di sportelli automatici sugli Champs-Élysées...

Ti accompagnerò alla tua banca e preleverai tutto in varie riprese. Ho esaminato il tuo portafoglio di azioni, puoi venderle rapidamente. Si può fare tutto nel giro di tre settimane. Non ho fretta, ho tempo. Svuotiamo tutti i tuoi bei conticini e poi me ne vado. Se tenti di scappare o di avvisare la polizia, te ne pentirai. Diventerai come i papuani, non potrai mai più dormire una notte tranquilla facendo tutta una tirata, perché nel momento in cui ti crederai al sicuro io arriverò...

Attraversiamo in mezzo alle auto, detesto i sottopassaggi, mi ricordano troppo la prigione...

Conosco un circolo clandestino dove i tuoi euro si moltiplicheranno. Tu farai la brava... hai capito che sei in mio potere... ti ritroverò ovunque e stavolta non sarò così magnanimo...

La registrazione terminava lì. Mona e Noé avevano cancellato tutto ciò che si riferiva a Jenny, al suo legame di parentela con Paul o all'Italia.

«Magnifico», mormorò Kate. «Non basterà, ma mi farà guadagnare del tempo prezioso. Riparto domenica, quando avrò portato a termine la mia missione. Poi mi toccherà lasciare l'Italia, mi rintraccerebbe. Sono condannata a vivere scappando da lui.»

«Come il protagonista innocente della vecchia serie televisiva *Il fuggitivo*, che si mette alla ricerca dell'assassino di sua moglie, un uomo con un braccio artificiale, ed è continuamente braccato dalla polizia», osservò Noé.

«Non è poi tanto vecchia, l'hanno trasmessa l'anno in cui sono nata... ma ciò che sto vivendo non è un film scritto da qualche sceneggiatore, Noé. Se mi prendono rischio la prigione, non una scenografia di cartapesta con sbarre di plastica, una cella vera, e non ci sarà nessuno a preoccuparsi della mia sorte! Non ho ucciso nessuno, ma ho frodato il fisco, dunque lo stato americano, ho usato un passaporto che non era il mio. Diranno che ho approfittato della debolezza fisica di Jenny, che l'ho costretta a scrivere il suo certificato...»

«Testimonierò per te, ti proteggerò!» protestò Noé.

Lei sorrise tristemente.

«Hai solo diciassette anni...»

«Presto diciotto!»

«Non potrai fare niente contro un tipo come Paul, lui non mi mollerà, dovunque io vada.»

Sospirò.

«Tutto questo non ti riguarda più, Noé. Adesso sai che non sono l'amica d'infanzia di tua madre. Sono felice di averti conosciuto. Ora va' a dormire. Non essere troppo duro nei confronti di Olivia, lei non c'entra nulla, non ha fatto che approfittare di un dono del destino...»

«Me ne frego che tu sia Kate invece di Jenny!» protestò Noé. «Riparti fra due giorni, fino ad allora io resto con te. Paul sarà meno violento se non sei sola. Dormirò sul pavimento.»

Kate alzò le spalle. Aveva l'aria stremata.

«Sono distrutta, Noé. Mettiti sul letto vicino a me se vuoi, ma dormi.»

Noé non se lo fece dire due volte, si coricò accanto a lei girandole le spalle, chiuse gli occhi e fece finta di russare.

«Dormi...» mormorò Kate.

«Sai, trovo che Kate ti sta meglio di Jenny.»

«Dormi!»

«Quando tutto sarà sistemato, potrò raccontare la tua storia nel mio primo film, ovviamente cambiando i nomi e i luoghi?»

Lei si rialzò su un gomito, inquieta.

«Non prima che ti abbia dato l'autorizzazione! Promettimi di aspettare il semaforo verde.»

«Parola d'onore.»

«Adesso dormi!»

«Promesso. Sui "Cahiers du cinéma", un critico ha detto a Isabelle Huppert: "Forse, per una donna, fare la regia è come sedurre la propria madre". Lei gli ha risposto: "Ed essere attrice è come sedurre il proprio padre". Io voglio far colpo su tutti e due, mio padre e mia...»

«Dormi o ti picchio!»

Noé si zittì e ripassò mentalmente il film di quella giornata ricca di eventi. Poi scivolò nel sonno.

Kate ci mise un bel po' di più a addormentarsi. Era assillata dalle sue eterne domande. Sua madre aveva avuto paura quando suo marito aveva cominciato a strangolarla? Suo padre aveva pensato a lei nel momento in cui si suicidava? Non aveva lasciato una lettera di addio come la madre di Olivia, ma in cella non aveva né carta né penna.

Cercò di scacciare queste cupe riflessioni e ripensò all'ingenua domanda di Noé sull'amore fisico. Avrebbe dovuto precisargli che ciascuno vi trova un'eco nella propria storia. Per lei, godere era tornare da scuola la sera e avere una famiglia di cui portava il nome ad attenderla a braccia aperte. Ossia, non essere Kate Sand...

Finalmente si addormentò.

33.

Per l'intera serata, Olivia aveva girato e rigirato il problema in tutti i sensi, facendo appello alla propria fantasia. Bertrand Guinness aveva ragione: con gli anni aveva acquisito gli automatismi della narrazione e, anche se non era capace di scrivere una storia, le veniva facile inventarne gli sviluppi.

Il capitolato da rispettare era il seguente: l'eroina, in quel caso lei stessa, doveva conservare la stima del lettore. Bisognava trovare un'idea per fare sì che i duecentomila francesi che avevano sborsato venti euro per leggere ciascuno dei suoi romanzi capissero perché smetteva di scrivere... e, se sabato Noé avesse messo in atto la sua minaccia, perché non aveva mai cominciato!

Alle tre del mattino ebbe un bisogno insopprimibile di parlare con qualcuno. Chiamò l'hotel Raphaël, ma la centralinista del turno di notte si rifiutò di passarle Jenny o Noé a un'ora così tarda. Pensò quasi di svegliare suo padre, ma rinunciò. Fece poi il numero dell'appartamento dello Champ-de-Mars, e anche quello del castello, lasciò squillare almeno trenta volte. Axelle era introvabile. Neanche parlarne di chiamare Gwénola, era stata molto chiara e insistere non sarebbe servito a niente. Non restava che una sola persona con la quale poteva confidarsi, qualcuno con cui non parlava da anni senza ricorrere a un avvocato.

Colin rispose al terzo squillo, da chirurgo coscienzioso persuaso che fosse il suo collega di guardia a chiamarlo.

«Dottor Colin Nathan, pronto?»

«Dormivi?» chiese stupidamente Olivia.

«È successo qualcosa a Noé?» fece lui ansioso.

«No, no, sta' tranquillo, va tutto bene, dorme in un albergo di lusso con Jenny. Avevo solo voglia di parlarti...»

Colin si stropicciò gli occhi. Suo figlio e la sua ex moglie erano in pieno delirio.

«Ieri Noé mi disturba nel bel mezzo di un'operazione e adesso tu mi svegli nel cuore della notte per chiacchierare? Dovete farvi curare, tutti e due!»

«Non so più che pesci pigliare, Colin. La cosa riguarda anche Noé e il suo avvenire. Ti prego, ascoltami...»

«Non hai un amante sottomano che ti faccia da confidente? Un fan innamorato, un futuro scrittore speranzoso che raccomanderai al tuo editore e al quale presenterai dei giornalisti influenti?»

«Non stasera», fece Olivia senza arrabbiarsi. «Ti disturbo, forse? Sei con una giovane interna famelica e con un promettente avvenire o con un'infermiera compassionevole sulla quale eserciti il tuo *jus primae noctis* di azionista della clinica?»

«Stop, Olivia. Ci siamo scannati per anni, non mi diverte più.»

Colin si sedette sul letto, tese la mano verso il tavolino da notte e accese una sigaretta.

«Okay. Fammi un breve bilancio della situazione...»

«Impossibile. Non pretendere da me un "pitch breve e intenso, cinque righe toccanti, un buon romanzo si riassume in una frase"! Stasera ho bisogno di essere prolissa, di scendere nei dettagli, di spaziare...»

«Spazia, allora.» Colin sospirò appoggiandosi al guanciale e buttando fuori il fumo. «Ti ricordo però che non faccio lo psichiatra. Dunque, mio figlio minorenne dorme in un hotel di lusso con la tua amica d'infanzia?»

«Lui è al sicuro. Sono io a essere in pericolo.»

«Dimmi...»

Le ci volle molto tempo per raccontargli tutta la storia. Lui si fumò tre sigarette, riuscì a non riaddormentarsi, la interruppe quattro volte per chiederle delle precisazioni, non poté trattenere qualche esclamazione di sorpresa.

«Ecco», concluse Olivia. «Adesso sai tutto.»

«Be', che storia!»

«Cosa faresti al mio posto, Colin?»

«Io darei un taglio deciso. Abbandonerei definitivamente il bisturi per passare a qualcos'altro mettendo a frutto le mie competenze.»

Olivia rifletté un momento.

«Sei un genio», disse. «Dovresti scrivere dei romanzi.»

«Posso rimettermi a dormire?» mugugnò Colin.

«Prego...»

Lui non perse tempo e riagganciò.

Olivia si lasciò sfuggire una risatina, guardò l'ora e s'infilò a sua volta sotto le lenzuola. Cinque minuti dopo era già addormentata.

Venerdì 23 settembre

Come ogni mattina, Olivia si svegliò alle sei. Bevve due espressi ristretti, poi si vestì in fretta e saltò nella sua Mercedes, direzione Parigi, per passare il ponte di Chatou prima che il traffico diventasse impossibile. Erano le sette quando si fermò davanti all'hotel

Raphaël. L'addetto si precipitò ad aprirle la portiera. Olivia scorse lo scooter di suo figlio parcheggiato sul marciapiede e si diresse verso il portiere.

«Sono Olivia Ruben», disse con un sorriso ammaliatore. «Vorrei vedere mio figlio Noé. Qual è il numero della sua stanza?»

Il portiere esitò, ma la receptionist, che aveva sentito, si avvicinò pronta con un sorriso rapito.

«Subito, signora Ruben. Adoro i suoi libri!»

Consultò il registro.

«È la 35, terzo piano.»

«La ringrazio», disse Olivia. «È sempre un piacere incontrare una lettrice.»

Prese l'ascensore e presto si ritrovò davanti alla camera di Noé. Bussò, prima dolcemente, poi più forte. Nessuna risposta. Noé aveva sempre avuto il sonno pesante. Insistette, fece tremare la porta. Una cameriera ai piani si materializzò nel corridoio.

«È ancora presto, signora, sveglierà tutti!» sussurrò smarrita. «Ha dimenticato la chiave?»

Olivia annuì. La ragazza le aprì con il passe-partout e lei, entrata nella stanza, vide che il letto non era stato toccato.

«Le serve altro?»

Lei scosse la testa e la cameriera se ne andò. Olivia si lasciò cadere sul letto, sconcertata. Era possibile che Jenny avesse portato in giro suo figlio a fare baldoria per tutta la notte? Per mettersi il cuore in pace prese il ricevitore e chiese al centralino di passarle la stanza della signora Lincoln. Dopo un secondo sentì il telefono squillare nella stanza accanto.

«Pronto?» fece la voce assonnata di Kate.

«Ciao, bellezza, sono Olivia. Ti ho svegliata?»

«Che ore sono?» chiese Kate tirandosi su.

«Le sette e un quarto. Hai passato la serata con Noé? Come sta?»

«Ehm... bene, suppongo...»

Noé dormiva profondamente accanto a lei, la faccia girata verso il soffitto, i capelli biondi arruffati. Era bello, la congiunzione degli astri gli era stata favorevole.

«Sono nella hall. Posso salire a parlarti?»

Kate fu presa dal panico.

«Sì, sì, certo! Dammi solo dieci minuti per fare un minimo di toilette.»

Riagganciò, scosse Noé.

«Presto, torna nella tua stanza, tua madre sta salendo, non deve trovarti qui!»

«Mmm... perché?» borbottò Noé, insonnolito.

«Ho già abbastanza problemi! Su, alzati e sparisci!»

Il tono angosciato della sua voce lo svegliò del tutto. Noé schizzò fuori dal letto dove aveva dormito tutto vestito. S'infilò le scarpe e si avviò verso la porta.

«Grazie di avermi lasciato restare... e grazie della tua fiducia. Saprò mostrarmene degno.»

Spalancò la porta e restò a bocca aperta trovandosi faccia a faccia con sua madre. Olivia lo spinse indietro, entrò nella stanza e si sbatté la porta alle spalle.

«Mi prendete in giro?» gridò furibonda. «Si supponeva che tu gli facessi da baby-sitter, Jenny! Sai cosa rischi per corruzione di minore?»

Kate si fece avanti, calmissima.

«Abbiamo solo parlato...»

«Non abbiamo fatto niente, mamma, te lo giuro!» disse Noé.

«Da te non voglio più sentire una parola. Mio figlio ha diciassette anni, Jenny. Avevo fiducia in te, ero convinta che volessi aiutarci. Allora, è questa la tua vita? Bazzicare alberghi di lusso e pagarti dei gigolo?»

«Lei non ha voluto, mamma», la interruppe Noé, disperato. «Ho tentato, ma lei mi ha riso in faccia!»

«Ti consiglio di stare zitto, Noé!»

Olivia tremava di collera.

«Non è che un bambino», fece Kate con voce stanca. «Mi ha fatto delle avance commoventi, ma non sono un'incosciente.»

«Perché dovrei crederti?» ruggì Olivia. «Mi hai già mentito una volta nascondendomi la lettera di mia madre. Mi hai rubato la sua morte... e adesso vuoi rubarmi mio figlio?»

Kate si sedette sul bordo del letto.

«Non ti rubo niente e fra due giorni sparirò dalle vostre vite. Ho barato in passato, è vero. Ho fatto apposta a scambiare il tuo manoscritto con quello di Gwénola quando li ho spediti a quell'editore. Volevo che fossi tu a vincere.»

«Cosa?!»

Olivia era frastornata.

«Non è stato un errore? L'hai fatto apposta?»

«Eri mia amica, il suo manoscritto era migliore, avevi perso tua madre e tuo padre non ti guardava più, ho voluto sorprenderlo e renderti felice.»

«Ma non ne avevi il diritto!» protestò Olivia. «Chi ti credi di essere... Dio? La vita non è un gioco di società dove si bara per favorire gli amici. Tu hai cambiato i nostri destini e mi hai costretta a ingannare tutti!»

«Avresti preferito non essere nessuno?» replicò Kate.

«Avrei preferito che il libro fosse pubblicato con il nome di Gwénola. Avrei continuato a scrivere, a migliorare, e forse avrei finito per farcela anch'io. Con il mio talento, senza trucchi!»

«In questo caso ti presento le mie scuse. Sono spiacente. Sei più forte di quanto credevo.»

«Me ne frego delle tue scuse!» urlò Olivia. «Cos'altro mi svelerai adesso? Al punto in cui siamo... Hai pagato Colin perché mi amasse? Hai comprato ogni anno centomila libri per gonfiare le vendite? Hai scambiato Noé con il mio bambino nel reparto maternità perché lo trovavi più decorativo?»

Aveva perso totalmente il controllo. Con un gesto spazzò via dal tavolino il posacenere con il monogramma dell'albergo, che atterrò sulla moquette senza rompersi, mentre il vaso di rose si rovesciava lasciando colare l'acqua.

«Basta, mamma!» gridò Noé. «Lei ha sbagliato, ma tu potevi rimediare dicendo la verità e non l'hai fatto. Lei ha mentito nel 1985, tu hai mentito per vent'anni, sei tu a detenere il record. Non sono andato a letto con lei, non mi ha voluto. Non sono più un bambino, le mie avance non hanno niente di commovente e vi detesto tutte e due!»

Scattò verso la porta e uscì sbattendosela alle spalle.

«Noé!» gridò Olivia, pronta a corrergli dietro.

«Lascialo andare», consigliò Kate prendendola per il braccio. «È innamorato della sua amica Mona, non di me, ma ha voglia di crescere troppo in fretta e si è preso una cotta come un ragazzino sedotto da una foto su una rivista. Mi dimenticherà in fretta.»

Olivia si divincolò e raggiunse il corridoio.

«Io non dimenticherò niente», disse con voce dura. «Ciò che è fatto è fatto, non si può modificare il passato. Ti chiedo di non interferire mai più con la nostra esistenza, di non vedere più mio figlio, di stare alla larga da noi. Sono stata chiara?»

«Mi perdoni?»

«Mi prendi in giro?»

«No. Sono venuta a questa riunione di ex allieve per implorare la tua clemenza. Ti ho regalato vent'anni di notorietà, forse il mio dono era una mela avvelenata, ma ti ha dato molto, non dire il contrario.»

Olivia alzò gli occhi al cielo.

«Tutto questo è surreale!»

«Se si potesse tornare indietro, sei sicura che avresti preferito che non intervenissi?» insistette Kate. «Se la risposta è sì, ti autorizzo a odiarmi per il resto dei tuoi giorni. Se non ne sei tanto sicura, ti chiedo di perdonarmi.»

«E che altro ancora?» tuonò Olivia.

«Qual è la tua risposta?»

Olivia le puntò addosso un dito minaccioso.

«Non avvicinarti mai più alla mia famiglia!»

«Sì o no?» chiese Kate.

Olivia strinse i denti.

«Ti perdono», sussurrò. Poi girò i tacchi.

34.

Kate scese nella hall ad aspettare Paul: voleva incontrarlo in un luogo pubblico. Lui arrivò alle dieci in punto, gli occhi penetranti, il cranio lucente, la faccia scura. Le mani gli tremavano ancora più del giorno prima.

«Hai fatto male a bloccare la carta di credito, lo sportello automatico se l'è mangiata», disse sedendosi vicino a Kate. «Vivi pericolosamente. Hai preso accordi con la banca?»

«No», disse Kate guardandolo bene in faccia. «Sono stata troppo occupata.»

Paul la guardò stupefatto. «Forse non sono stato abbastanza chiaro, Jenny, o qualunque sia il tuo nome. Io magari sono stato in prigione, ma almeno sono io. Tu magari hai ancora la fedina pulita, ma non sei tu, e la cosa è decisamente più grave, credimi.»

Per tutta risposta Kate gli tese il registratore. Paul aggrottò le sopracciglia.

«Cos'è?»

«Ascolta.»

Paul premette il tasto PLAY e la sua voce registrata s'innalzò nella hall. Abbassò precipitosamente il volume, avvicinò il registratore all'orecchio, si concentrò.

«Sei proprio una piccola strega», disse quando non udì più che dei crepitii.

Kate fece spallucce. «"Sono sotto controllo giudiziario, non ho il diritto di lasciare il territorio degli Stati Uniti, se si sapesse che sono qui rischierei grosso..."» ripeté lei imitando la sua voce. «Grazie per averlo precisato. Faresti meglio a riprendere l'aereo di corsa.»

Paul aprì il registratore, ne estrasse la minuscola cassetta e strappò il nastro magnetico.

«Ne ho delle altre», disse Kate.

«Cosa credi di avere ottenuto con questo ridicolo ricatto? Mi prendi per un chierichetto? Cercherò mia sorella. Se è viva, pagherà quel che mi deve. Se è morta, ti accuserò di averla uccisa. Preferisco essere al mio posto che al tuo.»

Kate si protese in avanti. «Io... sono... tua... sorella!» disse scandendo le parole. «Dato che sei mio fratello, hai diritto alla metà dell'eredità dei nostri genitori. Sono pronta a versare la somma presso un notaio, non dovrai fare altro che recuperarla.»

«Voglio tutto», fece Paul con violenza. «Tu non sei Jenny e lo dimostrerò.»

«Desiderano bere qualcosa?» propose un cameriere materializzandosi accanto a loro.

Paul sobbalzò.

«Niente, grazie», disse Kate, «aspettiamo qualcuno.»

Paul le lanciò uno sguardo interrogativo.

«Mi sono presa la libertà di telefonare all'ambasciata», spiegò lei con un sorriso soave. «Be', libertà, si fa per dire...»

Paul si alzò, con un'espressione terribile sulla faccia.

«Lo rimpiangerai!» tuonò. «*Believe me,* credimi.»

Indietreggiò verso la porta e si dileguò. Kate, stremata, chiuse gli occhi. Aveva tenuto duro, ma non aveva fatto altro che allontanare la scadenza. Si domandò se anche Paul fosse stato adottato. Si disse che il destino aveva sbagliato persona e che Jenny sarebbe dovuta guarire al posto suo.

35.

In settembre, nei giorni feriali, il primo battello del mattino partiva da Lorient alle otto. Gwénola si era alzata alle sette e non era riuscita a mandare giù niente a colazione. Se n'era andata in bicicletta fino alla spiaggia delle Grands Sables. Si scorgeva Lorient, di fronte, in lontananza. Qualche imbarcazione incrociava al largo. Vent'anni prima, quando, incinta, aveva lasciato Parigi per venire a rifugiarsi sull'isola dalla nonna, si era recata alla stessa ora su questa spiaggia. La sabbia bagnata disegnava degli arabeschi e l'intera esistenza di Gwénola sembrava governata da quelle figure geometriche che le onde avrebbero cancellato alla successiva alta marea. Si era persuasa che quel sassolino piantato in mezzo all'acqua l'avrebbe preservata e le avrebbe fatto dimenticare tutto...

Il nonno, un marinaio-pescatore che non aveva mai conosciuto, era analfabeta. All'epoca, sua nonna era la sola in paese a saper leggere e scrivere; nelle riunioni serali leggeva «Ouest-Éclair» agli altri, scriveva le lettere delle sue vicine, si era industriata con dignità come le altre donne dell'isola per crescere da sola i figli e le bestie, lavorare la terra, accogliere il marito quando rientrava dai periodi di pesca. Sognava di viaggiare come gli uomini, ma quando il mare alla fine le aveva restituito il suo, lui si era messo in pensione e non aveva che un desiderio: restare sulla sua isola. Poi era morto, e lei si era accontentata di girare il mondo in sogno. Annick, sua figlia, era diventata infermiera e aveva scelto di trasferirsi altrove. In un certo senso, tornando a Groix per essere corrispondente di «Ouest-France», il successore di «Ouest-Éclair», Gwénola aveva continuato il compito della nonna. Aveva la missione di annunciare le notizie e ne andava fiera, il suo lavoro la divertiva, ci prendeva gusto.

Il cielo era clemente e la spiaggia deserta. Nessuno scrutava il mare con angoscia come una volta, quando il tempo era minaccioso e le donne si radunavano sulla riva per vedere rientrare i pescherecci. La settimana prima c'era stato un forte temporale, ma proveniva da terra, il che era buon segno: se fosse venuto dal mare, il cattivo tempo sarebbe durato quaranta giorni.

Charles sarebbe sbarcato insieme a Loeiz. Gwénola rabbrividì. Il suo amore si era tramutato in odio il giorno in cui Jenny le aveva annunciato che lui le proponeva di abortire, una corazza che aveva protetto Gwénola per tutti quegli anni. Loeiz poteva dare a suo padre tutta la fiducia che voleva, ma lei non avrebbe accettato l'eventualità di essersi ingannata sul suo conto per vent'anni.

Vide il battello profilarsi al largo, sentì il cuore andare a cento all'ora. Gwénola non possedeva un'auto, a cosa sarebbe servita su un'isola dove le distanze erano corte e dove bastavano due buone gambe o una bicicletta? Loeiz e suo padre sarebbero venuti alla spiaggia a piedi o con uno dei taxi che aspettavano l'arrivo dei battelli al porto e portavano in giro i clienti per due euro a corsa. A Charles non voleva nemmeno stringere la mano. Una volta le loro pelli erano state così vicine...

Gwénola avrebbe giurato che erano trascorsi solo cinque minuti quando udì delle voci sul sentiero. Non si voltò e scelse di restare in piedi, di fronte al mare, il corpo teso all'estremo.

«Mamma è laggiù», disse la voce di Loeiz.

Lei strinse i pugni e le mascelle.

Charles radunò il coraggio. Gwénola gli girava le spalle, il vento giocava con i suoi capelli neri arricciati.

«Jenny ci ha mentito», esordì.

Non si era preparato, questa prima frase gli era uscita d'istinto. Avrebbe potuto cominciare con "Mi sono sbagliato su di te" o "Hai avuto torto a credermi capace di", ma denunciare la menzogna di Jenny rimetteva le cose al posto giusto. Jenny li aveva manipolati come marionette. Avevano pianto e sofferto per niente.

Gwénola trasalì, ma restò immobile. Charles avanzò verso di lei sulla sabbia, senza far rumore, e le posò dolcemente le mani sulle spalle. Lei si sentì percorrere da una scarica elettrica, resistette.

«L'ammazzo», decretò Charles con voce rauca. «Sono già indagato, allora tanto vale! Sarà considerato un delitto passionale, la giuria mi riconoscerà delle circostanze attenuanti. Mi dispiace, mia piccola bretone...»

Le parole del passato gli erano salite spontaneamente alle labbra. Lei cedette, girò su sé stessa, indietreggiò. L'impatto dei suoi occhi turchesi lo lasciò senza fiato.

«Ho creduto che non mi amassi più, che fossi sparita per farmi capire che non volevi più saperne di me», disse Charles accorato.

«Ho creduto che provassi vergogna, che ti servissi di Jenny come intermediaria per comunicarmi che non appartenevamo allo stesso mondo e che questo bambino non lo volevi», sussurrò lei.

«Perché ti sei confidata con le tue amiche prima di

dirlo a me?» chiese lui. «Se avessi avuto fiducia in me, avresti indovinato la mia risposta. Ti avrei chiesto di sposarmi e saremmo stati felici...»

«Eri un uomo, ho avuto paura della tua reazione. Mio padre ha abbandonato mia madre il giorno in cui ha saputo che aspettava un bambino da lui, ho temuto che tu facessi lo stesso.»

«Eri dunque così sicura che la storia si sarebbe ripetuta?» osservò lui amaramente.

«Saresti dovuto venire a prendermi per i capelli!»

«Non sapevo dov'eri...» la rimproverò, ferito.

«Bastava che lo chiedessi a mia madre, invece di restartene prostrato nel tuo castello come un principe azzurro senza palle...» fece lei con veemenza.

Lui trasalì all'insulto.

«Mi rimproveri perché ho rispettato la tua decisione di piantarmi invece di trascinarti indietro con la forza, appioppandoti magari qualche schiaffo?»

Loeiz, disteso sulla sabbia, si chiese perché i suoi genitori perdessero tempo a litigare invece di baciarsi.

«Io *ci* rimprovero», precisò Gwénola. «Perché abbiamo permesso a quella pazza di calpestare e distruggere il nostro amore. Non avremmo mai dovuto credere alle sue parole!»

«Non abbiamo avuto abbastanza fiducia in noi...»

«Non abbiamo avuto abbastanza fiducia l'uno nell'altra», rettificò Gwénola.

«Risultato, tu mi hai preso per un mascalzone e hai cresciuto Loeiz con questa idea», concluse Charles.

«Quando una sera è tornato da scuola chiedendomi perché gli altri bambini avevano un padre e lui no, gli ho spiegato che noi ci eravamo amati, che lo avevamo desiderato, che la vita ci aveva separati. Era una spiegazione semplicistica, ma è servita a rassicurarlo.»

«Sapevi che avevo sposato Axelle?» chiese di punto in bianco Charles.

«Sì. La cosa non mi ha sorpresa, visto quello che pensavo di te. Ne ho dedotto che lei aveva ottenuto il padre e io il figlio.»

«Smettiamo di rinfacciarci ciò che abbiamo creduto e sofferto», disse Charles, che non poteva sopportare oltre. «Recuperiamo il tempo perduto, torniamo a essere come una volta...»

Gwénola indicò Loeiz.

«Non possiamo più chinarci insieme sulla sua culla con le facce intenerite. La mano passa, abbiamo perso.»

«No!» gridò Charles con rabbia. «Abbiamo diritto anche noi alla nostra parte di felicità, seppure con vent'anni di ritardo!»

Era lacerato fra passato e presente, fra Gwénola e Axelle. Tutta la sua educazione gli suggeriva di dimenticare e di tornare da quella che era sua moglie davanti a Dio e agli uomini. Tutte le fibre del suo corpo non aspiravano che ad amare e possedere quest'altra donna che non aveva mai dimenticato. Ma non poteva abbandonare Axelle nel momento in cui lei era in pericolo per colpa sua.

Gwénola lo guardò, sorpresa della tenerezza che provava per lui. Aveva quasi voglia di proteggerlo.

«Adesso siamo dei saggi quarantenni, abbiamo superato l'età delle follie di gioventù.»

«Io no!» ruggì Charles. «Mi sono sposato giovane e sono stato fedele a mia moglie, ho lavorato per conservare il castello, non ho mai fatto follie. Oggi voglio portarti in capo al mondo. Basta che tu accetti di accompagnarmi.»

«Mio figlio ha bisogno di me», disse lentamente Gwénola. «Una nuova generazione ci succederà, non possiamo mancare a questo appuntamento. Presto sarai nonno!»

«Mi sento come un ragazzo innamorato», replicò Charles con foga. «Vuoi una prova?»

L'attirò a sé e la baciò. Lei gli restituì il bacio con passione. E restarono a lungo così, stretti, davanti all'oceano. Loeiz si tirò su e diede una scrollata ai capelli per liberarli dalla sabbia.

"Quando lo racconterò a Morgane..." pensò.

Più tardi, rientrarono tutti e tre a casa, Loeiz tagliando per la strada con la bicicletta della madre, mentre i suoi genitori, mano nella mano, prendevano il sentiero lungo la costa. Incrociarono delle persone del posto che Gwénola salutò e che fecero finta di trovare normale vederla mano nella mano con un estraneo. "Ho visto Gwénola con un forestiero, *dam*! Aveva l'aria felice, *gast*!" avrebbero detto.

«Si chiedono chi sei...» sussurrò Gwénola.

«Salve, sono il padre di Loeiz», disse Charles con euforia.

Sorrise, gli occhi pieni di malizia.

«Proteggo la tua reputazione», disse a Gwénola.

«Allora non sperare di dormire sotto il mio tetto», fece lei ridendo.

«Nostro figlio ci farà da chaperon e l'onore sarà salvo!»

Fecero colazione, avidi di riscoprirsi. Loeiz pulì con abilità delle grosse cozze di Groix che Gwénola fece cuocere in una pentola con un po' di prezzemolo, scorze d'arancia e lamelle di zenzero fresco. Il tutto annaffiato da un raffinato Bordeaux bianco. Terminarono con del formaggio fresco cremoso, cosparso di more zuccherine che Loeiz aveva raccolto nei cespugli tornando dalla spiaggia. Non avevano fame, ma stare a tavola insieme dava loro l'impressione di essere una famiglia.

«Allora mi credi, adesso?» mormorò Loeiz a sua madre in cucina preparando il caffè. «Ammetti che diceva la verità?»

Gwénola annuì.

«Ho paura», mormorò. «Non so dove ci porterà tutto questo. È sposato...»

«Ma tu lo ami, vero?»

Lei gli rivolse un sorriso di una dolcezza infinita.

«Amavo un ragazzo diciannovenne che faceva la maturità nel mio stesso anno. Non sono fatta per calarmi nel ruolo della castellana o della moglie di un uomo politico, Loeiz. Potrei se mi sforzassi, ma non sarebbe una mia scelta. Non desidero lasciare la mia isola, voglio continuare ad annunciare le notizie da babordo e da tribordo, ho voglia di cominciare un romanzo. Charles è cambiato e anch'io.»

«L'hai rimpianto tutti questi anni e adesso che torna da te non lo vuoi più?» osservò Loeiz, incredulo.

«Sì, l'ho rimpianto, è vero. Non credere che torni da me, è solo di passaggio. Stamattina ha la testa nelle nuvole, ma domani avrà di nuovo i piedi per terra. Hai ritrovato tuo padre, questo è l'essenziale.»

«Non per lui», obiettò Loeiz.

«Non è me che ama, ma una piccola bretone di diciotto anni che non assomigliava alle giovani aristocratiche che lui frequentava. Sono una donna indipendente, una giornalista, madre nubile di un futuro medico. Di una donna così lui non si sarebbe innamorato, e io non avrei perso la testa per un deputato di provincia.»

«Non ti capisco», sospirò Loeiz.

Gwénola gli sorrise.

«Volevi fare il paggio al nostro matrimonio? Dimentica questa fantasia e guarda al futuro. Il passato è morto.»

«Chi è morto?» chiese Charles entrando in cucina. «Non il nostro amore, spero.»

La sua battuta fece un buco nell'acqua.

«I nostri sogni di gioventù», disse Gwénola. «Ho bisogno di oceano per ritrovare la bussola, andiamo a fare due passi?»

Charles annuì, ma Loeiz disse che doveva fare una telefonata urgente.

«Vi raggiungo», promise.

Se ne andarono quindi loro due da soli, verso la costa selvaggia e frastagliata. L'ultimo anno di scuola Gwénola aveva sognato di fare scoprire a Charles la sua isola, ma adesso i mocassini Weston scivolavano sul caratteristico suolo dove la mica bianca mischiata al quarzo brillava sotto il sole. Le onde si frangevano sulle rocce giù in basso, violente e ostinate. Rebecca, la setter dei vicini, saltellò verso di loro dopo il bagno mattutino e le sue zampe anteriori infangate disegnarono due cerchi perfetti sulla camicia bianca di Charles, che respinse la cagnetta.

«Oh, no, la mia camicia, accidenti!»

«Basterà metterla in lavatrice», fece Gwénola con indifferenza.

Qualche nuotatore coraggioso si dibatteva fra i flutti, Charles rabbrividì quando li vide.

«L'acqua dev'essere gelida...»

«Non è una vasca da bagno, è l'Atlantico. Se vuoi il brodo bisogna andare nel Midi.»

Charles la prese per il braccio e l'attirò a sé.

«Cosa ci succede?»

«Viviamo su due pianeti incompatibili», rispose Gwénola liberandosi.

Si sedettero e continuarono a parlare, gli occhi fissi sull'oceano.

«Da quando ho fatto la conoscenza di Loeiz non ho più paura di niente, neanche della prigione», decretò Charles. «Tu e io ci muoviamo su scenari diversi, ma è solo un dettaglio.»

«Non è uno scenario, è la mia terra, e io le appartengo!»

«Le mie radici affondano nel Sud-ovest più profondo, ma quando ti vedo me ne infischio!» replicò lui.

Gwénola raccolse un ciottolo argentato e lo lanciò nell'acqua.

«Axelle ti ha consolato della mia partenza e ti ha dedicato la sua vita. L'abbandoneresti adesso senza rimorsi?»

Charles scosse il capo, il cuore lacerato. Era un uomo d'onore, non sapeva più cosa fare.

«Amo Axelle e devo proteggerla. Non ho mai smesso di amarti, sei la madre di mio figlio, sei sola...»

«Non crederai che sia rimasta ad aspettarti?» replicò Gwénola, che in realtà non aveva fatto altro.

«Certo che no!» ribatté Charles, che però lo sperava. «Perché fai la dura? Ti conosco, so chi sei.»

«Mi conoscevi, Charles. Non sono dura, sono solo responsabile. Diventando madre ho smesso di essere figlia. Invece tu sei rimasto un figlio che vuole accontentare il padre morto e giochi a fare il notabile. Io sono diventata adulta. Non abbiamo più la stessa età.»

«Jenny ci ha fatto del male e adesso le ferite si riaprono», osservò lui. «Abbiamo sicuramente ancora qualcosa di intenso da condividere...»

Gwénola sorrise.

«Lo spero. Mi piacciono i romanzi con un lieto fine. Ti capita di leggerne?»

«Non ho molto tempo libero. Preferisco le biografie o i saggi politici.»

«Hai per caso letto i romanzi di Olivia?» chiese, fingendo un tono indifferente.

Charles fece la faccia di uno preso in trappola, dell'intellettuale che si supponeva occupato a leggere minuziosamente «Le Monde» e sorpreso invece a sfogliare avidamente un settimanale di gossip.

«Sì, mi dichiaro colpevole. Li ho anche apprezzati.»

«Mi rassicuri», fece Gwénola. «Li ho scritti io.»

«Prego?» disse Charles stupefatto.

«Sono stata il suo "negro", è ciò che mi ha permesso di crescere mio...» si corresse, «nostro figlio. Adesso è finita però. Voglio pubblicare con il mio nome. Non ho delle conoscenze in questo settore, sarà difficile e forse non ce la farò, ma devo provarci.»

«Posso aiutarti», si affrettò a dire Charles. «Ci sono vari editori nella mia circoscrizione.»

«No grazie, sono abituata a sbrigarmela da sola», ribatté lei in tono secco.

Lui non si lasciò smontare.

«Appunto, forse è arrivato il momento di cambiare. Non c'è niente da vergognarsi ad accettare l'aiuto degli altri.»

«Può darsi. Ma non è nel mio stile.»

«Finora il tuo stile è andato a tutto vantaggio della tua cara amica Olivia», replicò Charles, ferito. «Le hai lasciato tutto il credito di ciò che hai scritto e rifiuti una semplice spintarella da parte mia?»

«Con lei non era una questione di raccomandazioni, si trattava di un accordo finanziario.»

«Una questione d'interessi? Non è il tuo genere!»

«Neanche crescere un figlio da sola era il mio genere, eppure...»
«Ritira quello che hai detto...»
«Se no cosa?»
«Una volta soffrivi terribilmente il solletico.»
Gwénola rabbrividì.
«Adesso non più», mentì.
«Dimostralo...» fece lui allungando le mani.
«No!» gridò lei alzandosi e indietreggiando. «Pietà!»
Charles scoppiò a ridere e lei lo imitò. Anche in passato bisticciavano spesso, il tono saliva in fretta, le parole crepitavano, distruttrici, e poi, d'un tratto, al culmine della battaglia, si riconciliavano facendosi il solletico, scambiandosi un regalo stupido e tenero, baciandosi per costringere l'altro a stare zitto, facendo l'amore. Era sempre stato così, si amavano con furia e spaccavano il capello in quattro, quando invece, con Axelle, Charles non aveva mai litigato, mai una parola grossa era volata fra loro in due decenni di matrimonio.
«Non farmi il solletico», supplicò Gwénola.
«A una sola condizione.»
«Quale?»
Lui la fissò con gravità.
«Dato che ami tanto gli accordi finanziari, permettimi di rimediare a ciò che non è stato fatto a suo tempo. Durante questi anni ti sei fatta carico da sola dell'educazione di Loeiz. È arrivato il momento che sia io a occuparmene...»
«Credi di avere dei diritti su di lui?» insorse Gwénola. «Vuoi comprarlo?»
Charles alzò le mani in segno di resa.
«Stop, non sbranarmi. Mettiti al mio posto. Cerco soltanto di recuperare il tempo perduto.»
«Ritenevo che gli uomini politici fossero più diplo-

matici», borbottò Gwénola. «Mettiti anche tu al mio posto, vedrai le cose in modo diverso.»

«Scommettiamo? Okay, scambiamoci i ruoli. Ecco, io sono una donna sola, giornalista, madre di un figlio splendido che ha l'intelligenza di suo padre e la bellezza di sua madre.»

Gwénola si strinse nelle spalle.

«Sei proprio un macho. Una donna sola, e che altro? Di uno scapolo non si dice che è un uomo "solo"!»

Charles annuì.

«Be', il mio ruolo l'ho detto.»

«Tocca a me adesso mettermi al tuo posto», fece Gwénola. «Sono quindi un conte, castellano, deputato, sindaco, sposato senza figli.»

«Mi accusi di essere un macho, ma tu sei molto peggio. Sposato "senza figli": si direbbe che mi manchi qualcosa, che sono in colpa, che c'è qualcosa di sospetto.»

«*Touché*», replicò Gwénola tendendogli la mano. «Vieni!»

«Dove mi porti?»

«Sei troppo abituato che rispondano alle tue domande, signor deputato. Smettila di controllare tutto.»

Risalirono verso la casa. Loeiz aveva lasciato un messaggio sul *carrosse*, il pezzo di legno sul quale un tempo le donne dell'isola s'inginocchiavano quando andavano al lavatoio: «Sono andato a bere qualcosa con degli amici al Ti Beudeff».

«È un bar mitico conosciuto dai marinai del mondo intero, senza distinzione di generazioni», spiegò Gwénola. «Esiste da trent'anni, vicino al porto, nessuno approda nell'isola senza andarvi a bere un bicchiere. Un incendio l'ha semidistrutto nell'estate del 2003, ma ha riaperto nel 2004. Le sue pareti erano coperte di scritte e graffiti, testimonianze di marinai di passaggio sconosciuti o famosi, ma l'hanno ricostruito tale e quale e l'avventura continua.»

«Questo ragazzo non ha nessun rispetto per i suoi vecchi genitori», disse Charles facendo finta di essere scocciato. «Preferisce bere piuttosto che tenerci compagnia.»

«Non è stato debitamente sculacciato quand'era bambino», rispose pronta Gwénola. «Per forza, a dodici anni mi superava di tutta la testa!»

«Il che non è molto difficile, bisogna riconoscerlo...»

«Come ti permetti!» protestò Gwénola ridendo.

«Sei la donna in miniatura più carina che abbia mai incontrato», mormorò Charles guardandola intensamente.

Lei lo trascinò sulle scale e spinse la porta della sua stanza. Charles vide il grande letto coperto da un soffice piumino bianco e blu, le sedie da barca, con il legno levigato dal tempo, la finestra con la sua impareggiabile vista sul mare.

«Fai un gioco pericoloso», sussurrò lui.

«Non è un gioco. È un ricongiungimento.»

«Benvenuta», fece lui con voce rauca e cominciò a spogliarla.

Lei trattenne il respiro, attenta a ogni suo gesto, felice di essere sfogliata da lui. Dopo che era nato Loeiz aveva avuto solo tre amanti, un turista, uno di fuori che aveva una casa sull'isola e un tipo di Lorient. Uomini non coinvolti sentimentalmente, storie passeggere. A lei andava bene così, nel suo cuore e nella sua carne si sentiva ancora legata a Charles, anche se lo odiava.

Le mani tremanti, il fiato corto, gli occhi pieni di desiderio, Charles si sentiva maldestro come quel giorno che avevano fatto l'amore per la prima volta nella stanza di Gwénola, davanti ai suoi poster e ai suoi libri tascabili, mentre la radio diffondeva i grandi successi del 1985: *Quelque chose de Tennessee* et *Belle-Île en mer.*

Dalla finestra aperta il sole entrava a fiotti nel piccolo bilocale al quinto piano senza ascensore. Non avevano paura né degli imminenti esami di maturità né del futuro, vibravano all'unisono, non si curavano delle conseguenze, incantati da quelle sensazioni nuove che li lasciavano stremati e felici...

Vent'anni dopo, Charles rotolò sul fianco e accarezzò il viso di Gwénola.

«Bisogna...» cominciò.

S'interruppe, nello sguardo una tristezza infinita.

«...che te ne vada, lo so», disse lei con voce strozzata. Si rannicchiò contro di lui, sopraffatta dall'emozione.

«Non posso...» ricominciò lui.

«...abbandonarla.»

«Né adesso...»

«...né domani.»

«Ti amo», mormorò stringendola a sé.

«Anch'io, da vent'anni. Ma se lasci Axelle per causa mia, il nostro amore non sopravvivrà.»

Si scostò da lei, percorse con lo sguardo il suo corpo che gli anni avevano appena segnato.

«Perché?» chiese.

Gwénola gli sorrise con tenerezza.

«Amarsi è reggere per un momento le redini del destino. Il nostro turno è passato, Charles. Tante persone vivono e muoiono senza provare neanche l'ombra di ciò che il caso ci ha concesso.»

«Me ne frego degli altri», ribatté lui con rabbia. «Dobbiamo ringraziare il destino di averci fatto ritrovare per meglio separarci?»

Lei posò tutte e due le mani sul torace di Charles.

«Tu sei come il sole, ho caldo vicino a te, sono gelata in tutti questi anni credendo che mi avessi lasciato. Stasera avrò di nuovo freddo, ma sapere che mi ami mi riscalderà. Devi tornare da tua moglie. Bisogna che io ami qualcun altro. Non abbiamo scelta.»

«Axelle viene attaccata per colpa mia.» Sospirò.

«Voi affrontate la vita insieme. Io non faccio parte del vostro impero. Andate avanti in due, di concerto. Io cammino da sola, ma so che esiste mio figlio. Adesso, anche se lontani, saremo in tre: tu, io e Loeiz.»

Si rivestirono in silenzio e in un'atmosfera di complicità. Per restare ancora un po' insieme da soli, decisero di raggiungere il porto a piedi e attraversarono l'isola nella sua larghezza, camminando allo stesso passo. Si lasciarono istintivamente la mano entrando nel Bourg, scesero e passarono davanti al Cinéma des Familles. A Charles si strinse il cuore quando vide l'insegna, ma non fece alcun commento. Anche Gwénola aveva un nodo in gola. Quando passarono davanti al Ti Beudeff lei indicò la mitica taverna a Charles, che subito capì.

«Mi aspetti un secondo?»

Entrò e vide la sala bianca con le travi a vista sul soffitto, il lungo banco dietro al quale erano allineate le bottiglie e l'imponente scorta di bicchieri, i tavoli e le panche di legno.

«Cerco mio figlio», disse rivolgendosi a nessuno in particolare, con l'impressione di pronunciare una frase d'importanza capitale.

Giovani e meno giovani chiacchieravano bevendo birra o whisky. In un angolo, scorse Loeiz intento a incidere qualcosa sul tavolo con il suo coltello da tasca. Gli si avvicinò.

«Cosa fai?»

Loeiz alzò la testa.

«È la tradizione. Incido la data di oggi, è un giorno da scrivere in lettere dorate, no?»

Charles gli tese goffamente la mano.

«Prendo il prossimo battello», disse a malincuore.

Sul viso di Loeiz si dipinse la delusione.

«Te ne vai di già? Credevo di far bene a lasciarvi da soli...»

«Hai fatto la cosa giusta, Gwénola e io ci siamo ritrovati. Ti aspetto quando vuoi nel Sud-ovest con Morgane. Là è casa tua, lo sai.»

«Verremo», promise Loeiz. «Ti accompagno al porto.» Sulla soglia, si girò verso il bar. «Ti presento i miei amici Alain e Jo. Questo è mio padre.»

Charles salutò quei due uomini che conoscevano suo figlio meglio di lui.

Raggiunsero Gwénola. Passarono fra l'Auberge du Pêcheur e il ristorante Les Courreaux e arrivarono sul molo di Port-Tudy. Alcune auto aspettavano il momento dell'imbarco. Charles andò a comprare il biglietto. Quando uscì dalla stazione marittima, Gwénola si sentì opprimere il petto da un peso insostenibile.

«Detesto gli addii», mormorò. «Preferisco lasciarti qui. Buon viaggio.»

«Ti prego, resta!» esclamò Charles.

Ma già Gwénola risaliva il molo con passo celere.

«Lasciala», consigliò Loeiz a suo padre. «Quando scappa così non c'è niente da fare, credimi.»

«Avrei tanto voluto dirle...» cominciò Charles.

Ma non finì la frase. Gwénola lo sapeva già.

«Resterò con lei stanotte», promise Loeiz. «Le sue lacrime saranno meno amare di una volta. È meglio piangere su una storia finita che su un amore non ricambiato.»

«Come fai a sapere queste cose alla tua età?» fece Charles, sorpreso dalla sua maturità.

Loeiz lo soppesò con aria divertita.

«Mi è mancato il padre, questo mi ha fatto diventare grande più in fretta.»

«Mi spiace...»

«Non è colpa tua. Dormi a Lorient o prosegui già stasera?»

«Devo rientrare e affrontare i nostri detrattori.»

Si sentiva triste da morire. Non poteva essere felice con Gwénola, ma doveva a tutti i costi salvare Axelle. Gli ultimi passeggeri stavano salendo a bordo, il marinaio addetto ai biglietti gli diede una voce: «Se vuole partire, è ora!».

Charles si ricompose. Aveva ricevuto la Storia in eredità con la sua educazione, era allenato a sorridere anche nelle circostanze avverse.

«Sono felice di conoscerti», disse a Loeiz.

«Anch'io. Per la storia del nome, hai l'aria di tenerci talmente... troveremo una scappatoia, d'accordo?»

Charles assentì lentamente con il capo e salì a bordo.

Quando il battello, dopo aver dato il segnale di partenza, lasciò il porto, Gwénola aveva già raggiunto il centro del Bourg. Entrò nella chiesa sormontata da una banderuola a forma di tonno. Non c'era nessuno, tutto era avvolto nella penombra. Si diresse verso l'espositore dei ceri e inserì due monete nella cassettina. Accese il cero con l'accendino che aveva sempre in fondo alla borsa; sua nonna le aveva insegnato che non bisogna mai accendere un cero usando la fiammella di un altro, se no le preghiere si mescolano. Analogamente, in tutta la Bretagna, non si accende mai la sigaretta alla fiamma di una candela, questo gesto fa morire un marinaio in mare.

«Chiunque tu sia, ovunque tu sia, proteggi Charles e Loeiz», mormorò alzando gli occhi verso la volta.

Poi, pragmatica, lasciò la chiesa per entrare nella farmacia di fronte, sulla cui soglia era disteso come sempre il basset hound Géostationnaire. Con le guance in fiamme, si fece prescrivere la pillola del giorno dopo. Una volta bastava.

36.

Maurice aveva pazientato fino a sera per parlare a quattr'occhi con Pierre Bados. Si appostò con discrezione vicino alla casa dell'ex sindaco, lo vide rientrare, gli lasciò cinque minuti. Poi suonò il campanello. Bados gli aprì, diffidente. Aveva labbra sottili, un sorriso ferino e un'orrenda giacca a pied-de-poule.

«Sì?» mugugnò.

«Sono venuto per una chiacchierata», annunciò Maurice con un sorriso accattivante.

«Non ho niente da dirti. Hai scommesso sul cavallo sbagliato.»

«Hai dimenticato qualcosa in municipio», proseguì Maurice tendendogli un foglio.

Bados l'afferrò, vi gettò un'occhiata, impallidì. Era la fotocopia di un articolo di giornale che annunciava una vendita per aggiudicazione. Maurice l'aveva letto e riletto talmente tante volte che ne conosceva il testo a memoria. «Vendita per aggiudicazione, a seguito di successione vacante, all'ultimo maggior offerente, all'estinzione delle candele. In un solo lotto, l'immobile sottodescritto: una casa a uso abitazione, comprendente un pianoterra e un primo piano, costruita in pietra, e due parcelle di terreno ubicate nel detto luogo, figuranti nel catasto del detto comune alla sezione AC, prezzo base quindicimila euro, più oneri e spese.»

L'articolo precisava anche il luogo e la data della vendita.

Tradotto in parole povere, significava che lo stato, rappresentato quel giorno dall'agenzia del Demanio, gestione dei patrimoni privati, aveva venduto al maggior offerente la casa che Grincheux aveva ereditato da suo padre che a sua volta l'aveva ereditata da suo nonno.

La vendita doveva effettuarsi secondo la procedura classica, con il metodo dell'estinzione delle candele. Un usciere disponeva in un piccolo candeliere apposito tre candele estremamente sottili con stoppini di cotone, che sprigionavano un fumo ben visibile quando si spegnevano. Le collocava in modo che fuoriuscissero di un solo centimetro e che ci mettessero non più di un paio di minuti a consumarsi. La candela si spegneva quando la fiamma arrivava al livello del candeliere e, dopo una frazione di secondo, si vedeva levarsi il fumo. L'usciere accendeva la prima candela, annunciava la natura del bene, l'ammontare del prezzo base, l'ammontare dell'asta e diceva: «Prima fiamma». Mentre la candela bruciava, le offerte salivano. E così per le altre due candele. L'aggiudicazione era pronunciata in favore dell'ultimo maggior offerente «all'estinzione delle candele», come stipulato nel testo dell'annuncio.

In genere i prezzi lievitavano, perché il Sud-ovest era sempre più ambito da inglesi, olandesi, tedeschi e francesi alla ricerca di una seconda casa, ma Bados era stato più furbo degli altri. Aveva un amico nel settore che aveva aggiunto apposta un refuso nel testo dell'annuncio: la data indicata era sbagliata, quel mese non c'era nessun venerdì 29, o era sbagliato il giorno della settimana o quello del mese, il che aveva eliminato automaticamente tutti i forestieri.

Il codice di procedura stipula che la pubblicità deve

essere fatta quindici giorni prima della vendita. Maurice aveva svolto le sue indagini: in effetti l'annuncio era apparso due settimane prima, nel rispetto delle regole, ma una sola volta, in un giornaletto di poco conto e a bassissima tiratura. E poi Bados e il suo amico avevano avuto un'idea geniale, quella di fissare la vera data della vendita per la sera della partita di rugby più popolare della zona. Erano tutti allo stadio o davanti al televisore!

In assenza di altri offerenti che avrebbero potuto rilanciare, Bados aveva dunque tranquillamente comprato l'ambita casa pagando solo cento euro in più della somma di partenza, ossia un prezzo ridicolo.

«Bravo», disse Maurice. «Proprio forte. Tanto di cappello. Un lavoretto fatto bene.»

«Non capisco di cosa parli», mugugnò Bados, che nel frattempo si era ripreso. «Mi disturbi, sono occupato.»

«Hai dimenticato qualcos'altro. Ma guarda, hai proprio l'arte di lasciare in giro le tue cose!»

Maurice esibì un secondo foglio sul quale aveva fotocopiato i due bigliettini gialli trovati da Joseph nell'ultima scatola: «refuso data OK» e «fissare la vendita alla data della partita». Bados alzò le sopracciglia.

«Non vedo il rapporto.»

«Non prendermi per un imbecille. L'avete fatto apposta ad annunciare la vendita sul giornale con un "refuso", ossia un errore di stampa, e l'avete espressamente organizzata per la sera della partita. Legalmente sei inattaccabile, non si potrà provare niente contro di te. Ma i contadini e i commercianti di qui non lo troveranno molto divertente. Non mi piacerebbe essere al tuo posto.»

Bados allungò la mano con stizza per strappargli il foglio e Maurice lo lasciò fare senza scomporsi.

«Gli originali sono in un luogo sicuro, scritti di tuo pugno. Ti sei creduto più forte di tutti, risultato: un bel ruzzolone! Oh, accidenti, ti linceranno. Charles e Axelle de Bergeac saranno in prima fila per assistere all'assalto!»

Bados rifletteva a tutta velocità.

«Non posso fare più niente per i Bergeac, la macchina è ormai avviata. Ma troveremo sicuramente il modo di metterci d'accordo, tu e io.»

Gli venne un sospetto.

«Apri la giacca e mostrami le tasche...»

Maurice obbedì e girò cortesemente su sé stesso.

«Niente filo, niente microfono. Guardi troppa televisione da quando tua moglie ti ha mollato, Bados.»

L'altro strinse i pugni.

«Adesso superi i limiti!» tuonò.

«E tu hai truffato i tuoi concittadini. Era allettante... ma hai perso. Devi accettare la sconfitta con eleganza. Tuo cugino Dumont è un imbroglione e un cretino, finirà in gattabuia e se lo merita. Scagiona i Bergeac, non hai altra soluzione.»

«Mai!» gridò Bados.

«Come vuoi tu. Ti ricordi di Philippe, che era in classe con noi e che lavora alla "Dépêche du Midi"? Va matto per gli scoop...»

«Entra», disse Bados, vinto, facendosi da parte per lasciarlo passare.

Discussero per più di due ore. Bados tirò fuori ogni possibile argomento, fece parecchie offerte allettanti, tentò in tutti i modi di circuire Maurice e di farlo schierare dalla sua parte. Per il vicesindaco, però, l'amicizia veniva prima dell'interesse.

«Ti rendi conto di ciò che perdi?» esclamò Bados, incredulo.

«E tu, ti rendi conto di ciò che rischi? Non preoccuparti di Dumont, lo aiuterai dopo. È semplicissimo: se Bergeac cade, tu vai a picco con lui.»

«Chi ti ha dato quei Post-it?»

Maurice lo guardò dritto negli occhi.

«Lavoro in municipio, Pierre. Spulciavo nell'archivio in cerca di una vecchia richiesta di permesso per costruire e mi ci sono imbattuto. Non ti è venuta neanche l'ombra di un dubbio che avresti perso le elezioni, vero?»

«Il tuo Charles li ha impressionati con il suo titolo altisonante e il suo decrepito castello. Io sono figlio di contadini, non ho diplomi ma ho il senso della terra, e questo, qui, è il migliore dei passaporti.»

«Una formula carina, Philippe potrà utilizzarla nel suo articolo. Gli piacerà la faccenda della vendita che ha luogo, guarda caso, la sera della partita. Gli stranieri fanno salire i prezzi del settore immobiliare, il che impedisce ai nostri giovani di comprarsi casa... E tu, nel corso del tuo mandato di sindaco, riesci a comprarti una casa per quattro soldi! Che bravo!»

Pierre Bados era su tutte le furie, ma non aveva via d'uscita. Dopo un'aspra discussione e una telefonata tempestosa a Dumont, arrivarono infine a un accordo. Bados e Dumont s'impegnavano a far pubblicare sui giornali una smentita che scagionasse Axelle e Charles de Bergeac, e in cambio Maurice prometteva a Bados di non rendere pubblico tutto ciò che riguardava l'acquisto della sua casa. Si dice che una promessa di guascone non valga niente, ma è falso. I guasconi hanno una parola sola. Il patto stretto da Maurice e Bados sarebbe stato rispettato.

37.

Notte fra venerdì 23 e sabato 24 settembre

Charles, molto scosso, prese la via del ritorno non appena il battello ebbe accostato a Lorient. Stringeva con tutte le sue forze il piccolo volante sportivo di legno, risalente a un'epoca in cui gli airbag non esistevano ancora. Provava la sensazione di essere lanciato su un circuito dove non poteva né frenare né svoltare, gli si chiedeva unicamente di andare dritto e sempre più veloce. Lasciare Axelle era impossibile, rinunciare a Gwénola era impensabile, conservarle entrambe era una chimera, non salvare Axelle era inconcepibile. Non gli restava che una soluzione: filare e stare a vedere.

Verso le undici si sentì vincere dal sonno. Prudente, si fermò, buttò giù un panino, si allungò dietro il volante e dormì un paio d'ore. Poi, dopo aver bevuto una bevanda che qualcuno aveva il coraggio di chiamare cappuccino, riprese il viaggio.

Giunse nel cortile del castello quando la notte stava per finire. La luce brillava sotto il portico come se qualcuno l'avesse lasciata accesa in previsione del suo ritorno. Stremato, salì i gradini familiari, entrò nel vestibolo, barcollò verso la cucina per mettere qualcosa sotto i denti prima di crollare. Il suo posto a tavola era preparato nella sala da pranzo, con il portatovagliolo d'argento su cui era inciso il suo monogramma. Un frusciare di vesti richiamò la sua attenzione, si voltò.

Axelle, alta e snella, scendeva la scalinata monumentale nella sua fluttuante camicia da notte Laura Ashley. Charles sovrappose per un istante a questa longilinea apparizione l'esile silhouette di Gwénola, scosse il capo per scacciare il ricordo e sorrise.

«Ti ho svegliata? Mi spiace, eppure ho cercato di fare piano.»

«Ti aspettavo», disse lei.

Aveva gli occhi pesti e l'eleganza di non porgli domande.

«Hai cenato?» s'informò Axelle.

«Solo un panino. Vuoi fare colazione con me?»

Lei annuì, un fugace sorriso le rischiarò il volto. Non si sarebbe rimessa a letto adesso che era tornato. Le avrebbe annunciato che la lasciava per Gwénola? Cercò degli indizi sul viso del marito, ma la fatica rendeva i suoi tratti impenetrabili.

Un leggero rumore li fece girare verso la cucina: sulla soglia era apparsa Jeanne, impeccabile malgrado l'ora mattutina.

«La servo subito, signor conte», disse impassibile.

Nella sua voce Charles percepì sollievo e tenerezza.

«Grazie, Jeanne.»

«Joseph si occuperà dell'Alfa», aggiunse lei, con il tono con cui si rassicura un bambino preoccupato per il suo giocattolo.

Charles faticava a tenere gli occhi aperti. Passò nel piccolo bagno adiacente per lavarsi le mani e aspergersi il viso di acqua fresca, poi raggiunse Axelle nella sala da pranzo. Aveva un'aria così vulnerabile, nella sua lunga camicia fuori moda. Ebbe voglia di toccarla, ma le sue mani avevano accarezzato Gwénola e così le affondò nelle tasche della giacca di tweed. Lei avrebbe voluto gettarsi fra le sue braccia, ma si controllò. Jeanne si dava da fare, silenziosa, e come per magia la tavola si coprì di piatti d'argento, pieni di uova strapazzate con pancetta, crêpe allo sciroppo di acero, pane tostato croccante, marmellate fatte in casa e burro fresco proveniente dalla vicina fattoria. L'antico servizio di piatti, decorati con lo stemma dei Bergeac, non andava nella lavastoviglie, il che cadeva a proposito visto che al castello non ce n'era una. Charles si sedette e distese le lunghe gambe con un sospiro di stanchezza. Axelle passò dietro di lui e gli massaggiò amorosamente le spalle, mentre lui si abbandonava al suo contatto con riconoscenza. Era assillato dal pensiero dei procedimenti giudiziari che incombevano e dal pericolo in cui lei incorreva per causa sua. Lei invece era così ossessionata dall'idea che fosse venuto a dirle addio da aver dimenticato tutto il resto, la spada di Damocle che pendeva sopra le loro teste, l'incursione notturna al municipio, la promessa fatta a Maurice.

«Stai bene?» mormorò Axelle.

Pensando "no", fece sì con la testa.

«Non ero sicura che saresti tornato, ma, nel dubbio, ti aspettavo.»

«Grazie per aver lasciato la luce accesa fuori.»

Si capivano, c'era sempre stata quell'armonia fra loro, avulsa da passione e sofferenza.

«Cos'hai deciso?» osò domandare lei.

Chi non la conosceva l'avrebbe giudicata passiva, invece era semplicemente concentrata. Senza Charles l'esistenza le importava poco. Tastava il terreno e considerava tutte le eventualità.

«Sono distrutto, ho bisogno di mangiare e di dormire, Axelle. Non adesso.»

«Ripartirai?»

Lui la fissò con stupore. «Certo che no. Siamo sposati!»

«Lo so, uniti nella buona e nella cattiva sorte. E io sono la cattiva sorte?»

La sua voce si spezzò sulle ultime parole.

«Tu sei la mia contessa», le disse con affetto.

«E lei, cos'è lei, la tua principessa? La madre del piccolo lord?»

I suoi tratti aristocratici si deformarono sotto l'impatto del dolore, ma fu un istante, subito si riprese.

«Scusami», sussurrò. «Sei stremato e niente di tutto questo è colpa tua. Parleremo dopo. Volevo solo dirti...» S'interruppe. Per quanto si fosse preparata, le parole facevano fatica a uscirle. «Volevo che tu sapessi...»

«Sì?»

«Sono... felice che tu abbia un figlio. Sinceramente. Avrei preferito essere io sua madre, ma il destino ha voluto altrimenti. Almeno tu conosci questa felicità. Com'è?»

Charles la contemplò con ammirazione. La forza di carattere di Axelle imponeva rispetto.

«Ti piacerà», rispose, sperandolo con tutto il cuore, «e anche tu gli piacerai.»

«Ho pensato che avresti scelto per lui la stanza azzurra, quella che dà direttamente sulla torre d'angolo.»

«Se avesse dieci anni gli comprerei un computer e un calcetto, ma sto per diventare nonno, Axelle. Quella stanza sarà per il bambino, la terza generazione. Loeiz e Morgane staranno meglio nell'altra ala.»

«Nonno?» ripeté lei.

Tutto andava troppo in fretta, lei si sentiva sopraffatta.

«Io, almeno, non sarò nonna! Sarai solo tu a invecchiare di colpo, povero caro...»

Sempre quella cortesia della disperazione, quell'educazione impressa in ogni poro della sua pelle, in ogni fibra dei suoi muscoli, come un marchio indelebile. Scherzava invece di strappargli delle confessioni con la tortura. Avrebbe dato tutto per sapere cos'era accaduto fra lui e Gwénola, quali erano stati i gesti, le parole, le emozioni. Ma talvolta si ha paura delle parole. E le confidenze sono irreparabili, poi non si può più tornare indietro. Allora fece la scelta di ignorare piuttosto che rovinare tutto e gli servì due crêpe ricoperte di sciroppo.

«Buon appetito.»

«Tu non ne prendi?»

Lei si servì, ma dopo il primo boccone era già sazia.

«Bisognava che andassi a Groix», disse Charles una volta vuotato il piatto.

«Lo so. Ho avuto così paura che non tornassi. E adesso sono... terrorizzata?»

La sua frase terminò con un punto di domanda, come una preghiera.

«Io vivo qui», disse lui con fermezza, «in casa nostra, e tu sei mia moglie.»

«Esiste il divorzio ed è il tuo castello, non il mio. Se desideri far venire qui Gwénola e Loeiz, io me ne andrò.»

Lui non poté fare a meno di sorridere.

«Stai delirando, Axelle. Lei è radicata nella sua isola. Lui vive a Rennes con la sua ragazza. E le pietre di questa dimora ti hanno scelta, le hai addomesticate, hai restituito un'anima a questo luogo. La nostra casa assomiglia alla nostra coppia, tesoro, solida e degna.»

Lei incassò. Provava per Charles una passione ardente, mentre lui la giudicava sobria, riservata, discreta. La desiderava ancora? Non avevano più fatto l'amore dal giorno in cui aveva ricevuto l'invito per «i vent'anni della maturità», un mese prima.

«Ti restituisco la tua libertà se lo desideri, Charles. Soprattutto, non restare con me per dovere.»

Jeanne, che aveva fatto il suo ingresso con una cuccuma di caffè fresco, girò i tacchi e si eclissò nella sua cucina.

Charles si chinò sul tavolo e prese la mano di Axelle.

«Guardami», ordinò. «Ti amo. Vi amavo tutte e due. Non ti ho sposata come ripiego, d'accordo?»

«L'ami ancora?» chiese lei con il cuore stretto.

Lui scelse le parole con cura.

«Le sono ancora molto attaccato, ma l'amore... è un'altra cosa.»

«E Loeiz?»

«Mi affascina, è mio figlio, ha il mio sangue, ma non so niente di lui. Ho l'impressione di presentarmi a un colloquio per concorrere al posto del "miglior padre a sorpresa dell'anno". Anche lui deve sentirsi strano, vuole piacermi, ma rifiuta il mio nome e il mio titolo.»

Axelle non aveva pensato a questo, Loeiz sarebbe stato il prossimo conte.

«Ci vuole tempo», disse.

«Ne abbiamo già perso abbastanza a causa di Jenny, non credi?» insorse lui.

Era sempre stanchissimo, ma la colazione gli aveva dato nuova linfa che decuplicava la sua rabbia.

«Abbiamo tutti sofferto a causa sua. Riparte domani per l'Italia, giusto? La chiamo in albergo», decise Charles spingendo indietro la sedia.

Jeanne, che ascoltava alla porta, si girò verso Joseph.

«Il signor conte sta meglio», disse, rassicurata.

Il telefono squillò nella stanza di Kate, che si svegliò di soprassalto e prese la cornetta con il cuore che andava a cento all'ora. Chi poteva essere? Paul? Floridiano? Noé? Olivia?

«Pronto?»

«Jenny, sono Charles.»

Il tono era secco, la voce tagliente. Kate si tirò su sul letto e si corazzò mentalmente. Era venuta per condurre in porto la sua missione, sapeva che non sarebbe stata una passeggiata, ancora ventiquattr'ore e sarebbe stata lontana da tutto questo. Quello che temeva era successo, all'inizio le altre erano state felici di rivederla, ma adesso la odiavano a causa di ciò che aveva fatto Jenny.

«Ciao, Charles.»

«Perché?» gridò. «Per quanto mi scervelli, non capisco! Perché ci hai fatto tanto male, Jenny? Eppure eravamo amici!»

Kate rimase un attimo in silenzio.

«Tu e Axelle stavate così bene insieme...» disse infine.

«Con che diritto?» urlò Charles. «Ci hai manipolati come burattini per divertirti?»

«Non pensavo che la mia bugia avrebbe retto per vent'anni, ero convinta che vi sareste spiegati di persona e avreste scoperto la verità.»

Era vero, Jenny lo aveva confidato a Kate, l'aveva sinceramente creduto. Si era resa conto che non era stato così quando, nel 1999, aveva rivisto un'ex allieva venuta negli Stati Uniti. Adesso la giovane in questione abitava con il marito nel cuore dell'Amazzonia, neanche parlarne che si mettesse in viaggio per partecipare alla riunione del Sainte-Agathe. Aveva raccontato a Jenny che Gwénola si era ritirata sulla sua isola con il figlio e aveva tagliato i ponti con le altre, che Axelle e Charles si erano sposati, che Olivia era diventata una scrittrice di successo. Quando, sei mesi dopo, Jenny aveva saputo di avere un tumore, aveva creduto a una punizione divina.

«Non avevamo nessuna ragione di dubitare di te»,

continuò Charles, fuori di sé. «Le tue amiche erano sicure del tuo affetto per loro...»

Kate strinse i denti. Lei non aveva mai avuto amiche, era un lusso che si potevano permettere solo i bambini che avevano dei genitori.

«Mi dispiace... Ti chiedo perdono. Non ho valutato le conseguenze della mia menzogna. Ero solo una ragazzina stronza.»

Era fatta, aveva ristabilito la verità. Lui poteva insultarla, minacciarla, dirgliene di tutti colori, non aveva nessuna importanza, era il prezzo da pagare. Kate era in pace con la sua coscienza.

«Se tu fossi un uomo ti spaccherei la faccia. Non voglio mai più vederti avvicinare qualcuno che amo», disse Charles. «Ti proibisco di avere il minimo contatto con Axelle, Gwénola o Loeiz. È chiaro?»

«Non ho nessuna ragione di...»

«Mai più!» troncò lui. «Mi hai capito bene?»

Lei inspirò profondamente prima di rispondergli.

«Non preoccuparti. Non c'è più alcun rischio che ciò accada.»

Charles riappese con violenza. Kate depose adagio il ricevitore. Malgrado la promessa che gli aveva appena fatto, le restava ancora da affrontare Gwénola, poi se ne sarebbe andata. Per calmarsi, si costrinse a respirare lentamente per una decina di volte, poi gettò indietro lenzuola e coperte e piantò saldamente i piedi per terra. Una mezz'ora di Qi Gong ci voleva proprio. Si fregò le mani, si massaggiò il viso, strofinò gli indici contro i pollici all'altezza delle orecchie, nel movimento detto dei tamburi celesti. Proseguì con quello dell'uccello che vola raccogliendo e poi dispiegando le ali, un esercizio lento e aggraziato come una danza al rallentatore, e il Qi Gong della rondine. Poi dimenticò tutto il resto.

38.

Corrado era contento della sua settimana, aveva scovato degli oggetti di marina insoliti alla fiera di Chatou e si era accordato con un collega venuto in camion per farli arrivare a Roma.

Il padre di Corrado, un insegnante, aveva cresciuto il figlio nell'amore per i libri, e attraverso le pagine il ragazzino aveva viaggiato ai quattro angoli della terra. A diciotto anni, mentre lavorava per un importatore di mobili esotici, aveva avuto l'occasione di rilevare uno stock dimenticato, un container pieno di tesori, ed era cominciata l'avventura. Quel mestiere gli calzava come un guanto, gli piaceva viaggiare, scoprire, parlare, sognare, esporre, vendere. Nel corso degli anni si era creato una solida clientela di habitué dal portafoglio ben fornito, innamorati delle cose belle. Gli dicevano cosa desideravano e lui partiva alla ricerca in Europa e in America. Aveva anche dei corrispondenti in giro per il mondo che gli spedivano dei container di cui scopriva il contenuto come un bambino che scarta i suoi doni a Natale. Non possedeva un negozio, vendeva nei mercati delle pulci più rinomati, Roma, Arezzo, Parma, Napoli, Milano. Adorava il suo lavoro, ma era sempre in giro, e ciò era stato fatale al suo rapporto di coppia: la sua fidanzata detestava i viaggi e gli aveva chiesto di scegliere fra lei e il suo mestiere. Corrado non aveva avuto esitazioni, non era il tipo d'uomo che getta l'ancora, aveva troppo bisogno di spazio. Le aveva proposto di lavorare con lui, ma lei voleva mangiare italiano, bere italiano, restare nella città dei suoi genitori e andare a pranzo da loro la domenica... In poche parole, ci avevano messo sette anni ad accorgersi che erano incompatibili...

Ed ecco che Corrado era andato da solo a Parigi, una città che, come Venezia, era fatta per gli innamorati. Quel sabato mattina uscì dal suo piccolo albergo sulla Rive Gauche e attraversò il ponte dell'Alma a lunghe falcate in direzione dell'imbarcadero dei *bateaux-mouches*. Un cartello riportava gli orari dell'alta stagione e quelli della bassa stagione. Il molo era deserto. Decifrò i nomi dei battelli più vicini, *Le Zouave de l'Alma* e *La Patache*. La crociera durava un'ora e dieci, i battelli partivano dall'Alma, costeggiavano la Rive Gauche passando davanti al Musée d'Orsay, giravano attorno a Notre-Dame, ritornavano per la Rive Droite lungo il Louvre, andavano fino alla statua della Libertà, e poi tornavano al punto di partenza passando davanti alla torre Eiffel. Ogni anno la flottiglia percorreva una distanza equivalente a tre volte il giro della terra.

Corrado consultò l'orologio, c'era ancora un bel po' di tempo da aspettare. Se la giovane americana dagli occhi dolci e tristi che aveva conosciuto in aereo fosse stata lì con lui, sarebbero andati in un tipico bistrot parigino a gustarsi un croissant appena sfornato. Lui avrebbe scherzato con il padrone del locale e offerto da bere agli habitué appiccicati al banco. Corrado amava l'atmosfera della città e apprezzava i suoi abitanti; solo il caffè locale, imbevibile, non incontrava il suo favore. Aveva creduto che la sua vicina dell'aereo fosse francese a causa della sua eleganza. Aveva un sorriso americano pieno di denti bianchi e un corpo sexy di californiana. Ma l'Italia aveva lasciato su di lei le sue tracce perché gesticolava e perché, nonostante i capelli rossi, aveva la bellezza selvaggia delle donne del Sud. Gli sarebbe piaciuto avere il battesimo del mare in sua compagnia. Pazienza!

Proseguì il cammino, scorse sull'altro lato della piazza una *brasserie* illuminata davanti alla quale un uomo con un grembiule blu disponeva sedie e tavolini. Attraversò, respirando già l'odore dei croissant caldi, per poco non si fece mettere sotto da un taxi.

«Ma guarda 'sto cretino!» gridò in direzione dell'autista che, mogio mogio, continuò per la sua strada.

Sul sedile posteriore, una donna che assomigliava all'americana dell'aereo si girò, poi la sua immagine sfumò mentre il taxi correva verso la Rive Gauche.

Corrado finì di attraversare la piazza, pensando che il suo recente celibato lo assillava e che, se cominciava a vedere dappertutto la stessa sconosciuta, forse era il caso che si facesse visitare.

39.

Nel suo taxi Kate era sottosopra; aveva davvero avuto paura che il pedone imprudente finisse sotto. Quell'uomo assomigliava al suo vicino dell'aereo, il romano cavalleresco dagli occhi verdeazzurri. Si riscosse per scacciare il ricordo, non era lì per sognare ma per portare a termine la sua missione.

Il taxi inchiodò davanti alla Gare Montparnasse dieci minuti prima della partenza. Kate ebbe giusto il tempo di comprare il biglietto Parigi-Lorient e di galoppare per prendere il treno al volo.

Poco più di quattro ore dopo scendeva alla stazione di Lorient. Una navetta la portò alla stazione marittima, da dove il battello *Saint Tudy* l'avrebbe condotta a Groix verso le tredici.

Il grosso ferry si cullava sull'acqua calma del porto, massiccio e rassicurante. Kate aveva una passione per l'elemento liquido. Quand'era bambina, i suoi genitori la portavano a lanciare pezzi di pane alle anatre in riva al lago vicino a casa loro. Dopo il dramma, la prima famiglia cui era stata data in affido abitava lungo un fiume. Jenny era morta serenamente in riva a un lago texano. Floridiano la portava spesso a cena nelle vicinanze di Roma, davanti al lago di Anguillara, in un delizioso ristorante chiamato Chalet del Lago. L'acqua aveva ritmato la vita di Kate, ma i suoi piedi non avevano mai calpestato il ponte di una nave, di uno yacht, di un canotto, di una qualsiasi barca.

Mise un piede sul battello con l'impressione di compiere un'impresa. Sul ponte del *Saint Tudy* fu un po' delusa di provare la stessa sensazione di quando era in cima a un edificio. Quel sabato soleggiato numerosi bretoni trascorrevano il fine settimana sull'isola e a poco a poco il ponte si riempiva. Dei cartelli a grandi lettere nere precisavano che era proibito posare i piedi sui sedili, ma alcuni giovani avevano invaso la poppa dell'imbarcazione e si erano issati sul parapetto, allungando confortevolmente sui sedili proibiti le grosse scarpe da ginnastica. Kate li imitò, aspettandosi di veder arrivare un marinaio per redarguirla, e invece non venne nessuno e di lì a poco il battello sputò un fumo puzzolente prima di allontanarsi dal molo.

Kate non si mosse dal suo posto per tutta la traversata, lo sguardo rivolto lontano, il corpo all'unisono con le vibrazioni del motore che si propagavano attraverso il ponte fino al suo sedile e dalle suole delle scarpe in tutte le fibre del suo essere. Il mare era altrettanto bello che visto dalla riva, ma navigarci sopra dava un senso di potenza e di eternità. Kate pensò alla frase di Corrado: «Il primo che sale su una nave avverte l'altro». Sarebbe andata a trovarlo al mercato del ponte Milvio per annunciargli che aveva doppiato il capo.

Quarantacinque minuti dopo il battello passò fra le luci verdi e rosse che regolavano l'ingresso al porto di Groix e attraccò lungo il molo. Kate disponeva di meno di due ore per portare a termine il suo compito prima della partenza successiva. Digitò il numero di Gwénola.

«Pronto?»

La voce era sorda, ovattata.

«Sono Jenny», disse Kate. «Sono al porto di Groix, vorrei parlarti.»
Silenzio, poi la voce vibrò, secca.
«Cosa vuoi? Non ci hai già fatto abbastanza male?»
«Ti prego, Gwénola, concedimi mezz'ora.»
«Non in casa mia comunque!»
«Dove vuoi che ci vediamo?» chiese Kate.
Gwénola esitò. Non in un caffè, tutti sarebbero venuti a saperlo, le voci si diffondono in fretta su una fascia di terra di otto chilometri per quattro.
«Prendi la passerella alla tua sinistra, ti porterà verso il molo sud. Supera la falegnameria del Rouquin Marteau, i garage, la stazione di benzina. In fondo a destra, dopo i Viviers du Port, c'è una piccola insenatura. Sarò là fra un quarto d'ora.»

Sedici minuti dopo, mentre Kate era seduta su una roccia con le braccia raccolte attorno alle ginocchia ripiegate, apparve Gwénola, la faccia impenetrabile. Kate girò la testa verso di lei.
«Mi detestavi così tanto?» esordì Gwénola. «Cosa ti avevo fatto per meritarmi questo?»
«Ero invidiosa e stupida. Non ho immaginato le conseguenze...»
«Non hai immaginato?»
Gwénola era fuori di sé.
«Mio figlio è cresciuto senza un padre, mi hai separato dall'uomo che amavo, il quale ha creduto che di lui non m'importasse niente e ha sposato un'altra... perché tu hai mancato d'immaginazione? Ti tendi conto di ciò che osi dirmi?»
«Ti chiedo scusa.»
Gwénola rise sarcastica.

«Occhio per occhio, dente per dente, spero che pagherai per questo!»

«Ero infelice, ce l'avevo con tutto il mondo.»

«Farci soffrire ti ha consolata?» sbottò Gwénola.

Aveva voglia di colpire Jenny, ma qualcosa glielo impediva, una discrepanza fra quello che diceva la sua ex amica e il suo sguardo franco. Jenny si era resa colpevole di cose tremende, ma il suo viso non ne recava le stimmate. Gwénola la squadrò con disgusto.

«Chi hai amato?» fece in tono carico di disprezzo. «Per chi hai sofferto? Non ti odio nemmeno più... ti compiango. Non sei che una...»

La parola che cercava doveva esprimere rabbia, mediocrità... squallida, nullità, fallita, invidiosa, stronza, perversa, malvagia...

«...una persona dannosa e inutile», disse infine Gwénola.

Kate abbassò la testa, ferita. Anche se l'insulto era indirizzato alla vera Jenny, lei lo prendeva su di lei. Fino al 2000 non aveva amato che il ricordo della sua infanzia spezzata, non aveva sofferto che della sua solitudine. La prima persona alla quale si era veramente affezionata era quella Jenny Lincoln ricoverata nella sua stessa stanza e che non sarebbe guarita. Kate era diventata umana vedendo come Jenny accettava che di lì a poco non ci sarebbero più stati progetti, battaglie, futuro. Era come se la morte dell'una avesse risvegliato l'altra. Kate, diventata Jenny, liberata dalle sue preoccupazioni finanziarie e dal profumo di scandalo familiare che le era rimasto incollato addosso, aveva potuto dispiegare la sua personalità. Dal punto di vista delle emozioni, non aveva fatto molti progressi, aveva troppo l'abitudine di proteggersi. Era riconoscente a Floridiano di uscire con lei, ma lui non le faceva battere il cuore. Non trasaliva quando le sfiorava la pelle, di notte non sognava di lui. Erano avviati verso una rottura che lei contemplava da tempo e che lui non prevedeva. Gwénola non aveva torto ad accusare Kate di non vibrare per nessuno, ma di essere dannosa e inutile... Era solo questo? Aveva ereditato quel talento dal padre assassino?

«Stanotte Charles mi ha chiamata», disse. «Gli ho promesso di non avvicinarti mai più. Sono venuta a dirti addio.»

«Come hai potuto vivere per vent'anni sapendo cosa avevi fatto?» ruggì Gwénola. «Non t'impediva di dormire?»

«Mi ha uccisa», rispose Kate senza mentire.

«Mi sembri piuttosto viva e non proprio straziata dal rimorso. Abbiamo scoperto la verità perché Loeiz e Charles si sono trovati faccia a faccia al Trèfle, altrimenti avresti continuato a mentirci!»

Kate scosse il capo.

«Sono venuta a Parigi per saldare i conti. Riparto domani per l'Italia.»

«Bene, sparisci», ribatté Gwénola alterata. «Togliti dalla mia vista!»

«Non ti ho ancora confessato tutto», disse Kate.

«Cos'altro può esserci ancora?»

Kate si alzò. Le due donne, piccole e sottili, erano una di fronte all'altra, tese e concentrate.

«Ho scambiato apposta il tuo manoscritto con quello di Olivia quando li ho spediti all'editore», confessò Kate. «Avevo capito che il tuo era migliore. Lei era mia amica, ho voluto darle una possibilità. Non potevo indovinare che l'inganno sarebbe continuato.»

Gwénola aprì la bocca e la richiuse. I suoi occhi azzurri lampeggiarono, parve sul punto di scagliarsi contro Kate. Poi, d'un tratto, colse l'assurdità della situazione e non poté trattenere un risolino sorpreso.

Era troppo grossa, troppo improbabile. Quella donna dai capelli rossi che le stava davanti le aveva rubato l'uomo e la fama a vantaggio delle sue amiche e lei l'aveva lasciata fare. Se Jenny non fosse intervenuta, che ne sarebbe stato di Gwénola? Un mix di Axelle e di Olivia, una contessa di provincia letta nei salotti mondani? Come sarebbe cresciuto, cosa sarebbe diventato Loeiz?

Kate aspettava, ripiegata su sé stessa, che Gwénola esplodesse.

«Sei stata molto forte», disse Gwénola con voce strozzata. «Ma non sei riuscita a demolire ciò che ho costruito pietra su pietra, il mio focolare, mio figlio, il mio posto nella mia isola, i miei libri. Ho dei lettori in tutta la Francia, anche se ignorano il mio nome. Mia madre e mio figlio sono fieri di me, posso guardarmi nello specchio tutte le mattine, ho portato qualcosa al mondo. Vattene, Jenny.»

Kate indietreggiò. Gwénola stava bene eretta e la sua collera la faceva sembrare più grande. Malgrado la violenza della scena, Kate provava un immenso sollievo, era finita.

«Sparisci!» urlò all'improvviso Gwénola.

Kate girò i tacchi e corse verso la passerella. Sulle sue guance scorrevano le lacrime senza che lei si preoccupasse di asciugarle, lacrime di tristezza per le sofferenze causate da Jenny, lacrime di rimpianto per Jenny morta così giovane, lacrime di conforto per il debito che infine aveva pagato.

Alle 15.45 precise il *Saint Tudy* lasciò il porto di Groix e virò verso il continente. Kate rovesciò la testa all'indietro, chiuse gli occhi e lasciò che il vento le asciugasse il viso.

40.

Quel sabato mattina Olivia si era svegliata all'alba come d'abitudine. Si era affacciata nella stanza di suo figlio, trovandola vuota. Stupidamente, aveva sperato che quella notte sarebbe tornato, giusto per darle un bacio. La produzione di *Tale padre, tale figlio* aveva convocato i candidati per mezzogiorno, e da quel momento in poi lei lo avrebbe visto solo in televisione. Ma Noé era ancora arrabbiato, non aveva desiderato riconciliarsi...

Olivia prese la sua decisione alle otto precise, ascoltando un brano di Mozart. La soluzione le si profilò chiara e netta. Consultò l'elenco telefonico su Internet, digitò il nome del suo editore, Bertrand Guinness, ottenne il suo indirizzo di Parigi e il numero di telefono. Non sapeva che vivesse in quel quartiere, in effetti si rese conto di non conoscere niente di lui: lavoravano insieme da vent'anni e mai una volta erano andati a cena insieme, lei non aveva mai incontrato nemmeno sua moglie.

Per educazione, aspettò che fossero le nove prima di comporre il numero. L'editore rispose di persona.

«Bertrand? Mi spiace disturbarla in casa sua di sabato... Sono Olivia Ruben.»

«Mi dica.»

«Ho seguito i suoi consigli. Ho la soluzione, ma mi serve il suo consenso...»

Gli spiegò ciò che aveva escogitato. Dopo una reazione di sorpresa, l'editore ammise che era un'idea brillante. Fece qualche telefonata prima di richiamare Olivia per tranquillizzarla: era tutto sistemato, nel pomeriggio un fattorino le avrebbe consegnato il pacchetto, a lei la prossima mossa.

All'ora di pranzo Olivia telefonò ad Axelle nel Sudovest per chiederle di guardare quella sera alla televisione il programma di reality al quale partecipava suo figlio.

«Ci sarà una sorpresa, non aggiungo altro...»

«Lo guarderò», promise Axelle.

«Stai bene? Hai una voce strana.»

Axelle coprì con la mano la cornetta e si girò a contemplare il marito profondamente addormentato accanto a lei.

«Va tutto bene. E tu?»

«Vedrai!»

Poi chiamò Gwénola a Groix e incappò nella segreteria telefonica che trasmetteva un messaggio registrato da Loeiz. Esitò un attimo prima di lanciarsi.

«Gwénola? Sono Olivia. Vorrei che tu guardassi *Tale padre, tale figlio* alla televisione stasera, è molto importante.»

Riappese, si guardò allo specchio. Sarebbe dovuta passare dal parrucchiere, ma non se la sentiva di uscire. Tutto ciò non aveva più molta importanza al momento. Aprì il primo cassetto della scrivania e ne estrasse un pacchetto di biglietti da visita con il nome dei genitori impresso in rilievo. Dopo la morte di sua madre, suo padre li avevi buttati via e lei li aveva recuperati nel cestino della carta straccia. Da allora, convinta che i biglietti da visita le portassero fortuna, se ne serviva per scarabocchiarvi sopra gli appunti in preparazione dei discorsi e delle interviste. Mordicchiò pensosa l'estremità della penna. Sarebbe accaduto tutto molto in fretta, non avrebbe avuto il tempo di mettere insieme più di tre frasi, doveva essere concisa, precisa, efficace.

41.

Quello stesso sabato mattina Noé aveva dormito fino a tardi sul Chesterfield dello studio di suo padre, dove aveva trovato asilo dopo lo scontro con sua madre e Kate all'hotel. Aveva passato il venerdì a spremersi le meningi, a convincersi che era innamorato sia di Kate sia di Mona e a soffrirne con la voluttà dell'adolescenza.

La suoneria del cellulare lo svegliò di soprassalto quando mancava un quarto a mezzogiorno. Mona era appena arrivata davanti al grande albergo parigino dov'era fissato l'appuntamento con i membri della produzione e gli altri candidati.

«Sei già dentro?» chiese.

«Mmm... che ore sono?» mormorò Noé, mezzo addormentato.

«Sei ancora a letto? Sei fuori di testa! Sbrigati!»

Aveva sistemato il suo scooter nel garage del padre per il periodo della trasmissione. Saltò nei pantaloni, legò alla bell'e meglio i capelli a coda di cavallo, si precipitò in strada e fece segno a un taxi. Arrivò un bel po' in ritardo all'appuntamento e scelse di dire la verità.

«Non mi sono svegliato», confessò.

Il tizio della produzione che doveva occuparsi di lui preferiva questa spiegazione piuttosto di avere a che fare con un ragazzo *blasé* e maleducato, che volesse mostrare di fregarsene del regolamento.

«Allora», gli bisbigliò Mona, «com'è andata con Jenny? Ho aspettato la tua telefonata ieri!»
«Abbiamo litigato.»
«Sul serio? Non sai neanche se la cosa del montaggio ha funzionato con suo fratello?»
«Non è suo fratello», bofonchiò Noé. «Smettila di parlarmi di lei, capito? Domani torna in Italia, meno male, ho altre cose a cui pensare.»
Mona l'osservò sorpresa.
«Che ti succede?»
«Ho scoperto che mia madre non ha scritto i suoi libri», confessò Noé, scontroso. «Di conseguenza sono un impostore qui in mezzo a voi. Ho voglia di confessarlo in diretta e di abbandonare la trasmissione. Sono ancora in dubbio. Provo vergogna per lei... ma se la tradisco mi vergognerò di me stesso...»
«Uauuu!» fece Mona, sbalordita.
Adesso stavano passando a ritirare i cellulari dei candidati.
«Ho un'ultima telefonata da fare, solo due minuti, d'accordo?» supplicò Noé.
Glieli concessero. Fece il numero dell'hotel Raphaël, chiese di parlare a Jenny Lincoln. Gli risposero che era uscita, desiderava lasciare un messaggio? Rispose di no e riappese con la morte nel cuore.
«Vi rendete conto della fortuna che avete a essere stati selezionati?» gridò un assistente per animare i candidati.
Risposero di sì tutti in coro, tranne Noé.

42.

Sempre quello stesso sabato, a metà pomeriggio, nel suo letto a baldacchino Charles de Bergeac aprì un occhio. Scoperto con orrore che ora fosse, si precipitò nel salottino di Axelle che, china su un foglio di carta, stava ricopiando un menu con la sua elegante scrittura.

«Scusami, avresti dovuto svegliarmi... Hai notizie di Maurice o dell'avvocato?»

Axelle sorrise e gli tese «La Dépêche du Midi». In prima pagina, l'occhio gli cadde su un articolo intitolato *Il conte è buono.* Il giornalista elencava le accuse «malevole ed erronee» contro Axelle de Bergeac e il suo stimatissimo marito e precisava che l'ex sindaco, Pierre Bados, aveva ritrattato. C'era stato un quiproquò, si erano capiti male. In breve, i Bergeac erano immacolati, nessuno ne aveva mai dubitato, le accuse lanciate contro di loro erano state ritirate, il loro avvocato, de La Futaie, se ne rallegrava. L'unico a essere incriminato era adesso l'imprenditore Dumont, un miserabile truffatore che aveva voluto gettare nel fango un uomo irreprensibile eletto dalla nazione e la sua integerrima consorte.

«Ci faranno santi se continuano così», disse Axelle.

Charles, stordito, si lasciò cadere su una sedia.

«Cos'è successo? L'altroieri volevano farci la festa, oggi ci incensano. Mi sono perso una puntata?»

«Lo chiederai a Maurice», disse Axelle. «Viene a cena stasera con un'amica.»

Disorientato, Charles aggrottò le sopracciglia.

«Che amica?»

«Julie, la segretaria dell'ex sindaco. Ha telefonato l'ex prefetto, ci sarà anche lui stasera, ha chiesto se rimaneva ancora un po' di quel foie gras di cui va ghiotto.»

Charles si mostrò talmente sorpreso che Jeanne, che stava a spiare dal buco della serratura, per poco non si tradì scoppiando a ridere.

43.

Quella sera, alle otto precise, davanti all'hotel cominciò la sfilata delle limousine del reality. L'uno dopo l'altro, i candidati furono fatti salire sulle lunghe automobili, dove sprofondarono fra morbidi cuscini di pelle chiedendosi se i microfoni che gli avevano piazzato sul torace captavano i battiti incontrollati dei loro cuori.

Noé fu il quarto ad arrivare sul palco della trasmissione, accolto dalle ovazioni della folla e dei suoi compagni. Vestito con pantaloni larghi e sformati e un maglione nero, con i capelli biondi e il piercing sulla lingua incarnava il perfetto scapestrato romantico. Olivia, seduta in seconda fila fra i genitori famosi, applaudì a più non posso quando suo figlio avanzò sul palco e salutò.

«È mio figlio!» disse ai vicini che se ne fregavano altamente e non avevano occhi che per i propri rampolli.

«Ed ecco qui con noi Noé Ruben, il figlio della grande Olivia Ruben, astro della letteratura!» esclamò con entusiasmo il conduttore.

«Mi permetta di precisare un punto...» lo interruppe Noé.

Il conduttore s'irrigidì, mentre Olivia si preparava al peggio.

«Il mio nome completo è Noé Nathan-Ruben, ho anche un padre di cui sono fiero», precisò il ragazzo.

Olivia trasse un respiro di sollievo.

«Un perfetto esempio di equità», commentò il conduttore con demagogia, «il nostro amico Noé ci rammenta che non è solo la celebrità quella che conta, neanche nella nostra trasmissione... Se ricordo bene, gli animali saliti sull'arca erano in coppia, no?»

Sembrò molto soddisfatto della sua battuta. Noé lo guardò con commiserazione.

«Qui non siamo né a *X Factor*, né al *Grande Fratello*, né alla *Fattoria*», continuò l'altro, «non si canta, non ci si annoia e non si mungono le vacche... si crea! Ogni figlio di gente famosa possiede un dono artistico probabilmente ereditato dal prestigioso genitore. Per essere selezionato Noé ci ha presentato il suo primo cortometraggio, intitolato *Scrittura*.»

Spensero le luci e su uno schermo sfilarono le immagini del breve film che Noé aveva girato con Mona. Olivia, che lo vedeva per la prima volta, si morse le labbra. Nuovi applausi salutarono il regista in erba.

«Hai qualcosa da aggiungere, Noé?» chiese il presentatore, pagato per essere divertente.

Lo sguardo di Olivia incrociò quello di suo figlio. Un filo tenue corse fra l'uno e l'altra in mezzo alla folla, tutto era possibile, tutto poteva essere perdonato, l'amore che li univa era più forte di un tradimento, ognuno ha bisogno di verità per diventare grande. Olivia gli fece un cenno del capo per comunicargli che accettava la sua decisione. Noé sorrise per rassicurarla. La telecamera li riprendeva in primo piano, zoomando dall'uno all'altra.

«Spero di fare onore a mia madre», scandì Noé con voce alta e chiara. «Lei ha fissato uno standard molto alto, il che è un handicap per me. Farò del mio meglio. Sarà dura, lo so!»

Olivia si alzò lentamente, scostando dal viso i capelli biondo platino. Quella sera portava una lunga giacca grigia dalla linea morbida su pantaloni di raso nero. Noé trovò che assomigliava ad Anita Ekberg nella *Dolce vita*.

«Non avevo visto il film di Noé. Mi piace molto, indipendentemente dal fatto che il suo autore sia mio figlio. Ha un futuro, questo è certo! Ne approfitto per annunciarvi l'uscita in libreria, a fine ottobre, del romanzo *La maschera di seta* presso il mio editore preferito...»

Noé aggrottò le sopracciglia, non credendo alle proprie orecchie. Non contenta di truffare i suoi lettori pretendendo di fare la scrittrice, sua madre approfittava della sua comparsa in televisione per farsi pubblicità?

Olivia si voltò e, con un grande gesto calcolato, trasse dalla borsa Vuitton di ultima generazione il menabò di un romanzo fresco di stampa. In copertina c'era l'immagine di un ponte sovrastante un fiume. Il titolo spiccava a caratteri rossi. Il cameraman fece uno zoom sul libro, che d'un tratto invase lo schermo di milioni di francesi. Il nome dell'autore s'impose nitido: Gwénola Tonnerre. Noé sgranò gli occhi, stupefatto. Ieratica e serena, Olivia fissava la telecamera. La sua mano dalle unghie curate aprì il libro e sulla prima pagina apparve in alto la scritta: «Collana diretta da Olivia Ruben». Noé deglutì a fatica.

«Vi presento il primo romanzo di Gwénola Tonnerre, un'autrice nella quale crediamo moltissimo!» proseguì Olivia. «Inaugura la nuova collana che il mio editore, Bertrand Guinness, mi ha fatto l'onore di affidarmi. Ho pubblicato dieci romanzi in vent'anni, è stata un'avventura fantastica, ma adesso cambio mestiere e metto la mia esperienza al servizio del romanzo per lavorare in seno a un'équipe e presentarvi nuovi autori ricchi di talento!»

Su un segnale del capoclaque, il pubblico si scatenò in applausi. Noé alzò il pollice per salutare il brillante escamotage ideato da sua madre; complimenti, se la cavava alla grande.

Nella sua casa di pescatore dell'isola di Groix, Gwénola fissava attonita lo schermo. Quando erano apparse le lettere del nome dell'autore del romanzo aveva sbattuto le palpebre, credendo a un'allucinazione. Poi però la voce inconfondibile di Olivia aveva pronunciato il suo nome, quindi non c'erano errori.

Lo squillo del telefono la strappò al suo stupore. Era Loeiz che chiamava da Lorient.

«Mamma? Che razza di storia! Con che coraggio me l'hai tenuto nascosto? Volevi farmi una sorpresa? Sono supercontento! Ti passo Morgane che vuole farti le congratulazioni...»

Come in un sogno, Gwénola ascoltò i complimenti di Morgane. E andò avanti così per tutta la sera. Ogni volta che riagganciava, il telefono ricominciava a squillare e qualcun altro si complimentava: aveva fatto la misteriosa, eh? Lei cercava di sbrogliarsela, comunque nessuno la stava ad ascoltare, erano contenti, avevano sempre saputo che il suo talento avrebbe trionfato, era arrivato il suo momento di gloria. Lei balbettava qualche parola, troppo sconvolta per rendersi conto delle conseguenze di quell'annuncio fatto in diretta in una trasmissione di prima serata. Fra due chiamate di amici, ebbe la sorpresa di udire una voce sconosciuta.

«Buonasera, sono il suo editore, Bertrand Guinness. Sono lieto di fare la sua conoscenza, mi è piaciuto il suo libro. Facciamo le cose al contrario, in genere incontro un autore prima che venga pubblicato!»

Scambiarono qualche frase cortese e prudente, sapendo ciascuno che l'altro era al corrente, e si accordarono per vedersi a Parigi il più presto possibile, perché bisognava provvedere a firmare un contratto.

Nel loro castello del Sud-ovest, per la prima volta nella loro vita Charles e Axelle de Bergeac avevano tenuto acceso il televisore durante la cena pur avendo degli invitati. Maurice, Julie e il prefetto avevano capito che si trattava di un caso di forza maggiore.

«Una cara amica ci ha chiesto di guardare questo programma, scusateci», aveva spiegato Charles.

Quando Olivia lanciò la bomba, Axelle restò di stucco.

«Cos'è questa storia? Perché lo fa?»

Charles andò a spegnere il televisore, poi le sorrise con tenerezza.

«Ripara i danni fatti da Jenny. Ti spiegherò...»

Servì agli invitati un Côte Rôtie che conservava per una grande occasione. Alla luce delle candele disposte sul tavolo, il vino accarezzava le pareti di cristallo dei bicchieri monogrammati.

«Bevo all'amicizia», disse Charles. «Mi è parso di capire che Maurice non è stato estraneo alla nostra... riabilitazione. Presumo che lei, Julie, l'abbia aiutato, vero?»

La ragazza sorrise senza rispondere. Era la prima volta che usciva da quando era successo l'incidente che l'aveva resa cieca, era assalita da mille sensazioni ma restava impavida. Tutti i suoi sensi erano allertati. Era cosciente dell'umidità che regnava nel castello, del calore diffuso dalle candele accese, del profumo delicato di Axelle, dell'aroma della squisita anatra all'arancia preparata da Jeanne, dell'odore degli antichi arazzi che rivestivano le pareti. Percepiva fisicamente quanto fosse forte il desiderio che Maurice provava per lei, l'estrema tensione di Axelle, l'emozione di Charles, la golosa esultanza dell'ex prefetto.

«Beviamo all'amicizia», rilanciò Maurice. «E all'amore...»

Axelle e Charles si scambiarono uno sguardo stanco e Charles allungò la mano sulla tovaglia damascata per imprigionare nel palmo le lunghe dita della moglie. Maurice si disse che quei due sarebbero usciti vincitori dal tornado che aveva rischiato di travolgerli.

«All'amore», ripeté Julie.

Non ci si abitua a vivere al buio, ma la collera impotente dell'inizio finisce per tramutarsi in una rabbia che ti fa andare avanti. Ritrovare l'amante di un tempo aveva risvegliato l'emozione messa da parte: ormai viveva alla giornata, ma Maurice l'aveva convinta ad accompagnarlo quella sera e si lasciava trasportare dagli eventi.

«Alla sublime anatra di Jeanne!» aggiunse il prefetto.

Jeanne, dietro la porta, si gonfiò d'orgoglio.

«A Jeanne e a Joseph!» concluse Axelle lanciando un'occhiata complice a Maurice.

La cena, deliziosa e piena di calore, fu un successo e il mitico vino vi fece la sua parte. Al momento del caffè, Charles propose sigari e un bicchierino, e si allontanò per andare a prendere qualche bottiglia della sua riserva personale. Ne approfittò per passare nello studio e comporre il numero di Gwénola. Lei prese il ricevitore, stremata.

«Pronto?»

«Sono Charles. Sono felice per te. Avevi ragione, sei

il genere di persona che se la cava da sola. Complimenti...»

«Olivia non mi aveva avvertita, ma suppongo di dovermi rallegrare.»

«Lo credo anch'io.»

«È venuta a trovarmi Jenny questo pomeriggio.»

«Cosa?» ruggì Charles.

«Non urlare, ha fatto solo un'andata e ritorno, riparte domani per l'Italia. Penso che non sentiremo più parlare di lei. Voleva la mia assoluzione. L'ho mandata all'inferno.»

«Hai fatto bene!»

Ci fu un momento d'imbarazzo. Tutto era stato detto, consumato, vissuto. Si erano detti addio offrendosi l'uno all'altra, ciascuno riprendeva la sua strada. Charles continuava il suo percorso, Gwénola realizzava ciò che aveva sempre sognato, la pagina era stata voltata. Erano dovuti morire per rinascere, avevano camminato a ritroso per andare avanti. Da quella ferita che era, il loro amore si era tramutato in forza.

«Gwénola...» mormorò Charles con voce cambiata.

«Anch'io», disse lei. «Buonanotte.»

Lui riappese dolcemente, aprì un armadio, ne trasse un armagnac raro e un whisky molto invecchiato, poi raggiunse gli altri.

«Non tiro fuori queste bottiglie per gli zotici», li avvertì. «Consideratevi degli intenditori illuminati.»

«Le hai fatto le congratulazioni anche da parte mia?» sussurrò Axelle.

«Le ho fatto le congratulazioni. Siamo una coppia, quello che dice uno di noi due vale per entrambi. Siamo indissociabili.»

«Allora resti?» chiese.

«Non ho mai considerato l'idea di andarmene», rispose Charles guardandola intensamente.

Julie, seduta dall'altro lato del tavolo, sentì che Axelle si rilassava e che Charles era meno agitato.

«Non avrebbe del cioccolato fondente per accompagnare questo whisky eccezionale?» s'informò l'ex prefetto.

Nella sua stanza dell'hotel Raphaël a Parigi, Kate se ne stava seduta sul letto con indosso dei fuseaux e una maglietta di una squadra americana di baseball. Reggeva sulle ginocchia un vassoio con un piatto di salmone affumicato, pane tostato tenuto in caldo in un tovagliolo, un bicchiere di Sauternes e una coppetta di lamponi. Aveva gli occhi fissi sul televisore.

Vide arrivare Noé, acclamato dalla folla, ammirò la sua disinvoltura. Sorrise quando Olivia applaudì, trattenne il respiro quando Noé prese la parola. Non avrebbe mica rivelato il segreto di sua madre di punto in bianco, proprio all'inizio del gioco?

Rise quando il ragazzo tenne a precisare il suo doppio cognome, era proprio da lui. Guardò con attenzione il cortometraggio, ne vide i difetti e le qualità, capì che sarebbe andato lontano. La telecamera si divertì a passare dal figlio alla madre, rubando la loro emozione senza alcun pudore. Kate aggrottò le sopracciglia.

«Spero di fare onore a mia madre», diceva Noé.

Kate scosse il capo, il ragazzo se la cavava bene. Rimase sorpresa quando Olivia si alzò, si aspettò il peggio.

«Ne approfitto per annunciarvi l'uscita in libreria, a fine ottobre, del romanzo *La maschera di seta* presso il mio editore preferito...»

Kate, incredula, si portò alle labbra il bicchiere di Sauternes. Olivia sarebbe stata sempre Olivia, commovente e irritante, da compatire e insopportabile...

D'un tratto il libro che Olivia teneva in mano occupò il centro dello schermo, con il nome dell'autore in primo piano. Il vino le andò di traverso, si strozzò, prese a tossire.

«Vi presento il primo romanzo di Gwénola Tonnerre, un'autrice nella quale crediamo moltissimo! Inaugura la nuova collana che il mio editore, Bertrand Guinness, mi ha fatto l'onore di affidarmi», diceva Olivia.

Kate posò il bicchiere e mise da parte il vassoio. Olivia la lasciava senza fiato. Era riuscita a volgere le cose in suo favore. Sullo schermo, Noé alzò il pollice per testimoniarle la sua approvazione.

«Stasera, come gli altri concorrenti del nostro gioco, lei ha accettato di essere rinchiuso in un luogo segreto per un periodo che potrebbe protrarsi per tre mesi», disse il presentatore con voce sepolcrale. «Registi, sceneggiatori, attori, tecnici del cinema e della televisione verranno a parlarle della loro esperienza. Ogni settimana dovrà presentare un lavoro che verrà giudicato dai suoi professori. Ci dica, Noé Nathan-Ruben, dato che preferisce essere chiamato così... cosa le mancherà di più?»

Il presentatore strizzò l'occhio alla telecamera.

«La sua ragazza? Il computer? Lo scooter? Un vasetto di quella crema di cioccolato e nocciola di cui i giovani vanno matti e di cui adesso non ho il diritto di fare il nome? Un locale notturno? Un rave party?»

Noé scosse la testa.

«Un hot dog in riva alla Senna con una bella donna», rispose deciso.

Kate si sentì stringere il cuore. Lui, almeno, avrebbe conservato un buon ricordo di lei. Era ora che lasciasse quel paese, la situazione si stava veramente facendo pesante.

44.

La trasmissione si svolse senza intoppi, i candidati ebbero diritto al loro quarto d'ora di gloria. I soli genitori che non peccarono di vanità furono Michel e Carole, il padre e la madre di Mona, e, cosa curiosa, Olivia.

Noé, molto commosso, baciò sua madre, poi la trascinò verso l'autobus che avrebbe portato via i partecipanti al gioco.

«Sei andata alla grande, sei tu la più forte!» le gridò mentre si allontanava.

Quando l'autobus ebbe girato l'angolo e i titoli cominciarono a scorrere sullo schermo, la produzione si disinteressò totalmente dei genitori. Gli spettatori furono convogliati verso l'esterno e Olivia, che era arrivata lì a bordo di una vettura dai vetri fumé con autista che l'aveva prelevata nel lontano Yvelines, si ritrovò da sola nella notte in un immenso parcheggio alla periferia di Parigi. Ingenuamente, aveva creduto che avessero organizzato anche il suo ritorno, ma pareva che si fossero dimenticati di lei.

«Comincia bene», brontolò scocciata.

«Olivia?»

Si girò verso l'intruso che la chiamava familiarmente per nome e riconobbe Colin che emergeva dall'ombra.

«Eri fra il pubblico?»

«No. Ero bene al caldo davanti al televisore.»

«Ti sei perso Noé, l'autobus è partito cinque minuti fa.»

«Non sono venuto per lui.»

Lei alzò le sopracciglia.

«Ho pensato che ti saresti sentita sola.»

Lei sorrise.

«Sto sognando. Hanno messo dell'ecstasy nei succhi di frutta. Devo avere le traveggole, è sicuramente così.»

«Piantala di fare scena e muoviamoci», disse Colin. «Dov'è la tua auto? Ti vengo dietro e andiamo a bere qualcosa al Carr's come ai vecchi tempi.»

Il Carr's, in rue du Mont-Thabor, nel I arrondissement, era un pub irlandese dove Colin e Olivia cenavano spesso all'inizio del loro matrimonio. Vi si beveva birra, vi si degustava salmone affumicato, *Irish stew* o pollo alla *Gaelig*, vi si cantavano delle canzoni irlandesi e ci si sentiva bene.

«Sono a piedi», confessò Olivia. «La mia notorietà si è fusa come neve al sole, non sono più che la madre di mio figlio.»

«Se la signora vuole seguirmi...» disse Colin dirigendosi verso la parte posteriore del parcheggio.

Lei obbedì cercando con lo sguardo una confortevole berlina. Ma Colin si fermò davanti a una minuscola Smart.

«Non intenderai farmi entrare in questo vasetto di yogurt per anoressiche, spero?» fece Olivia con orrore.

«È un'auto perfetta per circolare in città, la parcheggio ovunque e non perdo tempo», si difese Colin. «Preferisci restare a languire in questo sinistro parcheggio distante chilometri da un qualsiasi luogo abitato?»

«Adoro la tua carrozza», replicò Olivia comprimendo il grande corpo per infilarsi nel minuscolo abitacolo.

Colin scivolò dietro il volante e mise in moto. Olivia, sollevata e riconoscente, si rilassò.

«Spero che tutto andrà bene per Noé», disse con un sospiro.

«Vivrà un'esperienza appassionante. Sai che in questi ultimi due giorni è stato mio ospite?»

«E non mi hai detto niente? Carino da parte tua, grazie!»

«Non è più un ragazzino, ho creduto che fosse questa la ragione della vostra lite. Preferisco che faccia il grande passo con una delle nostre amiche piuttosto che con una puttana, no?»

«E io preferisco che non faccia il grande passo con nessuno», ribatté Olivia. «Ha solo diciassette anni!»

«No», corresse Colin, «ha già diciassette anni. I giovani d'oggi sono più precoci rispetto a noi. È quasi maggiorenne, è un uomo.»

Olivia fece il broncio.

«Azzeccata la trovata del libro di Gwénola!» proseguì Colin. «Mi hai stupito, hai tutta la mia ammirazione, ottima mossa.»

«Devo ammettere che ne sono piuttosto orgogliosa. Ho chiamato Bertrand Guinness stamattina presto e abbiamo messo in moto la cosa. Abbiamo dovuto contattare d'urgenza lo stampatore perché realizzasse il menabò in tempo. Abbiamo modificato la copertina dove appariva il mio nome, tolto la mia biografia ed eliminato l'elenco dei miei romanzi precedenti.»

«Ho sempre trovato geniali le tue idee...» disse Colin. «Tranne, naturalmente, quando hai voluto che divorziassimo.»

Olivia lo contemplò sbalordita.

«Mi avevi tradita con quella baldracca rinsecchita che si faceva passare per la tua segretaria!»

«Una sola misera volta, quando tu invece mi tradivi

tutti i giorni con i tuoi romanzi, i tuoi saloni del libro e i giovani cretini dai capelli lunghi che ti facevano la corte per interesse! Non ci vedevamo più: io operavo dal lunedì al venerdì, tu te ne andavi tutti i fine settimana per partecipare alle manifestazioni letterarie, ogni sera avevi dei cocktail o delle cene, c'erano settimane in cui ci incrociavamo a malapena.»

«Mi avresti preferito come una geisha al tuo servizio? Spiacente, non è la specialità della casa...»

«Lo sai bene che non era questo che volevo!» protestò Colin. «Ma mi sarebbe piaciuto accompagnarti la sera, raggiungerti nelle città di provincia dov'eri indaffarata a scrivere dediche. Avresti usato il pretesto che eri stanca per sottrarti alle cene ufficiali e venire da me, mi sarei nascosto nel bagno quando ti avrebbero portato la colazione...»

Olivia era in preda allo stupore.

«Mi sarebbe piaciuto un sacco», disse. «Non me l'hai mai proposto.»

«Neanche tu! Se adesso non scrivi più... forse avrai di nuovo il tempo di amare?»

La Smart, con una ripresa formidabile per un'auto della sua cilindrata, superò una BMW.

«Non ho mai voluto divorziare», riprese Colin.

«Ma dai! Quando l'ho suggerito hai preso la palla al balzo.»

«Perché non mi hai lasciato scelta! Mi manchi, Olivia. Lavoro come un pazzo, ma a che scopo? Non riesco neanche a godermi i soldi che guadagno. Per guardare l'ora mi basta un solo orologio, parcheggio ovunque con la mia Smart, Noé sarà ricco grazie a tuo padre, quello che guadagno io non è niente in confronto all'impero che lui erediterà. La mia vita è insipida. Da quando abbiamo divorziato sono come le mie pazienti sotto anestesia: sedato e curarizzato.»

Olivia lo guardò.

«Mi credevo troppo grassa per te...»

«Mi piacciono le donne in carne. È stata la tua assenza a essere enorme.»

Olivia sospirò.

«Vuoi veramente cenare al Carr's?»

«Non hai appetito?»

«Credo sia la prima volta da anni che non ho fame», disse, pensosa.

«Perfetto, neanch'io ho fame.»

Invece di uscire dalla tangenziale, Colin continuò dritto verso l'uscita di Porte d'Orléans, poi imboccò l'autostrada del Sud.

«Non vai nell'Yvelines», osservò Olivia.

«Ti porto a fare colazione in riva al mare.»

«Deauville è a nord-est, le giri le spalle.»

«Scendiamo nel Midi.»

«Con la Smart?»

«Perché no? Sarà più lunga, quindi più piacevole. Non ti piace la Provenza?»

Olivia scosse il capo.

«Sei matto da legare, Colin. Non dimenticare che lunedì operi.»

«Mi farò sostituire, ho dei collaboratori sensazionali. Ti ho già persa una volta, Olivia... Non ho l'intenzione di rifarlo proprio nel momento in cui diventi disponibile. Niente è indispensabile, marineremo la scuola! Ti va?»

«Avrei preferito andarci in una Jaguar decappottabile con il mio nécessaire per il trucco, un déshabillé vaporoso e un cambio d'abiti per domani, ma mi va.»

«Sei perfetta così. Detesto le donne filiformi con un chilo di fard sulla faccia. Tu hai quel che occorre dove occorre e mi piaci.»

L'auto filava nella notte. Olivia si lasciò sfuggire una risatina.

«Cosa diremo a Noé?»

«La cosa non lo riguarda», decretò Colin. «Un ragazzino che bazzica gli alberghi in compagnia di donne mature... Gli darò una bella sculacciata e lo metterò in castigo in un angolo con tante righe da copiare, e non delle righe di coca!»

Olivia scoppiò a ridere.

«Ci prenderà per dei fuori di testa.»

«A meno che io non faccia di te una donna onesta. Se ci risposassimo?» propose Colin. «La vita è troppo corta per restare da soli. Vuoi sposarmi?»

Olivia lo guardò con stupore. Lui faceva sul serio.

«Non fosse altro che per indispettire la sorvegliante del tuo blocco operatorio, la cosa mi tenterebbe parecchio», disse.

«Non mi toccherà chiedere di nuovo la tua mano a tuo padre?»

«Penso che potremmo sorvolare...»

«Prendiamo gli stessi testimoni o cambiamo?»

Quando si erano sposati, dato che Jenny era partita per il Medio Oriente, Olivia aveva scelto Axelle mentre Colin era stato spalleggiato da Charles.

«Mi piacerebbe chiedere a Bertrand Guinness», disse lei.

«Io avrei volentieri preso Noé, ma per fare il testimone uno deve essere maggiorenne, e non ho voglia di aspettare sei mesi per sposarti.»

«Senza contare che Noé è sottochiave», ricordò Olivia.

«Nel nostro caso farebbero uno strappo al regolamento e lo lascerebbero uscire giusto il tempo di baciare la sposa.»

La Smart era sola sull'autostrada, la luce dei suoi fari illuminava a grande distanza. Colin prese la mano di Olivia.

«Vuoi delle nozze in abito bianco con una sfilza di invitati o una cerimonia discreta con le persone che amiamo?» le chiese. «La risposta è inclusa nella domanda. Ti faccio notare che non mi hai ancora detto sì.»

«Non esigerai che mi metta a dieta?» cercò di chiarire Olivia.

«Voglio solo che tu mi risponda: "Sì, Colin, voglio sposarti".»

«Te l'ho già detto diciotto anni fa.»

«Be', ripetilo!»

Olivia obbedì.

45.

Domenica 25 settembre

Kate fece i suoi esercizi di Qi Gong, ginocchia leggermente flesse, testa tesa ed eretta a partire dalla nuca come se un filo invisibile la collegasse al firmamento, palmi verso il basso per prendere l'energia dalla terra, poi palmi verso l'alto per prendere l'energia dal cielo. Fece una rapida colazione, pagò il conto, lasciò l'albergo senza rimpianti, arrivò all'aeroporto un'ora prima della partenza e girellò nei negozi. Comprò una torre Eiffel di plastica, un arco di Trionfo dentro un globo di vetro, una piccola piramide del Louvre... Aveva un groppo allo stomaco, ogni minuto le sembrò un'ora fino al momento dell'imbarco. Un lungo corridoio conduceva i passeggeri all'aereo. Lei si voltò all'ultimo momento, disse mentalmente addio alla Francia, giurandosi di non rimetterci più piede. Aveva mantenuto la promessa fatta a Jenny, ma non era stato indolore.

Stavolta il caso le aveva assegnato il posto 3A, e lei lo considerò come un segno: all'andata era al 4B per riformare i quattro petali del quadrifoglio, adesso il cerchio si era spezzato, le amiche erano rimaste in tre, lei era diventata una paria.

Il sedile vicino era occupato da una ragazza fornita di walkman che masticava chewing-gum. Lei stava per sistemarsi al suo posto quando s'interpose una lunga ombra.

«Scusi... Lei è italiana? O è francese?»

La ragazza era napoletana. Accettò volentieri di cambiare posto con Corrado, che s'installò accanto a Kate come se fossero amici di vecchia data.

«Allora, è andata sul *bateau-mouche*? Ed è contenta di avere rivisto le amiche della sua classe?»

«No a entrambe le domande. Ho navigato in Bretagna per andare su un'isola, ma non ne serberò un ricordo indimenticabile. E lei?»

«Gli orari dei *bateaux-mouches* non andavano d'accordo con i miei, ma ho avuto una settimana fruttuosa. Ho trovato diversi timoni antichi, delle lampade di marina, delle scale di barcarizzo, dei cassoni, dei carabottini, uno scafandro, qualche quadro, un mucchio di oggetti.»

Aprì lo zaino e disimballò con delicatezza una vecchia bussola di rame, un sestante, alcune maniglie originali.

Kate gli mostrò i tremendi souvenir di plastica.

«Ha figli?»

«No, non so nemmeno a chi regalerò questi orrori. Li ho comprati per fare come gli altri...»

«Le sue amiche sono cambiate, invecchiate, sono diventate tetre e acide? Eppure sembrava felice all'idea di rivederle.»

«All'inizio eravamo tutte felici di rivederci e poi le cose si sono guastate. È troppo complicato spiegarle. Sono contenta di tornare a Roma!»

Kate si rilassò e finalmente sorrise. La settimana le aveva segnato il viso, una ruga le attraversava la fronte.

«Se le scordi», consigliò Corrado. «Se l'hanno ferita, le scacci dalla sua mente. La morte e l'amore fanno piangere, ma l'amicizia deve consolare e fare ridere.»

Kate annuì.

«Sapevo cosa mi aspettava. Avevamo dei vecchi conti da regolare, missione compiuta.»

«Allora bisogna brindare!»

Corrado si girò verso la hostess che passava in quel momento.

«Per cortesia, ha dello champagne francese? Abbiamo qualcosa da festeggiare...»

«Ma, diamine, sono le nove del mattino!» protestò Kate, presa alla sprovvista.

«Chi ha tempo non aspetti tempo.»

Arrivò del vino frizzante in calici di plastica.

«Alle missioni impossibili!» disse gravemente Corrado.

«All'Italia», rispose Kate.

Trascorsero il resto del viaggio a chiacchierare del più e del meno, dei buoni ristoranti di Roma, dei vantaggi e degli svantaggi di vivere in Italia, della differenza rispetto agli Stati Uniti, delle ultime riprese a Cinecittà. Corrado comparò i rigattieri che visitava regolarmente, descrisse i suoi clienti, divertì Kate con i suoi aneddoti. Quando l'aereo iniziò la discesa verso la Città Eterna non avevano ancora toccato lo spuntino sui vassoi.

A Roma c'erano otto gradi in più che a Parigi. La giacca sul braccio, Kate lasciò l'aereo. Il tunnel di sbarco era stretto e fra lei e Corrado si frappose un ragazzo che reggeva una grande cartella da disegno, tant'è che non riuscirono più a scambiarsi una parola fino all'uscita. Nel momento in cui Kate stava per girarsi verso Corrado, udì una voce conosciuta.

«Jenny, amore, ho prenotato un tavolo per portarti a pranzo sul Tevere!»

C'era Floridiano, irreprensibile come sempre: cappotto di cachemire, giacca e cravatta, scarpe alla moda, capelli sale e pepe delicatamente fissati dal gel. Reggeva un mazzo di rose che cacciò fra le braccia di Kate prima di baciarla appassionatamente sulle labbra.

«Mi sei mancata terribilmente...» sussurrò poi, staccandosi da lei.

Corrado guardò divertito l'elegante barone.

«Corrado!» gridò una voce femminile.

Kate scrutò la bruna dagli occhi verdi che teneva al guinzaglio un cocker nero e bianco e baciava Corrado. Il cane fece festa al suo padrone, uggiolando di gioia e girando su sé stesso prima di stendersi sulla schiena.

«Hai fatto il bravo con Renata, Joe?» chiese Corrado, abbassandosi per accarezzare la pancia del cocker.

«Andiamo, amore, ho lasciato l'auto in doppia fila...» avvertì Floridiano trascinando Kate.

Lei esitò. Floridiano la tirava per la manica. Mosso da un improvviso impulso, Corrado frugò nello zaino, ne estrasse la bussola nautica avvolta in un giornale francese, si avvicinò a Kate e gliela tese.

«Per non smarrire la rotta», sussurrò.

Poi girò i tacchi e scomparve tra la folla con la bruna dagli occhi verdi prima che Kate avesse il tempo di reagire.

Per quanto fossero seduti a uno dei tavoli migliori, ben situato in riva al fiume, il pranzo fu un fiasco totale. Le pietanze erano delicate, il sole giocava sugli argini dorati, alcuni kayak scivolavano in cadenza sull'acqua. Floridiano parlava di sua moglie e dei figli che erano andati a passare la giornata a Punta Ala, di una festa che avrebbe avuto luogo di lì a qualche giorno in via Veneto, di una serata a villa Borghese. Kate cercava invano di interessarsi a quello che raccontava. Assaggiò appena il cibo che le venne servito, addusse come pretesto un viaggio turbolento, gli chiese di riaccompagnarla all'albergo non appena ebbe sorbito il caffè.

Floridiano, felice di ritrovarla, fraintese le sue intenzioni.

«Hai ragione, torniamo in albergo!»

Lei non ebbe il coraggio di precisare che desiderava stare da sola. Con il mazzo di rose in mano, ritrovò con sollievo la familiare facciata ricoperta d'edera nel cuore della Roma antica. Floridiano salì con lei nella sua stanza, dove un mazzo di rose rosse ancora più imponente troneggiava in un vaso. Kate fece per ringraziarlo, ma lui, con la faccia scura, scosse la testa.

«Non ringraziarmi, queste non le ho mandate io.»

Kate si avvicinò, strappò la busta posata contro il vaso. Sul cartoncino bianco, due frasi in francese: «Non mi sfuggirai, ci rivediamo fra tre settimane», e un nome, Paul. Kate impallidì e si mise a tremare. Il fratello di Jenny era sulle sue tracce e glielo faceva sapere. Ricordava esattamente le sue parole: «Ho esaminato il tuo portafoglio di azioni, puoi venderle rapidamente. Si può fare tutto nel giro di tre settimane.»

Floridiano, che aveva letto da dietro le sue spalle, capì di nuovo una cosa per l'altra.

«Un pretendente ben deciso a tenerti stretta, si direbbe. Non me lo sarei aspettato da te. E così avete appuntamento fra tre settimane. E quando pensavi d'informarmi, il giorno prima?»

Il tono era secco e cattivo. Kate si girò verso di lui, furiosa.

«Tu però hai il diritto di tradire tua moglie, non è vero? Tu sei un modello di virtù, un esempio di moralità?»

«Avevo fiducia in te...»

«Non è affatto quello che credi», disse Kate con voce stanca.

«Ah, no? Sono le tue vecchie compagne di scuola a coprirti di rose rosse? Forse queste compagne non sono mai esistite, forse mi hai mentito fin dall'inizio. Sei andata a Parigi per incontrarti con un uomo, è così?»

Svuotata di tutta la sua adrenalina, Kate si lasciò cadere su una poltrona e scosse il capo.

«Sono stremata, Floridiano. È stata una settimana molto faticosa, da quando ti conosco non ti ho mai tradito e mi deludi. Va' a raggiungere la tua famiglia a Punta Ala.»

«Per lasciargli campo libero?» tuonò Floridiano indicando il mazzo di rose.

«Per lasciarmi in pace. Tu, le tue rose, tutte le vostre rose, fuori!»

Kate afferrò i due mazzi, aprì la porta, li gettò nel corridoio e spinse il barone nella stessa direzione. Lui lasciò fare, troppo stupefatto per opporre resistenza. Lei si sbatté la porta alle spalle.

«Non venire a cercarmi quando lui ti pianterà in asso!» gridò Floridiano non appena si fu riavuto dalla sorpresa.

Kate accese la radio per coprire la sua voce e la musica di un'opera di Verdi si diffuse nella stanza. Si gettò sul letto e nascose la testa nel guanciale.

Un'ora dopo si alzava e si metteva alla finestra. Giù, largo Febo era affollato di turisti che si dirigevano verso piazza Navona. Numerosi clienti stavano ancora pranzando ai tavoli all'aperto del Santa Lucia. I romani si godevano la domenica, quando non pranzavano in famiglia uscivano e approfittavano della loro città. Che contrasto fra la leggerezza gioiosa del luogo e la minaccia che incombeva su Kate! In una settimana la sua vita si era ribaltata, le compagne di scuola di Jenny la detestavano, Paul la terrorizzava, la sua esistenza si era tramutata in un incubo. Desiderava solo una cosa: nascondersi in un angolino e che si dimenticassero di lei...

Per un po' restò a osservare la gente che si agitava giù in basso, emergendo da destra e scomparendo a sinistra, un flusso incessante di piccoli personaggi in movimento. Se soltanto Kate fosse potuta diventare una di loro, fondersi nella massa, cambiare nuovamente nome, identità, passato, non portare più il peso degli errori di Jenny Lincoln. Aveva mantenuto la sua promessa, si era guadagnata il diritto di approfittare in pace di quella fortuna che non aveva cercato.

Il prezzo che le chiedevano in cambio diventava esorbitante. Curare Jenny sino alla fine era stata dura, ma Kate l'avrebbe fatto comunque, anche senza ricavarne niente. Lasciare il suo paese natale faceva parte del gioco, ricominciare da zero era stato eccitante. Ma Kate non aveva ben calcolato il peso dell'odio che avrebbero nutrito nei suoi confronti Gwénola, Charles e, a modo loro, Axelle e Olivia. Jenny aveva cambiato la distribuzione delle carte, non si perdona a qualcuno che lancia i dadi al vostro posto. Poi l'arrivo imprevisto sulla scena di Paul Lincoln aveva cambiato tutto. Kate era adesso una ladra a piede libero, entrata illegalmente sotto falso nome nel paese dove aveva scelto di vivere. Paul sarebbe venuto lì. Doveva andarsene, trasferirsi in un altro albergo e registrarsi con un nome diverso... ma era impossibile, le avrebbero chiesto il passaporto. E se lasciava l'Italia, Paul l'avrebbe ritrovata ovunque andasse consultando la lista dei passeggeri degli aerei o dei treni, era tutto informatizzato...

Non aveva nessuna voglia di andarsene, ma la Jenny Lincoln residente all'hotel Raphaël doveva sparire. La soluzione era una sola: doveva morire.

Kate socchiuse la porta con precauzione. Il corridoio era deserto, i due mazzi di rose giacevano sul pavimento. Uscì dalla stanza e si affrettò verso un salottino dove c'era un computer a disposizione dei clienti. Si connetté a Internet, aprì il motore di ricerca Google, digitò le parole *fake ID*, «falsa carta d'identità» in inglese, ed ebbe la sorpresa di trovare un milione e quattrocentoventimila siti che proponevano carte d'identità false di quasi tutti i paesi del mondo per pochi dollari, bastava compilare un modulo e inviarlo. Per restare nella legalità e approfittare del vuoto giuridico in materia, i responsabili di questi siti Internet non lesinavano le avvertenze: «Le nostre carte d'identità fittizie sono esclusivamente destinate a un uso ricreativo», «Non ci assumiamo nessuna responsabilità per le attività illegali che potrebbero derivare dal loro impiego», «Non aiutiamo i terroristi, nessun terrorista potrebbe prendere l'aereo con i documenti che vendiamo». Si poteva pagare con la carta di credito, bastava dare l'indirizzo e nel giro di qualche giorno si ricevevano i documenti, «perfettamente identici a quelli veri».

Un milione e quattrocentoventimila siti. Kate era stupefatta ma felicissima. Non aveva l'intenzione di usurpare una falsa identità o di fuggire in un altro paese. Sarebbe semplicemente ridiventata sé stessa, Kate Sand, alla quale nessuno stava dando la caccia. In un piccolo cimitero del Texas c'era una tomba con questo nome dove riposava la vera Jenny. Paul Lincoln non sarebbe mai risalito fino a lei. Kate avrebbe ripreso la sua antica identità. Per cancellare le sue tracce, aveva però bisogno di fare questa ordinazione sotto un nome diverso dal suo. Floridiano era troppo arrabbiato con lei e i loro amici comuni chissà se avrebbero tenuto la bocca chiusa. Ci voleva qualcuno di estraneo alla sua cerchia, abbastanza onesto perché Kate potesse dargli fiducia, abbastanza folle per accettare di partecipare all'avventura. Un nome le salì spontaneamente alle labbra.

Aveva tre settimane per vendere il portafoglio di azioni, depositare i soldi su tre conti e prendere certe disposizioni.

46.

Sabato 1º ottobre

Il mercatino delle pulci del ponte Milvio aveva luogo lungo il Tevere ogni primo weekend del mese. Vi si trovava di tutto: croste e quadri di buona fattura, vasellame, antichità, articoli orientali, mobili di valore, oggetti di vetro, pizzi, cartoline, libri e la bancarella di oggetti di marina di Corrado era ben nota ai collezionisti.

Non appena terminati gli esercizi di Qi Gong, Kate si vestì in fretta e prese un taxi per recarsi sul posto. Non le ci volle molto per trovare Corrado, il quale, comodamente seduto in una poltrona di cuoio, stava sorseggiando un cappuccino, con il cocker nero e bianco disteso ai suoi piedi. Come fanno spesso cavallerizzi e rigattieri, portava una giacca trapuntata senza maniche. Kate si avvicinò.

«Allora, com'è andato il pranzo sul Tevere?» chiese Corrado non appena la vide.

Kate era così preoccupata che ci mise qualche secondo a capire di cosa stesse parlando.

«Ah, sì... Non era sul fiume ma in riva al fiume. Renata sta bene?»

«Benissimo. Non è mattiniera. Per fortuna Joe il cocker è sempre disponibile.»

Il cane, capendo che si parlava di lui, alzò la testa e annusò l'aria.

«In questo momento navigo in acque difficili, malgrado la sua bussola», fece Kate, introducendo l'argomento che le stava a cuore. «Ho bisogno del suo aiuto. Le giuro che non le sto chiedendo niente di illegale. Sa navigare su Internet?»

Sorpreso che Kate non potesse contare sul suo elegante amico, Corrado suppose che lui non sapesse maneggiare un computer.

«Certo», disse indicando la poltrona che faceva da pendant alla sua. «Si sieda. Cosa posso fare?»

Kate aveva deciso di dirgli la verità.

«Cinque anni fa, a New York, mentre mi trovavo ricoverata in ospedale ho conosciuto una donna della mia età», spiegò. «Avevamo lo stesso tipo di tumore, io me la sono cavata, lei no. Io ero povera, lei ricca, eravamo tutte e due senza famiglia. Lei mi ha proposto di assumere la sua identità per approfittare dei suoi soldi; in cambio, io avrei dovuto confessare alle sue ex compagne di scuola tutte le menzogne che lei aveva raccontato loro.»

«Le amiche parigine che sono diventate sue nemiche?» verificò Corrado, collegando i fatti.

Kate annuì.

«Nel frattempo è riapparso suo fratello Paul che tutti credevano morto, vuole recuperare l'eredità e ricattarmi. Per sfuggirgli, devo riassumere la mia vecchia identità. Sa che sono qui e in quale albergo. Mi terrorizza.»

Corrado ascoltava con attenzione.

«Ho bisogno di acquistare in fretta dei documenti d'identità e una patente attraverso Internet. Non posso fare finta che me li abbiamo rubati e chiederne di nuovi all'ambasciata americana, c'è il rischio che scoprano che sono stata dichiarata morta al posto di Jenny. Mi trovo nell'assurda situazione di dover chiedere dei documenti falsi che portino il mio vero nome.»

«Come si chiama?» s'informò Corrado.

«Kate Sand.»

«Vuol dire sabbia in inglese, no? Caterina Sabbia. Grazioso.»

Kate lo guardò negli occhi.

«Se la sentirebbe di fare questa ordinazione per me? Le giuro che non sono una terrorista...»

«Nessun problema», disse Corrado.

«Le assicuro che non avrà nessuna noia, non è una cosa proibita, i documenti sono in vendita...»

«Ho detto di sì», fece Corrado ridendo. «Si calmi, va tutto bene.»

«Ho fretta, Paul mi ricontatterà fra quindici giorni, ho già perso una settimana perché non sapevo dove trovarla prima del weekend. Tutto questo le deve sembrare stravagante ma...»

«Stop! Accetto! I terroristi non ordinano documenti falsi su Internet, si ritroverebbero facilmente le loro tracce. E lei non ha per niente l'aria di un bandito. I suoi occhi sono troppo inquieti, lei non è una professionista. E la sua storia è rocambolesca, chi s'inventerebbe mai una cosa simile?»

Kate emise un sospiro di sollievo. Qualcuno l'avrebbe aiutata, non sarebbe stata più sola.

«Forse sono paranoica, ma preferirei non usare più il computer dell'albergo. Devo spiegarle ciò che mi serve e su quale sito fare l'ordinazione.»

«Semplifichiamo. Passerò a prenderla alle cinque. In che albergo è?»

«Il Raphaël, largo Febo.»

Corrado annuì, poi alzò bruscamente la voce.

«Se trova che le mie poltrone siano troppo care, vada all'Ikea... ma le loro non provengono da un piroscafo da crociera dell'inizio del secolo!»

Un po' rasserenata, Kate si allontanò.

Alle cinque in punto Kate aspettava davanti all'albergo. Corrado arrivò su una Vespa beige, con Joe il cocker tranquillamente seduto sulla piattaforma poggiapiedi. Corrado fece segno a Kate di salire dietro.

«Ho viaggiato su uno scooter a Parigi, comincio a farci l'abitudine», disse.

«È il modo migliore per seminare qualcuno. Sfido chiunque a seguirmi in giro per Roma!»

E mostrò ciò che voleva dire, facendo lo slalom fra le auto e zigzagando con destrezza. Joe restava impassibile, con le orecchie sventolanti a ogni curva. A Kate parve di avere due infarti e tre ictus, poi si tranquillizzò. La Vespa filò verso Monte Mario, l'ottava delle sette colline di Roma, a nord-ovest della città, dove all'inizio del Novecento i romani andavano a respirare l'aria pura. Era diventato un quartiere popolare e familiare, i cui abitanti si salutavano e si aiutavano a vicenda e dove era piacevole vivere.

La Vespa si fermò ai piedi di un edificio. Joe saltò a terra e marcò il territorio.

«Facciamo subito l'ordine sul mio computer», disse Corrado.

Kate seguì l'uomo e il cane fino all'ultimo piano. Corrado viveva in un attico, un appartamento posto come una piccola casa sul tetto a terrazza dell'edificio. Comprendeva una stanza da letto, un soggiorno, cucina e bagno. I soffitti, le pareti, i pavimenti e i mobili erano rivestiti di legno di una tinta calda. Una collezione di automobiline Dinky Toys occupava diversi scaffali. La terrazza era rivestita di piastrelle rosse che catturavano la luce. Aranci, fichi e olivi crescevano rigogliosi in grandi giare azzurre. Kate fu stupita dell'assenza di Renata, ma non volle apparire indiscreta. Corrado accese un computer posto su un vecchio baule di marina.

«Qual è il sito?»

Lei glielo indicò. Dieci minuti dopo avevano compilato i moduli necessari per ottenere una carta d'identità e una patente a nome di Kate Sand, nata nel 1967 a Winnetka nell'Illinois. Corrado digitò il numero della sua carta di credito e fornì il proprio indirizzo personale. Niente avrebbe potuto collegare questa Kate alla Jenny Lincoln che risiedeva all'hotel Raphaël.

«Mi permette di connettermi a un altro sito per un attimo?» chiese Kate.

Digitò l'indirizzo elettronico di *Tale padre, tale figlio*: voleva seguire il percorso di Noé. Il ragazzo pareva essersi acclimatato in quella situazione di reclusione mediatica, ai professori era piaciuto il suo primo lungometraggio realizzato sul posto, tutto procedeva bene per lui e per Mona.

Kate tese a Corrado una busta in cui aveva infilato la somma in euro che era costata l'operazione.

«Cos'è?» chiese lui.

«È quello che le devo.»

«Non c'era tanta fretta.»

«Patti chiari, amicizia lunga. Conosce un notaio?»

«Vuole già fare testamento? Non è un po' troppo giovane?»

«Non si è mai abbastanza prudenti.»

La Vespa filò verso il centro e lo studio del cugino di una cognata di un vicino di Corrado. Kate si presentò al notaio come Jenny Lincoln e gli spiegò di voler fare una donazione a suo fratello Paul Lincoln, residente negli Stati Uniti. Il notaio avrebbe dovuto informarne il beneficiario sabato 15 ottobre, due giorni prima dello scadere dell'ultimatum.

«È sicura di rendersi conto di ciò che fa?» verificò il notaio dopo aver appreso l'ammontare della somma.

«Assolutamente.»

Kate aveva venduto tutte le sue azioni e diviso in tre parti il denaro ricavato. Il primo terzo sarebbe andato a Paul, che logicamente avrebbe dovuto essere l'erede dei genitori e della sorella. Il secondo era destinato a Gwénola, che aveva sofferto più di tutti delle menzogne di Jenny e che era quella che godeva di una condizione finanziaria meno florida. Il notaio avrebbe pensato a informarla. Il terzo restava di proprietà di Jenny Lincoln.

47.

Domenica 2 ottobre

Una settimana dopo le prime rose rosse minacciose di Paul, Kate ricevette un secondo mazzo al Raphaël. Stavolta le rose erano quasi nere. Il cartoncino che le accompagnava precisava: «Attenzione, restano solo quindici giorni».

Le giornate successive si svolsero a ritmo accelerato. Sempre disponibile, eccetto quando era in viaggio e durante il fine settimana, Corrado fece da autista a Kate, che si ripromise di compensarlo generosamente per il suo aiuto. Lui suppose che il tipo elegante che aveva accolto Kate all'aeroporto lavorasse nelle ore d'ufficio. Lei credette che Renata avesse un mestiere che la teneva occupata durante la settimana. Ogni volta che passava a prenderla all'albergo, Corrado dedicava una mezz'ora a seminare con la Vespa gli eventuali inseguitori. Partendo il mattino e tornando alla fine della giornata, visitarono diverse case e alla fine Kate mise gli occhi su tre splendide ville situate nei pressi della via Appia Antica, la regina delle strade, la più importante strada romana, iniziata alla fine del IV secolo per collegare Roma a Capua. Lastricata di enormi blocchi di basalto e affiancata da marciapiedi in terra battuta, questa via era abbastanza ampia da consentire il passaggio contemporaneo di due carri.

Le ville che conquistarono Kate erano grandi dimore lussuose, isolate le une dalle altre, con parco, garage, piscina, jacuzzi e un sofisticatissimo sistema d'allarme.

Il compromesso fu firmato presso un notaio diverso da quello cui Kate si era rivolta per le due donazioni. Tutti avevano interesse che l'affare si concludesse il più rapidamente possibile. Poco tempo prima si era presentato un altro acquirente, ma la vendita era andata all'aria a causa di un mancato finanziamento. Le pratiche erano dunque predisposte, il notaio aveva già riunito i documenti amministrativi necessari e proceduto alle indispensabili verifiche. Era tutto in regola, sulle case non gravavano ipoteche, il comune aveva rinunciato a esercitare il suo diritto di prelazione. Kate poteva procedere.

Giovedì 13 ottobre

In Italia le tasse di successione erano state soppresse, e dunque Jenny Lincoln poteva tranquillamente acquistare un bene per sua sorella Kate Sand. Kate, che aveva ricevuto la sua nuova carta d'identità, firmò l'atto e si ritrovò dunque proprietaria di tre ville di elevato valore locativo che si affrettò ad affidare al notaio perché le gestisse in sua vece. Adesso avrebbe potuto vivere agiatamente sotto il suo vero nome. Sistemato quest'ultimo dettaglio, Jenny Lincoln doveva sparire.

La sera dell'acquisto, Kate propose a Corrado di invitarlo a cena in riva al mare con Renata per festeggiare l'evento, lasciando a lui la scelta del ristorante. Corrado accettò e decise di portarla da Mastino a Fregene, sulla spiaggia frequentata negli anni Sessanta dalla gente del cinema. A mezz'ora da Roma e a cinque passi dal mare, vi servivano pesce e frutti di mare annaffiati di vino bianco.

«Suo marito verrà?» chiese Corrado.

«Mio... cosa?» fece Kate, sorpresa. «Ah, sì. È un marito in effetti, ma non il mio. Renata è sua moglie o la sua compagna?»

Corrado scoppiò a ridere.

«Né l'una né l'altra, è mia sorella, tiene Joe quando mi assento.»

Si guardarono, due giovani adulti senza legami in una calda serata d'autunno.

«Credo che stasera Renata abbia un impegno. Non le scoccia cenare da sola con me? Ho un altro indirizzo, a Roma, questo, i proprietari sono miei amici ed è un posto molto speciale.»

«Gli amici dei miei amici sono miei amici», disse Kate.

Losteriacarina, vicino alla via Trionfale a Monte Mario, era un ristorante familiare e molto grazioso, con uno spazio coperto per mangiare fuori. I piccoli tavoli scomparivano sotto le tovaglie rosse e bianche, le statue disseminate nel verde si chinavano sulle spalle dei commensali. Invece della carta del menu c'erano delle lavagne su cui l'alto e sorridente proprietario, Alberto, aveva scritto i piatti del giorno, con la presentazione: *Oggi ho preparato per voi tante belle cosette.* La bionda padrona di casa Loredana, soprannominata Lori, accoglieva i clienti come se fossero degli invitati. Corrado la baciò e Kate fece lo stesso.

«Vuoi guardare la lavagna o preferisci che Lori ci confezioni un menu a sorpresa?» chiese Corrado.

Kate abitava in Italia da troppo tempo per declinare quel genere di offerta.

«Mi affido a Lori con gioia, a una condizione: offro io!» replicò.

Fu una cena squisita. Antipasti misti, scaloppine al marsala e un tiramisù così leggero che si scioglieva in bocca. Il tutto annaffiato da un Frascati indimenticabile. Joe restò da bravo sotto il tavolo. Due caffè più tardi lasciarono il ristorante, dopo aver promesso ad Alberto e a Lori che sarebbero tornati presto.

«La riaccompagno subito all'albergo o vuole prendere un po' d'aria sulla mia terrazza?» propose Corrado.

«Sono sul punto di morire, avrò tempo di dormire durante l'eternità.»

Salirono. Corrado mise un CD di musica jazz e accese qualche candela. Due amache colorate appese a strutture di legno oscillavano sulla terrazza. Vi si allungarono e il cocker saltò sullo stomaco di Kate, svolgendo funzione di borsa dell'acqua calda. Passavano degli aerei, piccole luci intermittenti nell'immensità notturna. Un fuoco d'artificio lontano punteggiò l'oscurità di scintille multicolori, c'era sempre una festa da qualche parte a Roma. Da un terrazzo vicino proveniva della musica, delle risate giungevano da una finestra aperta.

«È stata proprio così tremenda la settimana a Parigi? Ha voglia di parlarne per esorcizzarla?» disse Corrado rompendo il silenzio.

«È stato orribile. La sola persona che non mi odiava era un ragazzo di diciassette anni che voleva fare l'amore con me.»

«E...?»

«Era minorenne e per me era come un fratellino. Non mi vedo nelle vesti dell'iniziatrice. Mi trova ridicola?»

«La trovo molto tenera», disse Corrado.

Restarono per un po' in silenzio. Kate pensò che a Parigi aveva agito in solitaria. Gli altri funzionavano a coppie, Axelle e Charles, Gwénola e Loeiz, Olivia e Noé. E a Roma Floridiano aveva la sua famiglia. Kate si sentiva indubbiamente meglio da quando conosceva Corrado.

«Grazie del suo aiuto», mormorò. Aveva voglia che si avvicinasse e la prendesse fra le braccia. «Mi ha dedicato molto tempo questa settimana. Vorrei compensarla.»

Voleva essere un atto di gentilezza, non c'era ragione che lui facesse tutto questo per i suoi begli occhi, anche se sperava di tutto cuore che i suoi occhi gli piacessero. Ma Corrado, al quale di Kate piaceva tutto, la prese molto male.

«Crede che abbia agito per interesse? Non la sfiora l'idea che si possa rendere un servizio senza aspettarsi una ricompensa?» fece lui, ferito. «Mi guadagno da vivere con il mio lavoro, può tenersi il suo denaro. Bene, è tardi. La riaccompagno.»

Kate lo guardò costernata.

«Posso scendere e fermare un taxi.»

«Crede di essere in via Veneto? Qui, a quest'ora della notte, dormono tutti, e chi vuole uscire va a piedi, si arrangia. Andiamo.»

Sporse le gambe dall'amaca e si alzò. Il cocker nero e bianco saltò a terra. A sua volta Kate si districò dal suo letto di tela.

«Mi sono espressa male», disse, tentando di rimediare. «Non si arrabbi, volevo solo... testimoniarle la mia riconoscenza!»

«Così si dà la zappa sui piedi», ribatté Corrado in tono secco.

Giunti sotto casa, mise in moto la Vespa, Joe saltò al

suo posto e Kate si affrettò ad arrampicarsi sul sellino. Pensò al momento di grazia vissuto con Noé sul lungosenna, conclusosi con una lite e un ritorno silenzioso in scooter. Stasera la marca del veicolo a due ruote era cambiata e l'atmosfera era ancora più cupa.

48.

Sabato 15 ottobre

Il giorno previsto, come convenuto, il notaio informò della donazione i due fortunati beneficiari.

Gwénola fu facilmente raggiungibile sulla sua isola. Incredula, gli fece ripetere tre volte l'importo.

«È sicuro che si tratti proprio di me?» insistette.

«Lei è la signorina Gwénola Tonnerre, nubile, nata a Groix, Morbihan, nel 1967? Conosce la signorina Jenny Lincoln, nubile, nata a New York, Stati Uniti, nello stesso anno? I documenti sono in regola, si metta in contatto con il notaio di sua fiducia e mi indichi dove deve essere versato il denaro.»

«Non sono sicura di poter accettare», disse Gwénola. «Devo pensarci su.»

Il notaio si stupì. «La donazione è irrevocabile, ho incontrato la signorina Lincoln una sola volta, non devo rivederla, non abbiamo preso in considerazione l'ipotesi che lei potesse rifiutare. Il denaro resterà bloccato *ad vitam aeternam*, sarebbe un peccato. Ci pensi, la richiamerò all'inizio della settimana, d'accordo?»

Gwénola acconsentì.

Anche Paul Lincoln si fece ripetere tre volte l'importo prima di protestare.

«Dovrebbe esserci molto di più. Lei mi prende in giro!»

«La mia cliente, che se ho ben capito è sua sorella, mi ha incaricato di informarla dell'ammontare di questa donazione», rispose il notaio in tono glaciale.

«Allora è mia sorella che vuole prendermi per i fondelli!»

«Come vuole che procediamo per il versamento?»

«Salto su un aereo e vengo a sistemare la faccenda direttamente con mia sorella», ruggì Paul. «Mi sentirà. Non mi accontenterò delle briciole, voglio tutta la torta... e l'avrò!»

Si precipitò all'aeroporto.

49.

Domenica 16 ottobre

Kate aveva noleggiato tramite l'albergo una Fiat verde con cambio automatico e avvisato la reception che sarebbe stata assente per tre giorni. La sveglia squillò alle tre, Kate si mise un'ultima volta alla finestra, contemplò con rimpianto il Santa Lucia dove aveva gustato tanti piatti squisiti, gettò un ultimo sguardo su quella stanza che per lunghi mesi era stata il suo rifugio e lasciò l'albergo portando con sé solo la bussola nautica che le aveva regalato Corrado. Lasciava i vestiti e gli effetti personali di Jenny Lincoln. Tornava al punto di partenza, Kate Sand, Caterina Sabbia...

Corrado le aveva dato appuntamento vicino al palazzo di giustizia. Doveva aspettarla al volante del furgone che usava per consegnare gli oggetti di marina voluminosi. Kate non l'aveva più rivisto dopo il malinteso sulla terrazza; sperò che avrebbe mantenuto la sua promessa e che non l'avrebbe abbandonata nel momento cruciale.

Un senzatetto dormiva su una panchina. Kate parcheggiò la Fiat verde un po' più in là, gli si avvicinò piano, si slacciò dal polso l'orologio di Bulgari, dono di Floridiano, e lo fece scivolare nella ciotola di metallo contenente qualche monetina. La pagina Jenny era definitivamente voltata.

Arrivò davanti al palazzo di giustizia alle tre e mezzo, lampeggiò con i fari. Due fasci di luce gialla squarciarono il buio e un furgone si scostò dal marciapiede. Kate, tranquillizzata, lo seguì attraverso la città addormentata.

Si diressero a nord di Roma, lungo il Tevere, nella direzione di Orte. Corrado, che conosceva il luogo, ne aveva fatto una descrizione a Kate. Era esattamente come se l'era immaginato: proprio dietro una curva, un ponte con un esile parapetto metallico scavalcava il fiume in un punto in cui le sue acque erano abbastanza profonde da inghiottire un'auto. Nei paraggi, gli esseri umani e gli animali erano immersi in un sonno profondo, l'acqua scorreva in un sussurrio, il vento scuoteva i rami degli alberi lungo la riva. Parcheggiarono prima del ponte, scesero dai rispettivi veicoli, s'incontrarono.

«Non la ringrazierò di essere qui, se la prenderà di nuovo a male», bisbigliò Kate.

«Lei ha l'abitudine di pagare le persone, ma questo non è nel mio stile», brontolò Corrado.

«Volevo solo ricompensarla!»

«Avevo capito. Remunerarmi, retribuirmi, risarcirmi, compensarmi.»

«Continuiamo a litigare o mi ammazzo?»

«Ha ragione, prima di tutto ci converrebbe farla fuori, è più urgente.»

Kate riprese l'auto e si fermò al primo terzo del ponte, le ruote girate verso il vuoto, nel punto in cui sarebbe arrivata se fosse uscita dalla curva con troppa velocità. Prese la cartella di cuoio contenente i documenti di Kate Sand, lasciò sul sedile anteriore la borsa Vuitton con dentro quelli di Jenny Lincoln. Una bottiglia di champagne Mercier rosé era al fresco in un sacchetto di plastica pieno di cubetti di ghiaccio. La stappò, ne bevve una sorsata, sentì le bollicine frizzare sulla lingua.

«A Jenny!» disse passando la bottiglia a Corrado.

«A Jenny», ripeté lui dopo aver bevuto.

«Non volevo darle un dispiacere l'altra sera, è solo che... lei non mi è indifferente... e ignoro se sia reciproco.»

«Sei il mio primo amore americano, Caterina Sabbia», sospirò Corrado. «Sono tutte così complicate le donne dalle tue parti? Neanche tu mi sei indifferente. In italiano si dice "ti voglio bene", il che significa "ti amo". È più semplice e più efficace.»

«Ti voglio bene», ripeté Kate. «Va meglio così?»

Corrado si portò la bottiglia alle labbra, prese un sorso e la baciò. Lo champagne fresco colò nella gola di Kate che restituì il bacio con passione.

«Promettimi di non offrirmi mai più del denaro», disse Corrado. «Neanche per la tombola di Natale...»

«Prometto», dichiarò Kate solennemente.

«Ottimo. Allora puoi morire.»

Kate lanciò la bottiglia di champagne sul pavimento della Fiat, lasciò la portiera del conducente aperta, i fari e il motore accesi, il freno a mano non tirato. Si chinò per mettere il cambio automatico in posizione di marcia, poi si ritrasse rapida mentre l'auto avanzava.

Corrado fece rombare il motore del furgone, accelerò e cozzò contro la parte posteriore della Fiat verde che, spinta verso il parapetto, lo sfondò e precipitò nel fiume. Corrado indietreggiò fino all'inizio del ponte, poi raggiunse Kate a piedi. L'auto era caduta in picchiata nell'acqua. Il parapetto demolito avrebbe attirato l'attenzione di qualcuno. Avrebbero visto l'auto sommersa. Avvisato i carabinieri. Corrado aveva scelto bene il posto, su quel ponte c'erano già stati due incidenti analoghi quell'anno e non si era ritenuto opportuno investire dei soldi in un parapetto più solido. Il corpo del primo automobilista era stato ritrovato otto giorni dopo, a cinquanta chilometri di distanza. Il secondo lo stavano ancora cercando. Si trattava di una strada secondaria, non potevano modificare la curva a causa degli scavi archeologici lì vicini e non avrebbero certo spostato un ponte perché qualche imbecille che aveva bevuto troppo non era capace di guidare a una velocità decente.

«Mi spiace per la tua amica Jenny», disse Corrado. «Anche se è successo cinque anni fa.»

Salirono sul furgone, dove Joe, che trovava che la notte era ancora troppo fonda, dormiva tranquillo appallottolato sul giubbotto di Corrado, e rientrarono a Roma ascoltando una cassetta di Mina. Talvolta la fine è un inizio, in ogni caso la fine della vita di Jenny aveva dato il via alla nuova esistenza di Kate, anche se oggi lei tornava alla casella di partenza.

50.

Paul atterrò all'aeroporto di Fiumicino con due ore di ritardo, saltò in un taxi e si fece portare all'hotel Raphaël. L'autista provò di tutto per far sciogliere un po' il suo cliente: l'inquietante americano dalla testa calva mordeva il freno digrignando i denti. Giunti all'albergo, entrò come un razzo nella hall e si diresse verso il portiere.

«Sono il fratello di Jenny Lincoln», lo apostrofò, «qual è la stanza di mia sorella?»

«Era informata del suo arrivo?» chiese l'altro, stupito. «Si è assentata per tre giorni.»

Paul s'infuriò.

«Le ha detto dove andava?»

«I clienti non ci fanno confidenze.»

«L'aspetterò qui. Ha una stanza per me?»

«Purtroppo siamo al completo.»

«Se mia sorella non occupa la sua per tre giorni, posso usarla io? Pagherò la stanza, ovviamente.»

Il portiere, che Kate compensava spesso con generose mance, rifiutò deciso.

«La signora Lincoln non ha lasciato istruzioni al riguardo, non possiamo assumerci questa responsabilità.»

Paul lo squadrò con astio, poi girò i tacchi. Detestava da cima a fondo quella città, quella gente con uno stupido sorriso stampato sulla faccia, quelle vecchie pietre ocra, quegli accoglienti ristoranti con i tavoli all'aperto. Gliel'avrebbe fatta pagare a quella donna che pretendeva di essere Jenny.

Andò per prima cosa dal notaio che l'aveva contattato, ma sfortunatamente questi esercitava in diverse città e quel giorno non si trovava a Roma. Paul insistette, era molto urgente, arrivava dagli Stati Uniti, doveva assolutamente parlargli. Ma la procace assistente si mostrò inflessibile e si accontentò di fissargli un appuntamento per il pomeriggio del giorno dopo, precisando che al mattino il notaio non sarebbe stato in studio.

Paul sfogò la sua rabbia mostrandosi sgarbato con l'addetta alla reception del piccolo albergo dove trovò una stanza, con il cameriere della trattoria dove pranzò, con i turisti e i romani che incrociò, con il personale della pizzeria dove cenò.

L'indomani arrivò all'appuntamento con un'ora di anticipo e attese rosicchiandosi le unghie. Il notaio che alla fine lo fece entrare nello studio aveva la faccia scura.

«Signore, mi permetta di porgerle le mie condoglianze...» esordì in un inglese perfetto.

«Cosa?» ringhiò Paul.

Il notaio impallidì e parve confuso.

«Non è al corrente?»

Gli tese due articoli di giornale che la sua assistente aveva ritagliato. Sia «la Repubblica» sia «Il Messaggero» dedicavano un trafiletto all'incidente accaduto il giorno prima alla periferia di Roma. Una Fiat presa a noleggio era uscita di strada su un ponte ed era precipitata nel Tevere. Il corpo della persona che era al volante non era ancora stato ritrovato: si trattava di Jenny

Lincoln, un'americana domiciliata a Roma da quattro anni. I sommozzatori avevano però ripescato la sua borsa con dentro i documenti e una bottiglia di champagne stappata, il che spiegava probabilmente l'eccessiva velocità con cui la donna aveva preso la curva. L'auto aveva sfondato il parapetto, la portiera anteriore s'era aperta per l'impatto. I residenti della zona protestavano, era la terza volta in un anno che in quel punto si verificava un incidente mortale.

La faccia di Paul assunse un'espressione terribile. Il notaio fraintese.

«Capisco, per lei dev'essere spaventoso. Si sieda, chiedo alla mia assistente di portarle un bicchiere di...»

«I soldi!» disse Paul con voce atona. «Vi ho diritto anche se è morta? Anche se il suo corpo non verrà mai ritrovato?»

Il notaio lo guardò esterrefatto.

«Vuole dire la donazione che le ha fatto sua sorella? Quella le spetta, non ci sono ostacoli.»

Un tic nervoso agitava l'angolo destro della bocca di Paul. Non poteva credere a un incidente, la ragazza l'aveva battuto in astuzia, era sconfitto. Non c'era modo di ritrovarla, sicuramente lei aveva confuso le tracce. Si era lasciato fregare come un imbecille.

«Mi dia il denaro», disse. «Qual è la procedura?»

Con freddezza, il notaio indicò cosa bisognava fare. Paul firmò le carte necessarie, poi noleggiò un'auto e si recò a sua volta sul luogo dell'incidente.

Un gruppetto di curiosi, radunati attorno alla gru che estraeva l'auto dall'acqua, gesticolava e commentava con animazione l'operazione. Paul si sporse dal parapetto e scrutò il fiume. Il posto era perfetto per sparire facendo credere a un incidente, ma poteva anche trattarsi di un suicidio. Solo il ritrovamento del corpo avrebbe confermato al cento per cento la morte della giovane donna.

Paul decise che aveva perso troppo tempo in prigione, adesso voleva approfittare della vita. Aveva ottenuto meno denaro di quanto si aspettasse, ma più di quanto ne avesse mai posseduto. Prese il primo volo per gli Stati Uniti.

Il notaio, scottato dalla reazione di Paul, chiamò Gwénola per informarla dell'accaduto.

«Mi spiace, devo darle una brutta notizia. La signorina Jenny Lincoln è stata vittima di un incidente, la sua auto è finita nel Tevere, il corpo non è stato ancora ritrovato.»

«Mio Dio!» disse Gwénola, dimenticando il suo risentimento.

«Il ponte era alto, l'impatto è stato violento. Il corpo dev'essere stato trascinato via dalla corrente. Ci sono già stati dei precedenti in quel tratto di strada. Secondo i carabinieri non ci sono possibilità che Jenny Lincoln sia ancora viva. C'era una bottiglia di champagne vuota nell'auto. Non si esclude l'ipotesi di un suicidio.»

«È orribile...» mormorò Gwénola. «Credo che fosse sola al mondo. Ci sarà una cerimonia? C'è qualcuno che si possa contattare lì a Roma?»

«È venuto suo fratello, ma non penso se ne sia occupato.»

«Suo fratello? Paul? Lo credevo morto!»

«Mi è *sembrato* piuttosto vivo. Pare che non fossero in buonissimi rapporti.»

Gwénola era sconvolta.

«La ringrazio di avermi informata», disse mentre stava per riagganciare.

«Aspetti! La donazione resta valida, dato che è anteriore all'incidente e irreversibile. Ci ha riflettuto?»

Gwénola, presa alla sprovvista, emise un sospiro.

«Non ci pensavo più», rispose, sincera. «Suppongo che adesso dovrò accettare. Non ci si oppone alla volontà di qualcuno che non c'è più.»

«Fa la scelta giusta», disse il notaio con convinzione. «Tutte le mie condoglianze.»

51.

Dopo aver riattaccato, Gwénola rimase per un po' a fissare soprappensiero l'oceano dalla finestra. Erano accadute talmente tante cose in quella settimana dei «vent'anni della maturità», Jenny aveva causato tanta sofferenza, modificato le loro vite per sempre. Ed ecco che era morta dopo avere elemosinato il loro perdono. Gwénola era agitata da pensieri contraddittori, provava un enorme rancore nei confronti di Jenny ed era incapace di perdonarla, tuttavia la sua morte la rattristava. "Nessuna di noi è guarita dall'ultimo anno di scuola", pensò.

Scelse d'informare Olivia per prima e la chiamò sul cellulare. Non si erano più parlate dopo la prima puntata del reality. Gwénola le aveva inviato diverse e-mail e lasciato dei messaggi sulla segreteria, ma Olivia non aveva mai risposto. Gwénola era andata a Parigi per incontrare Bertrand Guinness e firmare il contratto, fare una seduta fotografica, parlare con i giornalisti... i giorni erano volati via senza che quasi se ne accorgesse. Sperò che Olivia non fosse in piena depressione, prostrata in qualche angolo.

Dopo tre squilli rispose una voce tutta allegra.

«Sì?»

«Olivia? Sono Gwénola. Ti sento male!»

«Sono... ne... mart... andia...»

«Cosa? La tua voce mi arriva a tratti. Devo parlarti, è importante.»

«D'ac... miamo...»

Un concerto di clacson, due scoppi di riso, uno maschile, l'altro femminile.

«Pronto, Gwénola? Scusami, la comunicazione era pessima. Sono nella Smart di Colin, siamo in giro per la Normandia, adesso si è fermato lungo la strada. Cosa volevi dirmi?»

Gwénola aggrottò le sopracciglia. La grande Olivia in una minuscola Smart con il suo ex marito? Inverosimile. «Ho una brutta notizia», cominciò Gwénola.

«Noé?» fece Olivia, tutta agitata.

«Tuo figlio sta benissimo, lasciami il tempo di parlare. Si tratta di Jenny. Ha avuto un incidente d'auto a Roma.»

«È grave?»

Gwénola le raccontò l'accaduto. Olivia rimase molto scossa. L'ultima volta che aveva visto Jenny era stato all'albergo, quando l'aveva accusata di avere circuito suo figlio. Ripensando poi alla cosa, si era rimproverata il suo atteggiamento. Che Noé faccia l'amore con una ragazza della sua età, passi, ma quella situazione l'aveva fatta uscire dai gangheri. Jenny le aveva giurato che non era successo niente... Era la verità? In passato aveva imbrogliato le carte per nasconderle il suicidio di sua madre, ma l'aveva fatto convinta che fosse per il suo bene.

«È stato un incidente? Mica l'avrà fatto apposta?» chiese con voce implorante, non sopportando l'idea che Jenny avesse potuto mettere fine ai suoi giorni.

Toccava adesso a Gwénola proteggere la grande Olivia Ruben. «I carabinieri sono stati categorici: assolutamente no!»

Poi Gwénola chiamò il castello di Bergeac. Fu Axelle a rispondere.

«Axelle? Sono Gwénola.»

«Charles è in municipio, ti do il nume...»

«È con te che volevo parlare. Jenny ha avuto un incidente d'auto in Italia.»

«È in coma?»

«Peggio.»

Anche Axelle rimase molto scossa dalla notizia. Il suo ultimo contatto con Jenny era stato telefonico, avrebbe voluto salutarla prima della sua partenza, ma quella era stata la settimana più terribile della sua vita.

Si erano accordate per ritrovarsi al Trèfle due giorni dopo, a mezzogiorno in punto. Olivia arrivò dal Nord, Axelle dal Sud, Gwénola dall'Ovest.

Il cameriere magro e stempiato le riconobbe subito e suggerì: «Champagne?».

Annuirono e si sistemarono a un tavolo all'aperto, non osando sorridere dopo che la morte era passata loro così vicina.

Arrivò lo champagne, stessa marca, stessa annata. Le tre amiche alzarono i bicchieri con gravità.

«A Jenny!» fecero all'unisono.

«Non aveva ancora vissuto il più bel giorno della sua esistenza...» si ricordò Axelle.

«Sono arrabbiata per ciò che ha fatto, ma non le auguravo del male», mormorò Gwénola.

«Il quadrato è spezzato. Siamo solo in tre adesso.»

«Allora è un triangolo!»

«Se ci sarà una riunione per i "trent'anni della maturità", Jenny non sarà nient'altro che una fotografia proiettata sul muro...»

Restarono in silenzio. Nessuna desiderava che ci

fosse un'altra riunione. Non si sarebbero più riviste. Erano lì per dirsi addio, ne erano perfettamente coscienti.

«Non è il giorno ideale per parlare d'amore, ma ci tenevo lo sapeste: Colin e io ci siamo risposati ieri con una cerimonia molto intima», disse Olivia.

Sorrise davanti alle facce stupefatte delle altre due.

«È una bella notizia, fatemi le congratulazioni!»

«Tanti auguri di felicità agli sposi», farfugliò Axelle. «Non so perché, ma ho un'impressione di déjà-vu.»

«Viva gli sposi!» fece Gwénola. «Ho un regalo per voi.»

Frugò nella borsa, vi pescò due esemplari della *Maschera di seta* e li porse alle amiche.

«Sarà in libreria alla fine del mese», disse con un sorriso timido. «Guardate a pagina 5!»

Aprirono i loro libri. Il romanzo era dedicato «alle quattro foglie del Trèfle».

52.

Nella sua prigione mediatica, Noé cercava senza successo di concentrarsi sulla sua sceneggiatura. Aveva ricevuto un buon giudizio nelle altre materie, direzione di squadra, originalità delle riprese, inventiva nel sonoro, montaggio, postsincronizzazione, ma non riusciva a ingranare in quello che doveva essere il suo pezzo forte: inventare una storia così geniale da fargli vincere il gioco e ottenere le necessarie credenziali per girare il suo primo lungometraggio cinematografico.

Il giorno prima era stato eccitato e felicissimo di assistere alle nuove nozze dei suoi genitori, e lacerato quando Olivia, con diplomazia, gli aveva comunicato la scomparsa di Jenny. Noé si era dominato per non guastare la loro festa, aveva sorriso e finto di essere felice, ma il ricordo di una donna con una massa di capelli rossi e un vestito di lino rosso con le spalle asimmetriche gli metteva addosso una gran voglia di piangere.

Continuare a partecipare al gioco gli pareva grottesco. Avrebbe dovuto rovinarsi per offrirle degli hot dog, portarla in scooter a vedere il sole sorgere su Montmartre, visitare le catacombe tenendola per mano, filmarla sotto tutte le angolazioni.

«Noé?» mormorò una voce.

Mona si preoccupava per lui. Aveva notato la sua

espressione quando era rientrato il giorno prima, ma poi le loro attività li avevano separati.

«Ti ho cercato dappertutto. Qualcosa non va?»

«Ka... Jenny è morta.»

Mona sgranò gli occhi.

«L'amica di tua madre, quella per cui abbiamo fatto il montaggio?»

«Ha avuto un incidente d'auto a Roma.»

«Mi spiace», disse Mona. «La conoscevi da tanto?»

«Da poche settimane.»

Mona l'osservò con gravità, tentando di decifrare i suoi sentimenti. Non riuscendoci, scelse di consolarlo nel migliore dei modi: baciandolo con foga. Sorpreso di sentire contro le sue le labbra dolci della ragazza, Noé volle chiederle cosa significasse quel bacio e aprì la bocca... e così dimenticò tutto il resto.

Dopo aver bigiato per un'ora, ricomparvero tenendosi per mano. Ormai sapevano cosa volesse dire la frase di Kate «avere il corpo felice e non provare più paura». Uno della produzione tese una busta a Noé.

«È per te, c'è scritto "urgente e personale", viene da Roma, non sembra una delle solite lettere di fan.»

Noé aprì la busta. C'era dentro un foglio bianco sul quale era scritto: «La verità ha molti volti, Jenny è morta ma Kate no, ti autorizzo a raccontare la mia storia, so che sarai all'altezza».

«Siiiì!» urlò Noé, trasfigurato.

Abbracciò Mona, poi si mise a saltare per la stanza.

«Va tutto bene?» s'inquietò quello della produzione.

«Non potrebbe andare meglio», affermò Noé.

Il sabato successivo, in diretta alle 21.10, nel momento in cui la trasmissione raggiungeva il suo picco d'ascolto, Noé prese Mona per mano e avanzò al centro della scena.

«Abbiamo deciso di comune accordo di lasciare il

gioco stasera. Ringrazio i professori, la produzione, la rete e tutti i telespettatori che hanno votato per me», pronunciò con voce chiara mentre il conduttore si strappava i capelli. «E auguro buona fortuna ai miei compagni. Il problema è che ci formattano come dei dischetti quando invece ciascuno di noi è un software esclusivo. Conosco una storia meravigliosa e ho voglia di raccontarvela con delle immagini. Mona sarà la mia aiutoregista. Il soggetto è pronto, siamo aperti a ogni proposta. A presto, grazie per avermi ascoltato.»

Salutò con eleganza, arrossì con grazia, conquistò il cuore delle massaie e di qualche produttore che subito afferrò il telefono.

53.

Fine dicembre 2005

Sul suo terrazzo, ascoltando un CD di Diana Krall, Corrado passava rispettosamente la cera su un cassettone che aveva fatto parte del mobilio di una nave. Joe il cocker faceva la siesta su una delle amache. Kate accese il computer e digitò il nome Noé Nathan-Ruben. Diversi siti proposero degli articoli sul giovane regista che aveva appena cominciato a girare il suo film *Le quattro verità* con la sua compagna Mona. Come Matt Damon e Ben Affleck, che avevano scritto insieme la sceneggiatura di *Will Hunting - Genio ribelle*, il duo Noé-Mona funzionava alla perfezione e correva voce che la sceneggiatura fosse eccellente. Il libro, pubblicato dall'editore Bertrand Guinness, sarebbe uscito in contemporanea al film.

Kate trasalì quando Corrado, arrivato in silenzio alle sue spalle, le passò le braccia attorno al collo e si chinò per baciarla.

«Domani leviamo l'ancora verso il mar Tirreno, ti va?» mormorò quando si staccò da lei.

«Quando ero a Parigi mi hanno chiesto quale fosse il giorno più bello della mia vita e non ho saputo dare una risposta. Da quando vivo con te ho l'imbarazzo della scelta.»

«Ho letto sul giornale che quegli incapaci non hanno ancora ritrovato il tuo corpo. Io ce l'ho e non lo cederò neanche in cambio di un impero!»

Lei rise. La maggioranza delle persone seguiva nella vita un percorso regolare: si trova l'amore, si lavora, si guadagnano soldi, si muore. Kate aveva sovvertito l'ordine stabilito: aveva lavorato, era diventata ricca grazie a Jenny, era morta. Solo allora aveva trovato l'amore.

La Jenny degli ultimi quattro anni viveva in albergo e i suoi abiti erano tutti firmati. Adesso Kate aveva il suo nome sulla cassetta delle lettere di Corrado, che le aveva simbolicamente regalato la famosa giacca trapuntata senza maniche dei cavallerizzi e dei rigattieri.

Kate spinse indietro la sedia e trascinò Corrado nella camera da letto. Calava la sera su Roma, degli aerei passavano al di sopra delle loro teste, dalla strada arrivavano i colpi di clacson delle auto. Un cane abbaiò. Un uccello cantò. Un bambino che imparava ad andare in bicicletta gridò di gioia. Il colore degli occhi di Kate e di Corrado cambiò mentre facevano l'amore. Ciò significava che erano vivi.

Roma, Montesson, Groix, 2005

Grazie a coloro che hanno reso possibile questo libro:

A Parigi: Bernard Barrault, Nicole Lattès, Leonello Brandolini, Arié Sberro, Élisabeth Villeneuve, Véronique Aubry, Sylvie Bardeau, Benita Edzard, Françoise Delivet, Delphine de La Panneterie, Juliette Duchemin.

Catherine Bourgey e il dottor Patrick-Pierre Sabatier.

Renata Parisi, Christine Soler, Catherine Ritchie, Colette Fouchet.

A Sainte-Marie de Neuilly: Isabelle Redier, Blanche de Kersaint, Nathalie Delapalme e Sophie de Ricci.

Al liceo La Folie-Saint-James: Alberte Metcalfe.

All'istituto La Tour: Marina d'Halluin, Isabelle Sandiford-Pellé, Danielle ed Elizabeth Arthur.

Isabelle Gounin, Michel Delgado, Noé Ruben e Mona, Carole Fonfria, Danièle d'Antoni, Evance Richard, Uriel.

A Groix: Brigitte Adam, Louis Barbusse, Pat e Myriam Sacaze, Jean-Pierre e Monique Poupée, Jeanne Tonnerre, Lucette e Véronique Corvec.

Nel Gers: Marie de La Forest e Julien Leclerq.

A Roma: Alberto e Loredana Medici, Achille e Sandra Alori, Giacinto e Maria Fusco, Monica Rossi.

Musiche: Serge Reggiani, Norah Jones, Ismaël Lo, Peter Cincotti.

Finito di stampare nel mese di luglio 2009
presso il Nuovo Istituto Italiano d'Arti Grafiche Bergamo